Tödliche Bescherung

Die spannendsten Weihnachtskrimis aus Skandinavien

Anne Bubenzer (Hg.)

Tödliche Bescherung

Die spannendsten Weihnachtskrimis
aus Skandinavien

Deutsch von Angela Plöger, Angelika Kutsch,
Gabriele Haefs, Christel Hildebrandt, Wolfgang Butt,
Dirk Gerdes, Dagmar Lendt, Dagmar Mißfeldt,
Anne Bubenzer, Gabriele Schrey-Vasara,
Hermann Kiy und J. Sandmeier

Wunderlich

1. Auflage September 2006

Satz aus der Fairfield PostScript, InDesign, von
Pinkuin Satz und Datentechnik, Berlin
Druck und Bindung Clausen & Bosse, Leck
Printed in Germany
ISBN 13: 978 3 8052 0833 8
ISBN 10: 3 8052 0833 2

Für Tine, die Fundstücke mag

Inhalt

Johanna Sinisalo

O du fröhliche

Der Sack mit den Geschenken liegt hinten im Auto gleichsam selbstzufrieden, ein fröhlich rotes, dralles Bündel. Vili rückt ihn in dem schäbigen Kofferraum des grauen Corolla sorgfältig zurecht.

Er verschnürt den mit einem grünen Weihnachtsbaum aus Filz verzierten Sack mit einem breiten Band. Vili hat es eigens dafür gekauft, denn diese Weihnachten muss alles perfekt sein.

Und alles ist perfekt.

Vili macht endlich einmal alles so, wie es sein soll. Nichts versäumt, nichts vergessen nach dem Motto «Keine Ahnung, wie das passieren konnte», kein spontaner Abstecher in die Eckkneipe. Keine einzige scharfe Linie um Marjos Mundwinkel.

Vili macht den Kofferraum zu und klopft auf seine Tasche. Die letzten Euros werden über den Ladentisch gehen, und es ist klar, wofür. Vili macht sich daran, den Parkplatz des Einkaufszentrums zu überqueren.

Die Plastiktüte ist angenehm schwer. Vili erinnert sich, dass Marjo auch über Weihnachtsschnaps etwas Scharfes gesagt hat, aber ein guter Cognac ist ja kein Schnaps. Nur ein ganz kleines Gläschen nach dem Verteilen der Geschenke. Höchstens zwei. Oder drei.

Während er die Tüte mit dem Cognac auf den Beifahrersitz stellt, kommt ihm der Gedanke, dass er ihn Marjo vielleicht gar nicht zeigen sollte. So wird es eine Überraschung.

Vili geht um das Auto herum und öffnet die Heckklappe.

Es dauert fast eine Sekunde, ehe er begreift, was an dem schmuddeligen Kofferraum so eigenartig ist.

Der Sack mit den Geschenken ist fort.

Die kleinen, nassen Flocken, die in der graublauen Dämmerung des Heiligabendnachmittags schweben, bleiben Vili auf der Stirn kleben, wo ihm jetzt der Schweiß ausbricht. Er erinnert sich ganz genau, wie er den Sack zurechtgerückt, die Heckklappe zugeschlagen und sich aufgerichtet hatte, dann den Alko-Laden ansteuerte und noch einen Bogen um den dünnen Lindenstamm machte –

Der hier nicht steht.

Vilis Blick wandert panisch über die von Autos gefleckte Asphaltwüste, trifft in einiger Entfernung auf einen windschiefen Wipfel, die Linde! Und hinter der Stoßstange eines roten Autos schimmert – ja, das ist das Heck des grauen Corolla, das Heck eines anderen grauen Corolla!

Kracksend spulen sich die Ereignisse in Vilis Kopf noch einmal ab, als er fluchend und lächelnd auf das andere Auto zu stiefelt. Er war in den Supermarkt gekommen, hatte umsichtig und rational alle Geschenke auf einmal gekauft, sie am Servicetisch der Pfadfinderinnen hübsch einpacken lassen, den Geschenksack aus der Folie gelöst und mit den Päckchen gefüllt und den prallen Beutel ebenso umsichtig – wozu ihn hin- und herschleppen – vor seinem Besuch im Alko in den Kofferraum des Autos geworfen …

Nur war es das falsche Auto!

Dieselbe Farbe und Marke und sicher auch dasselbe Baujahr, und vielleicht hatte eben deshalb auch der Schlüssel zum Schloss des Kofferraums gepasst. Jetzt nur schnell den Sack zurück, niemand darf davon etwas merken, und später werden wir bei einem Gläschen Cognac darüber lachen, wenn Minna mit Prinzessinnenburg und Barbiepuppe spielt und Iiro sein RC-Auto brummen lässt …

Vili ist zehn Meter von dem Corolla entfernt, als dessen Rücklichter aufleuchten.

Der Corolla schießt mit heulendem Motor aus der Parkbucht heraus, und Vili kommt gar nicht dazu, «heeey!» zu schreien, als das Auto, dessen Räder wild durchdrehen, schon auf der anderen Seite des Parkplatzes ist. Vili rennt hinterher, fuchtelt mit den Armen und schreit, aber selbst wenn der Fahrer in den Rückspiegel schaut, bemerkt er Vili nicht oder will ihn nicht bemerken. Vili keucht, der Corolla hält für einen Augenblick, um sich in den Autostrom auf der Landstraße einzufädeln, und Vilis Blick erfasst gerade noch die Autonummer.

Vili rennt zurück zu seinem Auto. Seine Jungenhaftigkeit und der Schalk im Augenwinkel. Das war es wohl, was Marjo seinerzeit bezaubert hat. Aber dann hat ebenjene Nonchalance und Sorglosigkeit die Fundamente ihrer Ehe angenagt, und eines Tages fand Vili sich mit der Sporttasche in der Hand im Treppenhaus wieder.

Minna ist jetzt fünf und Iiro sieben. In den vergangenen zwei Jahren hat Vili am Tag vor Heiligabend nur Päckchen abgegeben. Letzte Weihnachten hatten Minna und Iiro ihm gegenüber schon ganz deutlich gefremdelt: Aus der Welt von Kindern dieses Alters verschwindet eine Person erstaunlich schnell und ohne Spuren zu hinterlassen.

Das war ihm irgendwie unter die Haut gegangen.

Vili erbot sich, mit den Kindern mehr Zeit zu verbringen, er war korrekt und achtete darauf, seine Versprechen zu halten, und darauf, dass das auch Marjo nicht entging …

Jetzt hat Marjo versprochen, dass Vili die Feiertage mit der Familie verbringen darf. Wenn alles gut geht, wenn Vili seinen Anteil an dem Arrangement erledigt (Vili die Geschenke, Marjo das Essen) und keine Enttäuschungen und Tränen verursacht wie schon so viele Male zuvor gerade an Festtagen, dann …

Dann würde er wieder eine Familie haben.

Die Rücklichter des grauen Corolla verschwinden unaufhaltsam in der Adventsdämmerung.

Mit zitternder Hand betätigt Vili den Zündschlüssel und spricht immer wieder vor sich hin: «HHO 557, HHO 557.»

Vili fährt so räikkönenmäßig, wie es im Weihnachtsverkehr nur möglich ist, aber der andere graue Corolla ist schon weit entfernt, Vili schafft es mit Ach und Krach, die richtigen roten Rücklichter im Auge zu behalten.

In Kangasala, in der Nähe des Kirchdorfs, hält das vor ihm fahrende Auto an, um einen aus der Seitenstraße kommenden Linksabbieger vorbeizulassen. Vili verflucht hilflos und laut diese weihnachtliche Freundlichkeit. Der graue Corolla verschwindet hinter einer Kurve, und als Vili selbst bei dieser Kurve ankommt, liegt dahinter eine Kreuzung, und der graue Corolla ist, verschluckt von der weihnachtsabendlichen Dämmerung, nicht mehr zu sehen.

Vili tastet nach seiner Brusttasche. Aber die vertraute kantige Erhebung ist unter dem Stoff nicht zu spüren. Die andere Tasche, alle Taschen, seine Hände wandern über den Körper, als hätte er einen Mungo unter den Kleidern.

Das Handy ist nicht da.

Und jetzt erinnert sich Vili, er erinnert sich, wie er mit hochgerecktem Hinterteil den prallen Geschenksack im Kofferraum des Corolla verstaute, wie – kurz bevor er den Sack zuband – er den Eindruck gehabt hatte, dass ein unbedeutendes Plumpsen oder Rascheln zu hören war, dass da ein kleiner, glatter Gegenstand tiefer hineinfiel, und Vili weiß noch, wie er dachte, dass das bestimmt das kleine Kästchen mit Marjos Geschenk, dem fürchterlich teuren Schmuck, war …

Aber es war Vilis Handy gewesen.

Die Nachmittagsdämmerung des Heiligabend ist dunkelblau. Die Lichter von Hunderten hin und her eilender Autos spiegeln sich in dem feuchten Asphalt.

Sechsmal hat Vili aus verschiedenen öffentlichen Telefonzellen sein Handy angerufen. Aber natürlich ist das hoffnungslos, das Handy liegt zwischen den Päckchen, im Kofferraum, im Lärm des Verkehrs … wenn der Fahrer überhaupt noch im Auto ist.

Vili bewegt die Maus im Internet-Café. Von der Homepage der Zentralen Fahrzeugverwaltung bekommt man Informationen nur gegen Gebühr, und die Zahlung von 3 Euro und 40 Cent per Internetbanking räumt Vilis Konto endgültig leer. Die Viertelstunde im Internet hat schon an seinem letzten Geldschein genagt.

HHO 557, Toyota Corolla.

Da! Der Name des Besitzers!

Das Guthaben auf der Telefonkarte reicht noch für zwei Gespräche. Zuerst ruft er die Auskunft an.

Es dauert lange, bis das zweite Gespräch zustande kommt.

«Vili Laakkonen, guten Tag. Entschuldigen Sie bitte, dass

ich am Heiligabend anrufe, aber es geht um Ihr Auto, den grauen Corolla mit der Nummer HHO 557.»

«Ja, was ist damit?» Die Stimme des Mannes klingt heiter, im Hintergrund sind Musik und laute Stimmen zu hören.

«Sie waren vor ein, zwei Stunden da auf dem Hof des Citymarket …»

«Tja, das Auto steht da seit letzter Woche, aber ich bin überhaupt nicht im Lande.»

«Aber jemand ist mit dem Auto weggefahren, und ich müsste unbedingt –»

Aus dem Hörer ertönt ein Prusten. »Ellu, Pena macht sich einen Weihnachtsjux! Pena, also dass du uns hier auf den Kanarischen Inseln anrufst … Ellu, Pena Kaartinen spinnt mir hier vor, dass unser Corolla vom Parkplatz des Citymarket geklaut worden ist!» Im Hintergrund lacht schrill eine Frau.

«Ich bin gar ni–»

«Es langt, schönsten Dank! Ein guter Witz, und schöne Weihnachten auch, Pena!»

Tuut tuut tuut.

Als Vili nochmals anruft, ist das Handy ausgeschaltet.

Der diensthabende Polizist ist Realist.

Ein Mann, der wirres Zeug redet, der will, dass die Polizei ein gestohlenes Auto sucht – zumal sich herausstellt, dass es gar nicht sein eigenes ist –, steht heute auf der Prioritätenliste nicht sehr weit oben. Der Kommissar betont dem Mann gegenüber, dass für die Suche von unerlaubt in Gebrauch genommenen Fahrzeugen praktisch keine Ressourcen vorhanden sind, zumal nicht an Feiertagen, wo allein schon für die Schlichtung von Familienstreitigkeiten viele Polizisten gebraucht werden …

Vili legt auf.

Er sieht schon, wie Minnas Daumen den Weg in den Mund findet und ihre Wimpern von Tränen verklebt sind. Er sieht, wie Iiros Unterlippe bebt, obwohl der Junge das heroisch zu verbergen sucht. Er sieht Marjos Miene, die nicht böse und nicht wütend ist, sondern die reine Enttäuschung ausdrückt.

Tattis sagt träge hallo, als Rennmaus im Pub von Kangasala ein Bier bestellt. Tattis fragt, mit welchem Bus er gekommen sei, und Rennmaus entgegnet großspurig, wozu er Bus fahren solle, wo doch auf dem Parkplatz am Citymarket Autos umsonst zu haben sind. Tattis findet, dass eine Karre dieser Marke und dieses Baujahrs durchaus den Wert einer Busfahrkarte hat.

Das Geld ist, wie immer, bald aufgebraucht. Tattis meint, Rennmaus hätte nachsehen sollen, ob sich in dem Leihwagen etwas Verkaufbares findet. Rennmaus erklärt, dieser Kiste sehe man schon aus einem Kilometer Entfernung an, dass sie leer und nur auf dem Parkplatz abgestellt war. Tattis beharrt darauf, dass man für einen Reservereifen vom richtigen Modell bei Muttinen ein paar Euros kriegen könnte.

Und so kommt es, dass Rennmaus und Tattis den im Kofferraum hingelagerten, strammen Sack anstarren. Rennmaus löst das Seidenband ein bisschen. Donnerwetter, Geschenke! Eine Wahnsinnsmenge, und bestimmt viel wert.

Unausgesprochene Gedanken segeln zwischen den Männern hin und her. A, jemand sucht jetzt dieses Auto, und B, mehr Bier muss her. C, ihr Ziel heißt jetzt nicht Muttinen, sondern Tampere.

Alsbald sitzen Rennmaus und Tattis auf der Hinterbank eines schwankenden Busses der Firma Paunulainen, zwischen sich den prallen Sack wie einen dritten, selbstzufriedenen roten Begleiter.

Obgleich er sehr wohl weiß, dass der graue Corolla ebenso gut in Pälkäne wie in Lahti sein kann, durchkämmt Vili Kangasala. Er biegt bei jeder Kreuzung ab, sucht alle Nebenstraßen und die Höfe der Einfamilienhäuser ab. Aus den Fenstern leuchtet Kerzenschein, und hinter den Scheiben sieht er Kinderköpfe mit Weihnachtswichtelmütze vorbeihuschen. Das schnürt ihm die Kehle zu.

Plötzlich fängt Vilis Herz wild an zu hämmern. Der graue Corolla steht an der Straßenecke, etwas schräg geparkt, und das Nummernschild, es ist, es ist tatsächlich HHO 557! Vili bremst, stößt die Tür auf und stürmt hinaus.

Ein Blick genügt, und er ist wie ein Schlag. Die Heckklappe des Corolla ist ungeschickt aufgebrochen, und Vili braucht gar nicht erst hineinzusehen, um zu wissen, dass der Sack mit den Geschenken fort ist.

Die Fahrt zurück nach Tampere hinter dem schaukelnden Bus von Paunulainen her ist das Qualvollste, was Vili je erlebt hat.

Vili kann das Marjo einfach nicht erzählen, er kann es nicht.

Er weiß, das Urteil ist unausweichlich, aber er kann sich ihm noch nicht stellen.

Marjo wundert sich laut, wo Vili wohl so lange gewesen ist, und den kostet es große Anstrengung, einen scherzhaften Ton anzuschlagen – Weihnachtsangelegenheiten …

Weihnachtsangelegenheiten, ja, wahrhaftig!

Marjo scheint ihm zu glauben, sie hat bei seiner Ankunft verstohlen an seinem Atem gerochen und wirkt jetzt ruhig und zufrieden. Minna und Iiro sind aufgeregt und gespannt. Duft von Weihnachtsschinken schwebt erdrückend im Raum: Wenn er aufgetragen und gegessen ist, kommt der Augenblick der Wahrheit.

Rennmaus und Tattis warten im Hof auf Averelli. Er hat versprochen, die gesamte Partie zum Pauschalpreis zu übernehmen, und verboten, das Geschenkpapier aufzureißen: Als alter Glücksspieler kauft er lieber die Katze im Sack, als mit den Gaunern um den Wert jedes einzelnen Päckchens zu feilschen.

Der Schneeregen ist zu großen, in der Schwärze des Heiligabends langsam herabschwebenden Schneeflocken geworden, als eine verweinte, nur dürftig bekleidete Frau mit einem blauen Auge und wirrem Haar zur Haustür hinausstürzt. Im selben Moment kommt das blinkende, Rennmaus und Tattis nur allzu vertraute Blaulicht in den Hof geschossen.

Die Frau deutet ins Treppenhaus, und aus dem Auto steigen Polizisten. Rennmaus und Tattis können den Sack gerade noch unbemerkt hinter die Mülltonnen schieben. Mit Unschuldsmiene schlurfen sie vom Hof: Sie werden kommen und die Beute holen, sobald die Bullen diesen Billy Blauhauer nach Sori aufs Revier geschafft haben.

Marjo dekoriert Ananasringe und Pflaumen auf der Schinkenplatte. Die Aufläufe sind im Ofen. Der Duft ist berauschend, und Vili hat wildes Herzklopfen.

Er muss, er muss, er muss.

«Marjo.»

«Ja?»

Er muss. Frische Luft schnappen.

«Ich geh nochmal kurz zum Kiosk.»

Marjos Stirn legt sich in Falten, und Vili weiß mit einer Sicherheit, die ihm die Röte ins Gesicht schießen lässt, was Marjo denkt, und vielleicht denkt sie es auch zu Recht, er geht in den Pub, trinkt zwei Bier, na ja, für mehr hätte er gar nicht das Geld, und dann öffnet er den Cognac, so ist der

Schlag schwächer, das Gewissen in Watte gepackt. Was hat das noch für eine Bedeutung, Weihnachten ist sowieso verdorben. Und alles andere auch.

Als Vili die Jacke anzieht, wundert Minna sich laut, wohin der Vater jetzt wohl geht, und Iiros Blick fragt dasselbe, und Marjo sagt mit nur ganz leicht zitternder Stimme, dass der Vater bestimmt Weihnachtsgeheimnisse hat.

Draußen steht Vili inmitten der riesengroßen, vom Himmel schwebenden Schneeflocken.

Die Lichter des Pubs leuchten einen Block weiter. Vili klimpert mit den letzten Euros in seiner Tasche.

Der Kiosk ist leer, abgesehen von der Verkäuferin. Vili zählt seine Münzen. Wenn er das billigste Plastikauto für Iiro und einen Maskottchenstift für Minna kauft, bekommt er für Marjo noch eine kleine Tafel Schokolade.

Die Geschenke passen auf eine Hand.

Vili sieht sie an und legt sie vor die Verkäuferin auf den Tresen.

Eine stämmige, rotweiß gekleidete Gestalt kommt in den Innenhof gewankt. Auch der falsche Bart ist rotweiß: Dafür hat ein mit freigebiger Hand eingeschenkter Glühwein gesorgt.

Die Maske ist vom Gesicht auf die Stirn geschoben, sodass der Bart wie ein schlaff gewordener Leningrad-Cowboys-Schopf wirkt. Der Mann öffnet den Mantel und den Schlitz seiner tiefroten Hose. Aus der Ecke steigt Dampf auf.

Seine Schicht ist zu Ende, und er hat zusammen mit den Hausherren das Rentier bei allen acht besuchten Familien so erfolgreich getränkt, dass ihm der nächstbeste Hof gelegen kam, um sich zu erleichtern –

«Darauf steht im Prinzip eine Geldstrafe», verkündet eine

kernige Stimme hinter ihm. «Aber wir wollen mal nicht so sein, am Heiligabend.»

Er dreht sich rasch um und begreift starren Blickes, mit wem er es zu tun hat. Im Hintergrund wird irgendein Unglücklicher aus dem Treppenhaus ins Polizeiauto geschleppt. Der rechte Moment, sich zu entfernen. «Schönen Dank auch.»

«Vergiss das hier nicht.» Der Polizist nickt mit dem Kopf zu etwas Rotem hin, das als ein dralles Paket halb im Schatten der Mülltonnen liegt.

Vili ist wieder zu Hause.

Die Geschenke stecken in der Tasche der Lederjacke. «Zu Tisch!» Marjos Stimme ist froh und erleichtert. Vili ist zurückgekommen. Vili war gar nicht im Pub. Alles ist perfekt.

«Ich komme sofort!»

Vili flüchtet ins Schlafzimmer, setzt sich auf den Bettrand und vergräbt die Finger in den Haaren. Er hebt den Blick. Auf dem Nachttisch steht das Telefon.

Vili wählt noch einmal die Nummer seines Handys.

Tuut. Tuut. Tuut.

«Essen!»

Tuu –

Und eine stammelnde Stimme am anderen Ende sagt: «Der Weihnachtsmann.»

Minna weiß nicht, ob sie mehr mit dem Kuschelaffen oder mit den Legosteinen oder mit der Prinzessinnenburg spielen soll, und Iiro hat die Fernbedienung seines Autos nicht aus der Hand gelegt, nicht einmal, um das Tischeishockeyspiel ordentlich in Augenschein zu nehmen. Der weinrote Satinmorgenmantel steht Marjo atemberaubend gut, und das Kerzenlicht wird von dem Diamanten auf dem goldenen Herzen reflektiert, das ihr um den Hals hängt.

Marjo lächelt.

In den Gläsern ist leckerer Moosbeersaft. Die Flasche Cognac ist als einziges Vili verbliebenes Zahlungsmittel in aller Stille in die geräumige Brusttasche des Weihnachtsmannes gewandert.

«Alles ist perfekt.»

Marjo küsst Vili auf die Wange und lacht.

«Fast jedenfalls. Nächste Weihnachten darfst du gerne einen etwas nüchterneren Weihnachtsmann bestellen.»

Åke Edwardson

Frohe Weihnachten

Der Plan hatte gut ausgesehen. Als sie den Transport überfielen, hatten sie immer noch das Gefühl, dass es ein guter Plan war. Es war immer noch ein guter Plan. Nur die Jungs vom Wachdienst sahen ziemlich zugerichtet aus, als sie da auf der Straße lagen. Nicht, dass jemand stehen geblieben wäre und ihnen den Puls gefühlt hätte. Oder einen Druckverband angelegt.

Aber da waren sie schon auf der Flucht, um die Ecke rum und weg.

Jetzt waren sie unterwegs, raus aus der Stadt, raus aufs Land. Hinaus in die Dunkelheit. Die Dunkelheit war wie eine Wand, als die Straßenbeleuchtung ein Stück vor der Stadt aufhörte.

«Scheiße, Scheiße!», schrie Göran Persson und hämmerte mit der Rechten aufs Steuer.

«Mal ganz ruhig», sagte Fredrik Reinfeldt.

«Was hätten wir denn tun sollen», sagte Lars Leijonborg.

«Was?», sagte Göran Persson. «Haben die etwa auf sich selbst geschossen?»

Ein guter Plan. Den hatten sie in Göran Perssons Küche geschmiedet. Er hieß nicht Göran Persson, genauso wenig wie

Fredrik Reinfeldt Fredrik Reinfeldt hieß oder Lars Leijonborg Lars Leijonborg. Aber Göran wollte es so. Er interessierte sich für Politik. Er war der Einzige am Tisch gewesen, der zur Wahl gegangen war. Er hatte Vorbilder. Leute, aus denen was geworden war.

«Mit Mister Blue, Mister Red und Mister Pink ist es aus», hatte er gesagt und der Reihe nach auf alle gezeigt. «Du bist Mister Lars. Du bist Mister Fredrik, und ich bin Mister Göran.»

«Ich will aber nicht Mister Lars sein», hatte Lars gesagt. «Kann ich nicht Mister Göran sein?»

«Halt's Maul», hatte Mister Göran gesagt.

Sie fuhren durch die Dunkelheit. Alles war schwarz, der Wald, der Himmel, die Straße. Es lag kein Schnee. So ein Winter war das nicht. Aber auch in diesem Jahr würde es Weihnachten werden, ob mit oder ohne Schnee. Morgen war Heiligabend. Ihre Weihnachtsgeschenke hatten sie schon bekommen. Was heißt bekommen. Was man haben will, muss man sich nehmen. In dieser diebischen Gesellschaft bekommt man nichts umsonst.

Mister Lars starrte in die vorbeistürmende Dunkelheit. Obwohl natürlich sie es waren, die vorbeistürmten. So war es immer. Er war immer vorbeigestürmt, war nie stehen geblieben. Er war nie stehen geblieben, um ein Weihnachtsgeschenk in Empfang zu nehmen. Aber es hatte ja sowieso niemanden gegeben, der ihm ein verdammtes Weihnachtsgeschenk überreichen wollte. Man musste sich sein Weihnachtsgeschenk selber nehmen. Wie jetzt. Mindestens sechs Mille. Sechs Mille in einem schwarzen Müllsack. Schwarz wie die Nacht da draußen.

«Sind es sechs Mille?», fragte Mister Fredrik plötzlich vom Rücksitz.

«Wenn du nicht einen Teil weggeschmissen hast», antwortete Mister Göran.

Er saß über das Lenkrad gebeugt und erhöhte das Tempo. Sie begegneten nur wenigen Autos. Als hätten sie die Straße für uns frei gemacht, dachte Mister Lars. Irgendein Sinn steckt dahinter.

«Wir hatten ja noch keine Zeit zum Zählen», sagte Mister Fredrik.

«Ich verlasse mich auf Miss Marita», sagte Mister Göran.

Marita war der Deckname ihrer Kontaktperson im Wachdienst. Mister Lars hatte sie noch nie gesehen. Er war überzeugt, dass sie blond war. Sie wollte auch ihren Anteil haben. Den musste Mister Göran von seinem Anteil der Beute hergeben. Doch das wusste er noch nicht. Es würde schwierig werden, ihm das beizubringen.

«Warum verdammt nochmal hast du auf den Scheißfahrer geschossen?», fragte Mister Göran plötzlich und drehte sich für eine Sekunde zu Mister Fredrik um.

«Er hat doch mit seiner Pistole gefuchtelt!» Mister Fredrik beugte sich vor. «Hast du die Pistole nicht gesehen? Sah aus wie eine Bullenknarre. 'ne Walther oder so 'n Scheiß.»

«Du hättest sie ihm doch abnehmen können.» Mister Göran schlug wieder mit der Hand aufs Steuer. «Du hast dem Kerl deinen Colt doch direkt in die Visage gehalten.»

«Zum Glück», sagte Mister Fredrik.

«Himmel», sagte Mister Göran. «Und dann noch die beiden anderen.»

«Das war ich nicht», sagte Mister Fredrik.

«Nein, nein, und was hätten wir auch machen sollen?», sagte Mister Göran.

«Vielleicht kommen sie durch», sagte Mister Lars.

«Na klar», sagte Mister Göran, «und vielleicht kommt morgen der Weihnachtsmann.»

«Der war doch schon da.» Mister Fredrik kicherte.

«Vielleicht kommen sie trotzdem durch», sagte Mister Lars. «Funktioniert das Radio in dieser Karre?»

Er streckte die Hand aus und drückte auf den Knopf, es kam aber nur ein statisches Brausen, als würde der Wind von draußen in einer Livesendung im Radio übertragen. Mister Lars drehte an dem Suchknopf. Es war ein altes Radio. Es war ein altes Auto. Mister Göran hatte es bei einem seiner alten Politikkumpel besorgt. So nannte er sie. Politikkumpel. Die meisten von ihnen hatte er im Knast kennen gelernt.

Eigentlich hatten sie das Auto entsorgen wollen, aber das war nicht mehr aktuell. Jetzt kam es darauf an, so weit wie möglich und so schnell wie möglich zu entkommen. Unter den gegebenen Umständen konnten sie sich nicht in der Nähe herumdrücken. Nicht nach dem, was passiert war.

«... bei eirbfl aunwtrnsp wndnvk drwbrutal zsgsnwde getötet dttr kflnwntgst ...»

«Kriegst du den Scheiß nicht besser rein?! Das klingt ja wie das reinste Chinesisch», sagte Mister Göran.

Mister Lars drehte an dem Knopf, vor und zurück. Einzelne Wörter und Sätze waren zu verstehen, ergaben aber keinen Sinn. Es klang, als würde jemand etwas vor dem Mikrophon zerreißen.

«Funktioniert nicht», sagte Mister Lars.

«Ich glaub, die haben von einem Toten gesprochen», sagte Mister Fredrik.

«Halt's Maul», sagte Mister Göran.

Sie fuhren weiter. Mister Lars hatte das Gefühl, als würden sie durch einen langen Tunnel fahren, ohne das Licht am

Ende zu sehen, zu dem sie unterwegs waren. Als gäbe es kein Ende, keinen Ausgang. Als säßen sie hier fest. Da gab es keine Lücke mehr. Er wusste, was zu sitzen hieß. Er hatte festgesessen, solange er sich erinnern konnte, sein ganzes Leben. Aber diesmal sollte es anders sein.

Der Kick, den er nach dem Überfall empfunden hatte, verflog jetzt. Als würde die Luft aus einem Ballon weichen. Er war zwar kein Ballon, aber das Gefühl stellte er sich so vor.

Wenn es bei einem Überfall krachte, war das Denken ausgeschaltet. Da kam es nur aufs Handeln an, und das musste ganz automatisch geschehen. Man musste handeln wie ein Schlafwandler, der alles richtig macht.

Einen Menschen erschoss man nicht automatisch. Das war nicht in Ordnung. Er hatte es noch nie getan, und er hoffte, dass er es auch jetzt nicht getan hatte. Die abgehackte Stimme im Radio hatte vermutlich von dem Fahrer gesprochen. Wenn der verdammte Mister Fredrik bloß Ruhe bewahrt hätte, dann wäre es nicht passiert. Nichts von all dem wäre passiert. Sie würden in der Wohnung sitzen und das Geld zählen, und die Wachmänner würden zu Hause sitzen und wären Helden, obwohl sie gar nichts getan hatten. Oder genau aus dem Grund, weil sie nichts getan hatten.

Aber der Fahrer hatte etwas tun wollen. Er wollte ein echter Held werden. Vielleicht war auch das automatisches Handeln gewesen.

Jetzt sahen sie einen schwachen Lichtschimmer am Himmel. Immer noch war um sie herum alles schwarz. Sie befanden sich in einer Einöde, die vor langer Zeit von den Menschen verlassen worden war. Sie hatten keine Wahl gehabt. Jetzt kamen hier nur noch Vereinzelte auf der Durchreise vorbei. Vertreter auf dem Weg von hier nach dort. Räuber. Vielleicht irgendein Politiker auf der Suche nach einer letzten Stimme. Mister Lars musste fast lächeln. Hier gab es nur tote Stimmen, weggezogene Stimmen. Vielleicht sahen Politiker in den Leuten nur Stimmen, so wie er sie nur als Überfallopfer sah. Tote Überfallopfer. Scheiße. Im Rückspiegel sah er Mister Fredriks Silhouette. Der Kerl war seine zwei Mille nicht wert oder wie viel nun dabei herauskam, wenn sie es gezählt hatten. War sie nicht wert. Nach dieser Tat würden sie für den Rest ihres Lebens Zurückhaltung üben müssen. Und das irgendwo anders, nicht in diesem Land. Aber er wollte nicht wegziehen. Irgendwie mochte er dies Scheißland. Den Wald, er mochte den Wald. Er mochte die Seen, aus denen man einen Zander ziehen konnte. Eine Hütte. Nach dem Überfall hatte er sich eine Hütte in einem Wald an einem See anschaffen wollen. Dies hatte sein letztes Ding werden sollen. Dann hatte er in der Hütte bleiben wollen.

Jetzt musste er in ein fremdes Land. Er mochte das Fremde nicht. Öl im Essen, Sprachen, die man nicht verstand. Im Ausland wurde man auf der Stelle zum Idiot. Komische Gerüche. Überall Sand. Frauen, auf die man sich nicht verlassen konnte. Obwohl man sich ja auch hier zu Hause nicht auf sie verlassen konnte.

«Da vorn ist eine Stadt oder so was», sagte Mister Göran.

«Welche?», fragte Mister Fredrik vom Rücksitz. «Welche Stadt?»

«Frag mich nicht», antwortete Mister Göran. «In diesem Landesteil kenn ich mich nicht aus.»

Sie hatten es versäumt, vor dem Überfall ihre Schularbeiten in Geographie zu machen. Aber sie hatten ja auch nicht beabsichtigt, ihre Geographie zu verlassen. Die Wohnung, in der sie sich verstecken wollten, war nur wenige Kilometer vom Tatort entfernt. Vielleicht wartete Miss Marita dort immer noch auf sie. Mister Lars sah sie wieder vor sich, obwohl er sie noch nie gesehen hatte. Blond.

«Kann keine große Stadt sein», sagte Mister Fredrik.

«Der Sprit ist fast alle», sagte Mister Göran. «Da wird's ja wohl wenigstens eine Tankstelle geben.»

«Können wir es wagen anzuhalten?», fragte Mister Fredrik.

«Idiot, möchtest du lieber laufen?», sagte Mister Göran.

«Sag du nicht noch mal Idiot zu mir!»

«Halt's Maul», sagte Mister Göran.

Mister Lars zeigte in Fahrtrichtung. Dort, wo die Straßenbeleuchtung begann, tauchte eine Tankstelle auf. Hier gab es noch keine Häuser, nur die Tankstelle. Sie war eingehüllt in einen grünen Schein wie von farbigem Nebel. Vielleicht war die Tankstelle die Stadt. Mister Lars dachte an die so genannten Städte, die er in amerikanischen Filmen gesehen hatte. Dort gab es nur eine Tankstelle, vielleicht noch ein Lokal. Und Sand, massenhaft Sand. Sollte er nach Amerika gehen? Nein. In Asien lebte es sich billiger. Thailand. Vielleicht nach Thailand.

«Die ist geschlossen», sagte Mister Fredrik, während er das Auto langsam in Richtung Zapfsäulen rollen ließ.

«Es gibt doch Automaten», sagte Mister Göran.

«Hast du vielleicht einen Hunderter dabei?», fragte Mister Fredrik. «Oder eine Kreditkarte?»

«Wir besitzen sechs Mille.» Mister Göran grinste.

«Etwa in Hundertern?»

«Wovon redest du eigentlich, Mister Fredrik?»

«Mit einem Tausender kann man nicht tanken», sagte Mister Fredrik. «Der Automat nimmt nur Hunderter.»

«Hast du nicht wenigstens einen Hunderter, Mister Lars?», fragte Mister Göran.

«Nein.»

«Mister Fredrik?»

«Ich hab einen Zehner in der Tasche. Das ist alles.»

«Besitzt hier jemand eine Kreditkarte?», fragte Mister Göran.

Die beiden anderen schüttelten den Kopf.

Mister Lars konnte nicht an sich halten, er musste lachen.

«Hör auf», sagte Mister Göran. «Das ist überhaupt nicht witzig.»

«Wenn es irgendwo in diesem Nest einen Laden gibt, der noch geöffnet hat, dann können wir wechseln», sagte Mister Fredrik.

«Können wir das Risiko eingehen?», fragte Mister Lars.

«Selbst wenn die Scheine gekennzeichnet sind, dann sind wir schon über alle Berge, ehe der Bauerntölpel an der Kasse das kapiert», sagte Mister Göran.

«Daran hab ich gar nicht gedacht», sagte Mister Lars. «Ich dachte eher daran, dass wir erkannt werden.»

«Hier nicht», sagte Mister Göran.

«Wieso bist du dir da so sicher?»

«Es liegt zu weit abseits.»

«Es gibt Radio. Und Fernsehen.»

«Niemand weiß, dass wir es waren.»

«Und Miss Marita? Warum hat sie nicht angerufen?»

«Damit die Bullen das Gespräch abfangen können? Wie wär's, wenn du mal ein bisschen mitdenken würdest, Mister Lars?»

«Wir wissen nicht, wo sie ist, oder? Wir wissen nicht, ob sie geschnappt worden ist.»

«Sie ist nicht geschnappt worden», sagte Mister Göran.

Er startete mit quietschenden Reifen. Immer noch war ihnen kein anderes Auto begegnet. Ein Haus hatten sie allerdings auch noch nicht gesehen. Als sie sich der Stadtgrenze auf einen Kilometer genähert hatten, sahen sie das erste Haus. Es wirkte eher wie ein Schatten in all dem Schwarz. Die Straßenbeleuchtung verstärkte die Dunkelheit auf merkwürdige Weise. Als würde die künstliche Beleuchtung Nebel erzeugen, dachte Mister Lars.

Sie fuhren weiter, sahen noch ein Haus, eine ganze Reihe entlang der Straße. Über allen Häusern lag derselbe graue Schleier, als wären sie alle zur gleichen Zeit erbaut worden. Der Ort schien nur aus je einer Häuserzeile rechts und links der Straße zu bestehen.

«Was ist das denn für ein verdammtes Spuknest?», fragte Mister Göran.

«Gibt es einen Marktplatz?», sagte Mister Fredrik.

«In so einem Kaff ersetzt die Tankstelle den Marktplatz», antwortete Mister Lars.

«Kannst du uns dann mal sagen, woher wir Sprit kriegen sollen?»

«Uns bleibt wohl nichts anderes übrig, als eine Karre zu klauen.»

«Und wo finden wir die, wenn ich fragen darf?» Mister Göran drehte sich zu Mister Lars um. «Siehst du vielleicht ein Auto, hä?»

«Ich seh nicht mal eine Garage», sagte Mister Fredrik vom Rücksitz.

«Scheiße, Scheiße», sagte Mister Göran. «Das Benzin kann jeden Moment alle sein.»

«Da ist ein Schild», sagte Mister Lars.

Auf dem Schild hätte wer weiß was stehen können, aber auf dem gold leuchtenden Neongrund stand in schwarzen Lettern «ZIMMER». Das Schild schien ein Stück entfernt von der Wand frei in der Luft zu hängen.

Als Mister Göran genau darunter bremste, sahen sie das Gebäude. Die letzten zweihundert Meter hatte sich das Auto nur noch vorwärts gehustet und gestottert. Jetzt war ihnen der Sprit wirklich ausgegangen.

Das Haus lag dreißig Meter entfernt von der Straße, teilweise von schwarzen Birken verdeckt. Es war stockdunkel.

Das einzige Licht kam von dem Schild und den Autoscheinwerfern. Das Haus war schwarz, genau wie die Birken. An der Fassade waren nicht einmal Fenster auszumachen. Keine Tür, keine Treppe.

«Das sieht ja sehr einladend aus», sagte Mister Lars.

«Ihr wollt doch wohl nicht hier bleiben?», sagte Mister Fredrik.

Mister Göran drehte sich um.

«Hast du einen besseren Vorschlag, Mister Fredrik?»

«Aber … hier können sie uns doch finden. Das Auto ist doch nicht zu übersehen.»

«Das schieben wir hinter die Bude», sagte Mister Lars.

«Aber was, wenn wir hier hängen bleiben?», sagte Mister Fredrik.

«Hängen wir denn nicht schon längst fest?», sagte Mister Lars.

«Sieht geschlossen aus», sagte Mister Fredrik.

«Das Schild ist doch erleuchtet», sagte Mister Lars.

«Es leuchtet von selbst», sagte Mister Fredrik. «Neonlicht. So was haben sie in den fünfziger Jahren hergestellt.»

«Was soll das Scheißgerede?», sagte Mister Göran. «Wieso baumelt da ein Kabel am Schild?»

Mister Fredrik antwortete nicht.

«Vielleicht können wir ihnen ein paar Hunderter abnehmen.» Mister Göran blinzelte durch die Dunkelheit zum Haus. «Wir sind schließlich Diebe, oder?»

«Wenn die ein Radio haben oder einen Fernseher, haben wir schlechte Karten», sagte Mister Fredrik.

«Warum sollten sie uns mit dem Überfall in Verbindung bringen?», sagte Mister Göran. «Kommen hier etwa zum ersten Mal Vertreter vorbei, hä?»

«Auf dem Land sind die Leute misstrauisch», sagte Mister Fredrik.

«Dann verrät uns deine Glatze.» Mister Göran zeigte auf Mister Fredriks blanken Schädel, der im Neonlicht glänzte. «Ich hab dir doch gesagt, du sollst dir ein Toupet klauen. Unter der Sturmhaube kann man sehen, ob jemand glatzköpfig ist.» Er grinste.

«Du hast ja auch nicht gerade tolle Haare», sagte Mister Fredrik.

«Sollen wir anklopfen?», fragte Mister Lars.

Sie klopften an, sie klingelten, sie hämmerten gegen die Tür. Sie machten alle drei gleichzeitig einen Schritt rückwärts und schauten an der Fassade hinauf, aber es blieb still und dunkel.

«Was ist hier verdammt noch mal los?», sagte Mister Göran. «Ist das nun eine Pension oder nicht?»

«Vielleicht sind sie verreist», sagte Mister Fredrik.

«Soll das ein Witz sein?»

Mister Fredrik antwortete nicht. Er starrte weiter am Haus hinauf.

«Licht!», rief er plötzlich. «Da!» Er zeigte nach oben. «Im zweiten Stock.»

Alle drei sahen hinauf.

«Ich seh nichts», sagte Mister Lars.

«Jetzt ist es weg», sagte Mister Fredrik.

«War wohl das Schild», sagte Mister Lars und drehte

sich um. Das Neonschild schwang im Wind hin und her. Die Schwingungen des gelben Lichts blieben wie ein verschwommener Strich in der Dunkelheit hängen. Das Schild spiegelte sich in dem Fenster. Mister Lars sah das geparkte Auto unter dem Schild. Was heißt geparkt, das Auto hatte sich selbst dort abgestellt. Ein wertloser Haufen Blech, Plastik und Glas. Es könnte genauso gut auf einem Feld im Mittelalter stehen. Mister Lars sah sich um. Dies hier könnte genauso gut das Mittelalter sein. Als hätte die Zeit sich rückwärts verzogen. Hier war in siebenhundert Jahren nichts Neues hinzugekommen, abgesehen von der Tankstelle, aber die wäre im Mittelalter nicht besonders nützlich gewesen. Wenn sie von hier wegwollten, müssten sie Pferde benutzen. Aber hier gab es keine Pferde. Vielleicht morgen, wenn es hell wurde; ein paar Reitpferde auf einer Weide. Aber das Tageslicht würde ihnen auch nicht helfen, nicht mal morgen, obwohl Heiligabend war. Die Hohezeit des Lichts. Mister Lars sah auf seine Armbanduhr. Sie zeigte zwei Minuten nach Mitternacht. Heiligabend war angebrochen.

«Wir hauen ab», sagte Mister Fredrik. «Hier ist es mir nicht geheuer.»

«Und wohin, wenn ich fragen darf?», sagte Mister Göran. «Und wie, wenn ich fragen darf?»

Mister Fredrik antwortete nicht.

Über ihnen flammte ein Licht auf.

Die Tür wurde geöffnet.

Die Gestalt in der Tür war eine Silhouette vor dem schwachen Lichtschein aus dem Flur. Eine sehr kleine Silhouette. Sie mussten nach unten gucken, um sie zu sehen.

«Ja? Was gibt es?»

Es war die Stimme einer Frau. Die Stimme klang alt. Uralt, dachte Mister Lars. Siebenhundert Jahre alt.

«Wir haben das Schild gesehen», sagte Mister Göran.

«Ja?»

«Dies ist doch eine Pension?»

«Ja», antwortete die Frau.

«Uns ist das Benzin ausgegangen», sagte Mister Göran.

Mister Lars fiel der höfliche Tonfall auf. Den hatte er schon öfter gehört. Mister Göran besaß die Fähigkeit, nett zu wirken, obwohl er das keineswegs war. Er hätte einen hervorragenden Politiker abgegeben.

«Wir müssen tanken, haben aber keine Hunderter», fuhr Mister Göran fort. «Wäre es möglich, dass Sie uns Geld wechseln? Wir haben nur … äh … einen Tausender.» Mister Göran beugte sich etwas tiefer über die Gestalt. «Wir haben es ziemlich eilig. Es ist ja Weihnachten und so. Uns kommt es auch nicht drauf an, dass Sie genau wechseln. Für ein paar Hunderter kriegen Sie einen Tausender.»

«Donnerwetter», sagte die Frau. Jetzt konnte Mister Lars ihr Gesicht erkennen. «Also wirklich, sehr großzügig. Aber ich habe keine Kasse im Haus.» Sie schien zu lächeln, vielleicht waren es auch nur Schattenspiele in dem runzligen Gesicht. Selbst das Gesicht wirkte wie aus dem Mittelalter, wie Gesichter, die Mister Lars auf Bildern in den Büchern gesehen hatte, die er ausgeliehen hatte, wenn er im Gefängnis saß – die einzige Gelegenheit, zu der er Zeit zum Lesen und Bilderanschauen hatte. «Ich hab schon lange keine Kasse mehr im Haus.»

«Sie haben nicht zufällig einen Hunderter bei sich?», fragte Mister Göran.

Er sah die anderen an, als erwarte er ihre stumme Erlaubnis, die Tante niederzuschlagen und nachzusehen, ob sie einen Hunderter einstecken hatte.

«Wenn es so wäre, hätte ich Ihnen gern das Geld gewechselt.» Die Frau lächelte wieder.

Sie schien keine Angst zu haben. Vielleicht war sie verwirrt. Oder sie war einfach daran gewöhnt, dass es nachts an ihrer Tür klingelte. Es handelte sich ja immerhin um eine Art Hotel. Mister Lars hatte den Eindruck, dass sie keine Nachrichten im Fernsehen mitbekommen hatte.

«Haben Sie noch mehr Gäste?», fragte Mister Göran.

«Schon lange nicht mehr», antwortete sie, «die Saison ist vorbei.»

«Die Stadt wirkt verlassen», sagte Mister Fredrik.

«Da ist was dran, hier wohnen nicht mehr viele», sagte sie.

«Soweit ich sehe, gibt es niemanden im Ort, der heute wacht», sagte Mister Fredrik.

«Was?», sagte Mister Göran.

«Morgen ist doch Heiligabend», sagte Mister Fredrik.

«Heute ist Heiligabend», sagte Mister Lars.

Er lag im Bett und lauschte auf Geräusche. Es gab keine. Der Ort war von innen genauso still und verschlossen, wie er von außen gewirkt hatte.

Die Alte war ihnen vorangeschlurft und hatte Licht gemacht, das aber nicht viel brachte. Sie hatten jeder ein Zimmer an einem Korridor im Erdgeschoss bekommen.

«Um acht gibt es Frühstück», hatte sie gesagt, als sie noch alle im Flur standen.

«Vielen Dank.» Mister Göran hatte sich verneigt.

Danach waren sie wieder hinausgegangen und hatten das Auto hinter das Haus geschoben, außer Sichtweite von der Straße. Sie hatten es vor der Kellertreppe stehen lassen.

Mister Göran hatte den Müllsack mit dem Geld vom Rücksitz gehoben.

«Jetzt kann ich nur hoffen, dass niemand auf die Idee kommt, sein Handy zu benutzen, bevor alles vorbei ist.» Er warf sich den Müllsack über die Schulter und ging aufs Haus zu. Er sah aus wie eine Imitation des Weihnachtsmannes.

«Wo willst du damit hin?», fragte Mister Fredrik.

Mister Göran blieb stehen, den Sack auf dem Rücken.

«Willst du den etwa im Auto lassen, Mister Fredrik?»

«Du kannst dir doch nicht einfach das Geld nehmen.»

Mister Göran ließ den Sack fallen. Der schien schwer aufzuprallen.

«Bitte sehr, dann trag ihn doch selbst, du Idiot. Wir müssen das Zeug ins Haus schaffen, oder nicht?»

«Ich will die Knete sofort aufteilen», sagte Mister Fredrik.

«Hier?», fragte Mister Lars.

«Sobald wir drinnen sind», sagte Mister Fredrik.

«Wir machen es in meinem Zimmer», sagte Mister Lars.

«Ich schlage vor, wir losen», sagte Mister Fredrik.

Das Los fiel jedenfalls auf Mister Lars. Das macht wahrscheinlich keinen Unterschied, dachte er, die Zimmer der anderen sind bestimmt gleich. Gleich deprimierend eingerichtet, die gleichen ausgeblichenen Tapeten. Rot. Warum sind die Tapeten in solchen Absteigen immer rot?

Sie saßen auf dem Fußboden und wollten das Geld zählen. Es gab nur einen kleinen Nachttisch und einen Stuhl im Zimmer. Auf dem Fußboden zählte es sich besser. Mister Fredrik hatte vorgeschlagen, alle Geldscheinpakete zu öffnen, aber Mister Lars und Mister Göran hatten das abgelehnt. Mister Göran hatte demonstriert, wie schnell man die Bündel durchblättern konnte, um zu kontrollieren, dass es Geld und kein Zeitungspapier war. Mister Fredrik war zwar von Natur aus misstrauisch, aber auch für ihn gab es Grenzen.

Mister Lars hatte immer noch keine Nachrichten, von niemandem. Er sah auf die Uhr. Jetzt war es fast eins. Mitternacht, dachte er. In sechs, sieben Stunden mussten sie hier weg sein und sich dann an der nächstbesten Stelle trennen. Jeder würde seiner Wege gehen. Er wusste, dass sie sich nie mehr wiedersehen würden. Den Wunsch verspürte auch keiner von ihnen. Diese Branche eignete sich nicht für beständige Freundschaften. Mit Mister Göran hatte er schon mal ein paar Dinger gedreht, aber Mister Fredrik war zum ersten Mal dabei. Er warf einen Blick auf Mister Fredrik, der vollkommen im Geld versunken zu sein schien, bildlich und buchstäblich. Er war ein nervöser Typ, das kam nicht nur vom Misstrauen. Wäre Mister Fredrik nicht gewesen, müssten sie jetzt nicht hier sitzen. Mister Lars war sich nicht sicher, dass sie heil aus der Sache rauskommen würden, nicht alle. Es gehörte sich einfach nicht, Leute zu erschießen. Er trauerte nicht um die Wachleute, das nicht, es war jedoch in jeder Beziehung unpassend, Leute bei Ausübung ihrer Arbeit zu erschießen. Sein Job brachte es mit sich, dass er hin und wieder unbequemen Situationen ausgesetzt war, aber Schießen gehörte nicht dazu. Es galt, Ruhe zu bewahren. Mister Fredrik hatte nicht die Ruhe bewahrt. Vielleicht verfügte er über gar keine Ruhe, die er bewahren könnte. Jetzt wollte er sein Geld bewahren. Mister Lars war nicht ganz sicher, ob es überhaupt noch Mister Fredriks Geld war. Er müsste eigentlich für das bezahlen, was er getan hatte. Ein Bußgeld. Das Problem war nur, wie man ihm das beibringen sollte.

Mister Göran streckte eine Hand nach dem Geldhaufen aus.

«Drei Haufen», sagte Mister Lars.

Er sah, wie Mister Görans knochige, eckige Hand über dem Geldhaufen wie ein urzeitlicher fliegender Drache schwebte.

Der hatte einen besonderen Namen. Den Namen hatte Mister Lars vergessen. Er hatte ihn in einem Buch gelesen, in welchem Gefängnis war das noch gewesen? Es hatte da auch ein Bild von dem Drachen gegeben. Er sah genau so aus wie Mister Görans Hand.

«Was zum Teufel redest du da?» Mister Göran zog die Hand zurück.

«Wir sind zu dritt, also werden es drei Haufen», sagte Mister Lars.

«Miss Marita muss auch einen Anteil kriegen», sagte Mister Göran.

«Dann musst du ihr was von deinem abgeben», sagte Mister Lars.

«Ihr Risiko war genauso groß wie unsers», sagte Mister Göran.

«Es ist deine Schnecke», sagte Mister Lars. «Also musst du deinen Anteil der Beute mit ihr teilen.»

«Genau», sagte Mister Fredrik.

«Versucht doch mal, mich zurückzuhalten.» Mister Göran streckte wieder die Hand nach dem Geld aus.

Mister Fredrik streckte die Hand nach seinem Colt aus, den er in einem Holster unter dem Arm trug. Er hob die Waffe und drückte sie Mister Göran an die Stirn.

«Ich glaube, du hast dich ein bisschen zu sehr daran gewöhnt zu bestimmen, Mister Göran Persson», sagte er. «Manchmal solltest du auch anderen zuhören.»

Mister Görans Hand hing wieder über dem Geldhaufen. Seinen Augen war abzulesen, dass ihm die Möglichkeit bewusst war, in der nächsten Sekunde ein drittes Auge auf der Stirn haben zu können, das ihn aber längst nicht dreimal so gut sehen lassen würde. Im Augenblick hatte er an nichts anderes zu denken als an drei Haufen.

«Ja, ja, okay, okay.» Er zog die Hand wieder zurück.

«So was nennt man Aufteilungspolitik», sagte Mister Lars.

«Was? Wie?», sagte Mister Göran.

«Aufteilungspolitik. Hab ich gelesen, als ich in Säter gesessen habe.»

«Wenn du noch öfter brummen musst, wirst du noch Professor», sagte Mister Göran.

«Oder Staatsminister», sagte Mister Fredrik.

«Mir genügt es, wenn ich Steuerflüchtiger werde», sagte Mister Lars. «Wollen wir jetzt endlich anfangen zu zählen?»

Sie zählten, sie zählten bis tief in die Nacht zum Heiligen Abend. Es war nichts weiter zu hören als das trockene wunderbare Rascheln von aneinander reibenden Geldscheinen.

Mister Fredrik bestand anfangs darauf, Schein für Schein zu zählen, gab jedoch bald auf.

«Ich hab hier zwei Millionen», sagte er schließlich. «Zwei Millionen zweihunderttausend.»

Mister Göran war auch fertig. «Genau drei Millionen dreihunderttausend.»

Mister Lars schaute auf. «Ich komme auf drei Mille. Plus hunderttausend.»

«Hat einer von euch vielleicht einen Hunderter gefunden?», fragte Mister Fredrik.

«Das hätten wir doch wohl gesagt, oder?», sagte Mister Göran.

«Acht Millionen sechshunderttausend», sagte Mister Lars.

«Frohe Weihnachten!», sagte Mister Fredrik.

«Was macht das durch drei?», fragte Mister Göran.

«Satte zwei Millionen achthundertsiebenundsechzigtausend.» Mister Lars schaute von seinem Notizbuch auf. «Ich kann auf einen Tausender verzichten.» Er sah Mister Göran an. «Den kannst du Miss Marita geben.»

«Die wird sich aber freuen», sagte Mister Göran, ohne zu lächeln.

«Genau das sollten wir jetzt tun», sagte Mister Fredrik, «uns freuen. Jetzt guckt doch nicht so miesepetrig. Wir sollen uns freuen! Wir können uns alles leisten!»

Ihm schien erst jetzt der Wert des Papiers, das zu seinen Füßen lag, bewusst geworden zu sein.

«Wir kommen hier nicht weg», sagte Mister Göran. «Das ist das Einzige, was ich im Augenblick will, hier weg.»

Mister Fredrik stand auf, verzog das Gesicht, ging zum Fenster, hob den Vorhang hoch und schaute hinaus.

«Es hat angefangen zu schneien», sagte er.

«Perfekt», sagte Mister Göran. «Das hat uns grade noch gefehlt.»

«Spielt doch keine Rolle», sagte Mister Fredrik. «In ein paar Stunden sind wir weg. Tankstellen öffnen früh.»

«Wir sollten versuchen, diese Stunden zu schlafen.» Mister Lars stand ebenfalls auf. Er verzog das Gesicht wie Mister Fredrik. Er hatte Rückenschmerzen, die Hüften, Beine und Füße taten ihm weh. Er war es nicht gewohnt, auf dem Fußboden zu sitzen. Das hatte er nicht mehr getan, seit er Kind gewesen war, und er hatte vergessen, wie es war, Kind zu sein.

Mister Lars drehte den Schlüssel zweimal herum, schob einen Stuhl vor die Tür, steckte das Geld unter die Matratze und legte sich mit dem Revolver neben dem Kopfkissen schlafen.

Einmal wurde er von einem Geräusch wach, vielleicht war etwas heruntergefallen. Er ging ans Fenster und sah hinaus. Die Fensterscheibe war streifig von Nässe und Schnee. Der

Schnee fiel dicht und bedeckte schon die Erde. Alles war ein wenig heller geworden, als hätte jemand die Lichtstärke der Straßenbeleuchtung erhöht, weil Weihnachten war. Das Schild konnte er nicht sehen, als wäre es nie da gewesen. Es war nicht zu erkennen, wie hoch der Schnee lag, aber in den nächsten Stunden würde es wohl kaum weniger werden. Mister Lars schaute auf die Uhr. Halb fünf. Vielleicht öffnete die Tankstelle schon um sechs oder halb sieben. Er hörte noch einen Aufprall und sah, wie Schnee vom Dach rutschte. Der Schnee pappte schon zusammen.

Er ging über den kalten Fußboden zurück zum Bett und setzte sich darauf. Es war sinnlos, jetzt noch schlafen zu wollen. Er musste einfach abwarten. Er spürte die Unebenheiten im Bett. Es waren seine eigenen Unebenheiten. Die wollte er nicht hergeben. Er wusste, dass Mister Göran keine Sekunde zögern würde, wenn er eine Chance sah. Technisch gesehen hatte er den kleinsten Haufen bekommen, weil er ja mit Miss Marita teilen musste. Mister Lars bezweifelte jedoch, dass Mister Göran teilen würde. Man konnte nie wissen. Manchmal war die Macht der Frauen groß.

Da klopfte es an die Tür, ganz leise. Es klopfte wieder.

Er stand auf, schlich zur Tür, lauschte, wartete. Jetzt war nichts mehr zu hören.

Er öffnete die Tür.

Draußen war niemand.

Mister Lars machte einen Schritt in den Flur, aber er war leer. Dort war nur das vernebelte Licht einer Wandleuchte, die aus einem anderen Jahrhundert stammte. Selbst das Licht schien aus der Vorzeit zu stammen. Ein Wunder, dass es so lange überlebt hatte.

Mister Lars schloss die Tür und setzte sich wieder aufs Bett. Hatte er sich getäuscht? Nein. Er war keiner, der sich

Sachen einbildete. Jemand hatte an die Tür geklopft. Mister Göran? Mister Fredrik? Aber warum davonschleichen? War es die Alte gewesen? An ihr war etwas Merkwürdiges, und in diesem Fall meinte er nicht, dass sie hundert Jahre alt war, siebenhundert Jahre. Sie wirkte nicht senil. Zuerst war sie ihm ein wenig verwirrt vorgekommen, aber das stimmte nicht. Ihr Blick war scharf.

Sie hatte sie hereingelassen, fast so, als wären sie ... erwartet worden. Da war etwas ... sie schien nicht überrascht gewesen zu sein, als wären sie mitten in der Hochsaison gekommen. Aber die Nacht zu Heiligabend war zumal in dieser Gegend weit von der Hochsaison entfernt. Schließlich war diese Pension kein Skihotel in den Bergen. Hier war man am Ende der Welt. Ihm fiel ein, dass er heute Abend, gestern Abend das Gefühl gehabt hatte, nun öffne sich ihnen ein Weg. Warum waren sie dann ausgerechnet ans Ende der Welt gefahren? Es gab immer noch vier Himmelsrichtungen, zwischen denen sie wählen konnten, als sie sich nach dem Raubüberfall auf den Werttransport auf den Weg machten.

Jetzt gab es vielleicht keine einzige Richtung mehr.

Er stand wieder auf, ging ans Fenster. Der Schnee fiel, als hätte der Weihnachtsmann eine Pause auf seiner Reise durch den Himmel eingelegt, und jetzt baggerte er mit seiner größten Schaufel Schnee auf dic Erde, um für Weihnachtsstimmung zu sorgen. Aber was genug war, war genug. Inzwischen konnte Mister Lars keine Konturen mehr unterscheiden. Die Büsche sahen aus wie Weihnachtsmänner. Wenn es so weiterschneite, würden sie nirgendwo hinkommen. Es würde sogar unmöglich sein, die Tankstelle zu Fuß zu erreichen, um in einem Kanister genügend Sprit für die Fahrt dorthin zu besorgen, um dann ordentlich zu tanken.

Er sah wieder auf die Uhr. Halb vier. Was zum Teu... Vor

einer halben Stunde war es doch schon halb fünf gewesen! Hatte er sich geirrt? Als er das erste Mal nachgeschaut hatte, war er noch nicht ganz wach gewesen. Er untersuchte seine Armbanduhr genauer. Nein, er hatte sie nicht falsch herum umgebunden. Er sah, wie sich der Sekundenzeiger bewegte, und zwar vorwärts, nicht rückwärts.

Dann hörte er wieder das Klopfen.

Schnell ging er zur Tür, ohne darauf zu achten, ob er Lärm machte, und zerr… zerr… ZERRTE an der Türklinke, stieß, drückte, aber die Tür war verschlossen.

Erinnerungen überfielen ihn aus dem Nichts. Die Erinnerungen an Gefängniszellen, in denen er gelebt hatte, wenn man es denn als leben bezeichnen konnte. In verschlossenen Räumen.

Er ließ die Türklinke los, wartete fünf Sekunden, drückte die Klinke erneut herunter, schob.

Die Tür öffnete sich.

Er betrat den Flur. Er war leer. Der Lichtschein war schwächer geworden, als ob einer Kerze der Sauerstoff ausginge. Plötzlich schnappte das Licht in der Lampe nach Luft. Die Schatten zuckten hierhin und dahin.

Er ging rasch zur nächsten Tür, schlug dagegen, rief.

«Mister Fredrik? Mister Fredrik!»

Er bekam keine Antwort.

«Mister Fredrik!»

Er drückte die Klinke herunter. Die Tür war natürlich abgeschlossen.

Er ging zur nächsten Tür, hämmerte dagegen.

«Mister Göran? Mister Göran?» Er hämmerte wieder. «Mister Göran!»

Auch hier bekam er keine Antwort.

Um ihn herum tanzten die Schatten. Er ging zurück zu

seiner eigenen Tür. Sie war zugefallen. Als er nach der Türklinke griff, wusste er es schon.

Er riss an der Klinke, aber die Tür rührte sich nicht. Das Türschloss hatte sich offenbar verklemmt. Die Alte wohnte im Obergeschoss. Er konnte hier doch nicht in Unterhose herumstehen und warten. Er begann schon zu frieren wie ein Hund. Unterhose oder nicht, er musste die Alte wecken, damit er wieder in sein Zimmer kam. Im Zimmer war das Geld. Vielleicht fand er irgendwo eine Decke. Ein Teppich würde auch genügen. Übrigens konnte er genauso gut versuchen, Mister Göran und Mister Fredrik zu wecken. Sie mussten besprechen, wie sie hier wegkamen, und zwar so schnell wie möglich. Der Schnee würde bald einen halben Meter hoch sein. Er sah auf die Uhr.

Drei.

Herr im Himmel.

Er blinzelte und schaute wieder. Es war immer noch drei, ein paar Minuten nach drei. Er nahm die Armbanduhr ab und drehte sie um, aber er hatte sie nicht verkehrt herum angelegt.

Die Zeit ging rückwärts.

Bald würde nicht mehr Heiligabend sein, sondern der Tag vor Heiligabend

Was ging hier vor sich?

Wohin waren sie geraten?

Er bibberte, ging hinaus in den Vorraum oder wie man es nennen sollte, blieb stehen, sah sich um, bückte sich und hob den Flickenteppich auf, in den er sich, so gut es ging, einwickelte. Ich sehe aus wie ein Indianer, dachte er. Aus dem Teppich stieg ein säuerlicher Staubgeruch auf, er sah den Staub flirren wie Sonnendunst. Aber hier gab es keine Sonne und kaum ein Licht.

Mister Lars ging zur Haustür, aber auch die ließ sich nicht öffnen. Sie war nicht abgeschlossen, und trotzdem rührte sie sich kein Stück. Er ging zu dem Tresen mitten im Raum. Dahinter hingen an Haken einige Schlüssel. Er ging um den Tresen herum, nahm die Schlüssel mit zur Haustür, und als er den dritten Schlüssel ausprobierte, fühlte er, dass der Riegel aufglitt.

Er drückte die Klinke herunter, stemmte sich gegen die Tür, aber sie ließ sich nicht bewegen. Sie war aufgeschlossen und doch zugesperrt wie vorher. Er drückte mit der Schulter dagegen, doch nichts geschah. Er vermutete, dass sich der Schnee davor wie eine Mauer auftürmte.

Im Vorraum gab es ein Fenster, aber es war nichts Besonderes zu sehen, nur ein weißes Chaos. Draußen schien ein Schneesturm zu toben. Seltsamerweise war hier drinnen wenig zu hören, als wären die Wände dieser Bude dicker als die Schneemauer. Aber er sah die weiße Hölle in der schwarzen Nacht.

Das Auto war jetzt vermutlich ein Teil der Natur.

Sie waren ein Teil der Natur geworden. Er, in einen Teppich aus natürlichem Material gewickelt, eingesperrt und ausgesperrt. Mister Göran. Mister Fredrik. Am Rand eines Nestes, das vergessen war von Gott und dem Teufel.

Mister Lars sah wieder auf die Uhr. Fünf vor halb drei.

Bald würde es Mitternacht sein.

Und dann war es nicht mehr Heiligabend.

Wie weit geht die Zeit rückwärts?, dachte er. Bis zu der Zeit vor dem Überfall? Von mir aus gern, dachte er. Wenn ich hier nur wegkomme. Und in mein Zimmer. Das Geld. Ich muss das Geld mitnehmen. Ich muss weit genug weg, irgendwohin, wo das Geld etwas wert ist. Hier war es nicht mehr wert als die Beleuchtung im Korridor.

Dort stand er wieder, vor seiner Tür. Er drückte die Klinke herunter, stemmte sich gegen die Tür, und sie gab nach.

Er blieb auf der Schwelle stehen.

Das Licht war unverändert, seit er das Zimmer verlassen hatte. Das Bett stand am selben Platz.

War die Tür ins Schloss gefallen und hatte sich verklemmt, so wie die Zeit rückwärts ging? Aber wie hatte die Tür sich dann von selbst wieder öffnen können?

Mister Lars ging rasch zu seinem Bett und drehte die Matratze um. Das Geld war weg. Das überraschte ihn nicht. Er warf den Teppich von sich, zog sich schnell an. Der Wind drückte Schnee gegen die Scheiben, als käme er mit Hochdruck aus einem Feuerwehrschlauch. Es würde unmöglich sein, das Fenster zu öffnen, geschweige denn, hinauszuklettern und sich in Jackett und Halbschuhen davonzumachen. Das Einzige, was ein wenig gegen den Sturm schützen würde, war die Sturmhaube, aber nicht lange. Mister Göran hatte sie im Gefängnis von Kumla erworben. Die Ausrüstung wanderte von Gefängnis zu Gefängnis, manches war gut, manches schlechter. Es war wie mit den Knackis. Seht uns an, dachte er. Die ganze Skala von Mister Fredrik bis zu mir selber. Aber war er besser als Mister Fredrik? Und – spielte das jetzt eine Rolle?

Mister Lars ging wieder in den Korridor, nachdem er einen Stuhl gegen die geöffnete Tür gestellt hatte. Er schaute auf die Armbanduhr. Viertel nach zwölf. Noch fünfzehn Minuten bis Mitternacht. Er schlug mit der Faust gegen Mister Görans Tür und dann gegen die von Mister Fredrik. Er meinte von drinnen ein Rufen zu hören, erst von Mister Göran, dann von Mister Fredrik, aber es klang so dünn, als würde es sich entfernen. Das musste der Wind sein, der durch die schwere Tür pfiff.

Er kontrollierte noch einmal die Zeit. Mitternacht.

Er drehte sich um, und alles wurde dunkel.

Mister Lars erwachte im Zwielicht, das die Bilder übernahm, die er in seinen Träumen gesehen hatte und nun vergaß. Vielleicht hatte die Stille ihn geweckt. Der Sturm war abgeflaut. Er stand auf, ging über den kalten Fußboden zum Fenster, schaute durch die Scheiben, hinter denen es vorhin milchweiß und undurchdringlich war. Er stellte fest, dass der Sturm sich über ein stilles Meer aus Schnee gelegt hatte. Die Birken standen still. Der Wind war weitergezogen. Der Himmel war blau. Er sah die Häuser auf der anderen Straßenseite. Heute wirkten sie wie normale Häuser, wie Häuser in normalen Orten. Er sah ein Auto gemächlich vorbeifahren. Er dachte an die Tankstelle, aber gemächlich, ungefähr wie das Auto da draußen.

Rasch zog er sich an.

Im Flur klopfte er kräftig an die Türen von Mister Göran und Mister Frederik, wartete jedoch keine Reaktion ab und hörte auch keine.

Die Alte stand hinter dem Tresen im Vorraum. Sie reichte gerade mit dem Kopf darüber.

«Guten Morgen», sagte sie.

Er nickte.

«Was für ein Sturm heute Nacht», sagte sie.

Er nickte wieder.

«Aber jetzt ist es wirklich ein strahlender Morgen», sagte sie. «Ein richtig schöner Weihnachtstag.»

Er merkte, dass er seine Uhr im Zimmer vergessen hatte. Sein Handgelenk war nackt und wirkte fast braun im goldenen Sonnenschein, der durchs Fenster fiel.

«Das Frühstück ist in wenigen Minuten fertig», sagte die

Alte und zeigte auf die Tür am anderen Ende des Vorraums. Auch das Zimmer badete in Sonnenlicht.

Im Esszimmer war für eine Person gedeckt. Er saß an dem Fenster zum Hinterhof. Alles dort draußen war sehr blau und sehr weiß. Das Auto stand nicht mehr vor der Kellertreppe. Im Schnee waren keine Spuren. Wenn sie es ausgebuddelt hatten, müsste es Spuren geben.

Die Alte glitt durchs Zimmer. Sie stellte einen dampfenden Teller mit zwei Spiegeleiern und reichlich Bacon vor ihn hin, ohne dass er etwas bestellt hatte. Als wäre er Stammgast.

Ihre Füße konnte er nicht sehen. Es sah aus, als gleite sie auf Rollen über den Fußboden.

Butter, Brot und Käse standen schon auf dem Tisch, außerdem ein Thermoskannenmodell, das er schon seit Jahrzehnten nicht mehr gesehen hatte.

«Bitte sehr», sagte sie und glitt davon. Vor einigen Sekunden noch hätte er ihr viele Fragen stellen mögen, aber da sie schon am anderen Ende des Esszimmers war, ließ er die Fragen und nahm stattdessen Messer und Gabel. Und dann war sie weg.

Er begann mit dem Frühstück. Plötzlich füllte sich das Zimmer mit Musik, nicht laut, aber sie war deutlich zu hören. Die Alte musste irgendwo ein Radio eingeschaltet haben, das auch einen Lautsprecher im Esszimmer hatte. Die Musik verstummte. Ein Signal kündigte die Nachrichten an. Er hörte auf zu essen und lauschte.

«Die beiden Täter, die am Abend vor Heiligabend einen brutalen Überfall auf einen Werttransport im nördlichen Småland verübt haben, konnten gegen Mitternacht gefasst werden. Sie wurden etwa dreißig Kilometer vom Tatort entfernt an einer von der Polizei errichteten Straßensperre festgenommen. Dabei kam niemand zu Schaden, aber der Zustand der drei Wachmänner, die bei dem Überfall angeschossen wurden, ist immer noch ernst. Nach Aussage eines Arztes in Eksjö ist ihr Zustand kritisch, aber stabil.»

Er hörte nicht mehr hin. Er sah die Alte wieder hereingleiten.

«Haben Sie noch einen Wunsch?», fragte sie.

Er schüttelte den Kopf.

«Die haben da eben etwas ganz Schreckliches im Radio erzählt», sagte sie.

Er nickte.

«Aber das ist weit von hier entfernt passiert», sagte sie.

Anne B. Ragde

Polarsafari

Als die SAS-Maschine die Wolkendecke über dem Isfjord zerriss, lagen sie einfach da. Flach, weiß und groß, mit dunklen senkrechten Einschnitten, die sich zu den gefrorenen Fjordweiten hinzuwälzen schienen. Weit draußen in Meeresnähe begann das Eis zu brechen. Es war Ende März. Während das Flugzeug zur Landung in Longyearbyen ansetzte, türmten die Berge sich immer höher auf. Erik fragte sich schon, ob es ausnahmsweise einmal ein richtiger Entschluss gewesen war, die Reise anzutreten. Abzuhauen. Die Erledigung aller Probleme dem Anrufbeantworter zu Hause zu überlassen.

Es lag an den Bergen. Das war ihm schon bei seinem ersten Besuch hier aufgegangen, nach fünf Minuten mit festem Boden unter den Füßen. Die Berge bewirkten etwas in ihm, etwas Primitives und Richtiges, das alles andere klein und jämmerlich erscheinen ließ. Die Berge strahlten eine Reinheit jenseits von Zeit und Geschichte aus, eine Gewalt, der er sich unterwarf, vor der er den Blick senken musste.

Er hatte sich entschieden. Zwischen Nervenzusammenbruch und Flucht. Der Flucht hierher. Zu den Bergen und der Eiswüste und einer Sonne, die in der Kälte über den Felsformationen zitterte. Es war richtig. Und hätte nicht später passieren dürfen. Er spürte, wie sein Dickdarm durch den Whisky im Flugzeug von Tromsø hierher ins Rumoren geriet. Dieser verdammte Dickdarm hielt nichts von Whisky, aber darauf würde er von nun an ganz einfach pfeifen. Der Dickdarm würde sich gefälligst mit seinem Schicksal abfinden müssen. Und vielleicht würde er sich von anderen und freiluftigeren Argumenten überzeugen lassen.

Svein wartete. Der gute alte Svein hatte einfach gesagt: «Ja, klar, ich hatte mich schon gefragt, wie lange du diesen Saustress da noch aushalten würdest. Komm einfach her, ich sorge für alles.»

Svein stand da in seinem dicken Parka und plauderte mit dem Regierungsbevollmächtigten, während Erik in seinen karamellbraunen Bruno-Magli-Schuhen über die Eisdecke schlitterte. Genäht aus italienischer Vorhaut, Eintrittskarte zum Ecktisch im Osloer Nobelrestaurant *Annen Etage*, und hier oben ganz und gar fehl am Platze. Aber Svein hatte ja versprochen, für alles zu sorgen, auch für einen Thermoanzug und Stiefel für das Schneemobil, deshalb hatte Erik sich, wie er ging und stand, ins Flugzeug gesetzt.

Svein entdeckte ihn, rief und winkte, grinste unter seinem Walrossschnurrbart, der zu nichts anderem gut war, als feines Eis anzusammeln.

«Alter Habicht, du siehst ja aus wie jeder dahergelaufene Idiot vom Festland, aber das werden wir schon noch ändern. Komm mit, alter Junge. Hast du im Duty-free ordentlich eingekauft? Du musst dem Kontrolleur hier sagen, dass du mindestens einen Monat bleiben willst, dann kriegst du genug Rationierungsmarken für Schnaps. Und morgen früh schaust du im Getränkeladen vorbei. Dann wirst du schon überleben.»

Er wartete schon vor dem Haus auf ihn, in dem Svein wohnte: ein kohlschwarzer Polaris 600. Er schien hundert Sachen zu fahren, auch wenn er mucksmäuschenstill auf dem Glatteis stand.

«Den nimmst du», sagte Svein. «Ich hab mir ein altes Wrack vom Vorjahr geliehen. Der da hat einen Elektrostarter, was sicher nicht blöd ist für einen Stadtbubi wie dich. Wie geht's dir denn überhaupt?»

«Weiß nicht, so beschissen wie bei unserem Telefongespräch, nehme ich an.»

«Was haben sie in deiner Firma gesagt?»

«Auf Nimmerwiedersehen. Die haben meine Visage genauso satt wie ich ihre.»

«Klasse Anzug hast du da an. Der letzte Schrei, nehm ich an? Vielleicht passt er mir, dann kann ich damit hier in der Kneipe protzen, während du in der Eiswüste meditierst.»

Er war an einen Punkt gelangt, wo er nicht mehr gekonnt hatte, wo ihm Schreibtisch und Telefon die Galle in den Hals getrieben hatten. Projektleiter in einer Werbeagentur zu sein haut irgendwann auch den Stärksten um. Man zappelt zwischen Bast und Borke, zwischen dilettantischen Auftraggebern auf Kundenseite und piekfeinen Büro-Kreativen, die keinen Spaß vertragen können, auf der anderen. Er mühte sich ab, um beide Seiten zufrieden zu stellen, um sein Fähnchen nach dem Wind zu drehen, um nach dem Mund zu reden und zu glätten, um noch bis tief in seine Albträume hinein diplomatisch zu bleiben. Er schaffte das nicht mehr. In den letzten Monaten hatten sich die Auseinandersetzungen wie eine Kette aus Magenkrämpfen eingestellt, Kunden hatten sich über die Designer beschwert, die sich ihrerseits weigerten, noch mehr mit diesen Kunden zu tun zu haben. Designer und Texter hatten die Kunden unverblümt als pissfeige Dilettanten bezeichnet, während der Agenturchef herumgerannt war und Erik vorgeheult hatte, wie unverzichtbar just dieser Kunde doch sei. Ihm zufolge schien jeder noch so kleine Scheißkunde von entscheidender Bedeutung für den ganzen Jahresumsatz zu sein. Nicht einmal von den schlimmsten Idioten durfte man sich trennen, um den beleidigten Kreativen eine Freude zu machen. Alles nur verdammte Lügen und Behauptungen. Natürlich konnte ein Geschäftsverhältnis auch auf höfliche Weise aufgelöst werden, aber Erik war ziemlich neu im Haus und durfte deshalb solche Vorschläge nicht machen. Und sein Dickdarm hatte sich jedes Mal verzweifelt gewunden, wenn das Telefon klingelte und am anderen Ende der Leitung ein unzufriedener Kunde hing.

Ihm war ganz einfach das ZS ausgegangen, das Zielgerichtete Scheißgerede, und die anderen hatten sich über seine niedrige Toleranzschwelle ausgelassen. Der Tropfen, der das Fass zum Überlaufen brachte, war die öffentliche Bloßstellung bei der Personalbesprechung gewesen, wo noch jeder kleinste und frisch eingestellte Reinzeichner etwas zu sagen hatte. «Ich kann nicht mehr mit Erik zusammenarbeiten. Der macht zu viel Stress mit Kundenwünschen und Deadlines, wir haben keine kreative Ellbogenfreiheit, verdammt nochmal», hatte einer nach dem anderen gejodelt. Sie alle waren versehen mit roten Brillengestellen und innovativ gebleichten Strähnchen in den Haaren. Diese verdammten schnieken Kreativen, die sich für Künstler hielten und darauf pfiffen, dass der Umsatz der Kundschaft nach ihrer teuren Kampagne in den Keller gesunken war.

«Ich kann auch nicht mehr mit euch arbeiten, ihr verdammten Primadonnen, es geht hier nicht nur um Geld und

Umsatz, ihr seid für die Kundschaft da, nicht umgekehrt, ich lass mich beurlauben, ich hab keinen Bock mehr.»

Dann hatte er Svein angerufen.

«Ich will weg, ich komm rauf. Besorg mir eine Hütte weit weg von allem, ich muss nachdenken, vielleicht hab ich Lust, mich von NORAD anwerben zu lassen, um den Kindern in Mosambik Lesen und Schreiben beizubringen, ich weiß nicht … ich muss etwas SINNVOLLES TUN. Verstehst du?», hatte er über Satellit nach Longyearbyen geschrien.

Und jetzt war er hier.

Der Thermoanzug war knallorange mit dem Schriftzug «Store Norske» quer über dem Rücken. Er passte. Das tat auch das Glas «Queen Anne» on the Rocks, Permafrost in Würfeln, so eiskalt wie der Wind draußen hinter den Fensterscheiben.

«Wir fahren in die Agardhbucht», grinste Svein. «Oben an der Ostküste. Ich glaube, da kriegst du Lust auf Mosambik. Die Hütte ist Klasse. Klein, aber groß genug.»

«Gibt's da oben jetzt Bären?»

«Glaub ich nicht. Wir haben vorige Woche einen Heli hochgeschickt, die haben nichts gesehen, die Viecher sind noch weiter im Norden, wo die großen Robben sind. Aber das kann sich innerhalb weniger Tage ändern. Die Bären haben um diese Jahreszeit Hunger, und nichts essen sie lieber als Reklamefritzen vom Festland. Aber ich lass dir meine Magnum da, die, die du beim letzten Mal an den Coladosen getestet hast.»

«Wann fahren wir?»

«Zuerst müssen wir noch Proviant besorgen, du Nervbolzen. Wir fahren morgen Vormittag.»

Sie holten zwölf Kanister Treibstoff aus dem Materiallager bei Bayen, dazu Konservendosen und tiefgefrorenes Brot aus dem Proviantlager. Erik machte einen Großeinkauf im Alkoholladen, während Svein die Schlitten bepackte, und dann ging es los.

Als sie die Schneemobile anließen und Erik die Motorkraft zwischen den Beinen spürte, hatte er wieder das Gefühl, sich richtig entschieden zu haben. Er atmete schwer hinter dem Schal, den er sich um Nase und Mund gebunden hatte, spürte, wie der Gestank der Abgase seine Nase plagte und wie seine Arme im Takt mit der Drehzahl zitterten, er spürte, wie der Schlitten brav in seiner Spur folgte.

Im Adventtal wirbelten sie den Schnee auf wie Kondensspuren, die Sonne hinter den Bergen war rosa und gelb unter dem nackten Polarhimmel. Seine Augen brannten, aber er wollte keine Sonnenbrille aufsetzen.

Er wollte sehen.

Und jetzt fuhr er neben Svein, grinste ihm unter dem Schal her zu, spürte sein Herz angesichts des Tempos und der fast neunzig PS hämmern, spürte, wie die Eiswüste seinen Körper umschloss und ihn weiter ins Nichts schob, fort von allem, fort von wütenden Kunden und Marlboro rauchenden, wichtigtuenden Werbefritzen. Das hier war echt, das hier war richtig, so sollte es sein, hier konnte er denken.

Viele bezeichnen die Natur auf Svalbard als karg und tot, aber solche Leute haben einfach keine Augen im Kopf. Denn alles lebt, Wolken und Schatten, die Blautöne des Eises, die Zickzackmuster der Klüfte zwischen Gletschern und Eiswehen. Tiere wie Fliegendreck auf dem Schnee in der Ferne, kurzbeinige Polarrentiere, die die monatelange Polarnacht mit minimalem Energieaufwand überleben. Weiße Fuchsschwänze in rasender Jagd auf die andere Seite der Eiskruste, wenn man sich nähert. Schneehuhnspuren wie Bleistiftstreifen auf verwehtem Pulverschnee. Mattes Sonnenlicht, das durch die Kälte vor den Augen flimmert. Und überall Berge.

Es ist möglich, diese gewaltigen Weiten mit dem Schneemobil zu durchfahren. Auf Skiern hat man das Gefühl, auf der Stelle zu treten. Denn in den Bergen gibt es keine Anhaltspunkte, es gibt nicht einmal die kleinste Zwergbirke, an der man die Entfernung messen könnte. Man glaubt, dass der Fuß des Berges fünfhundert Meter entfernt ist. Aber dann sind es drei Kilometer. Oder vielleicht noch mehr, vielleicht zehn.

Erik freute sich auf das Alleinsein. Darauf, zu sehen, was passieren würde, in seinen Gedanken, seinem Dickdarm und mit seiner Laune. Obwohl Svein ein Freund im wahrsten Sinne war, ein Freund, der nach dem Militärdienst niemals ganz aus seinem Leben verschwunden war, auch wenn sie so weit voneinander entfernt wohnten. Auch wenn Svein sich aufspielte, war der Kontakt nie verloren gegangen, er sorgte sich um ihn. Svein hatte sogar Kaninchenfell in den Thermoanzug genäht, im Kreuz. Die Windstöße im Rücken konnten bei beständigen 130 Stundenkilometern und fünfzehn Grad unter null ziemlich heftig ausfallen. Erik spürte, wie das Fell wärmte.

Jetzt lag das Sassendal vor ihnen, mit dem Tempelberg im Norden. Sie würden dem Tal nach Osten folgen, durch das Fulmartal weiter zum Agardhtal fahren und dann endlich die Bucht erreichen. Die Schneemobilloipen wurden jetzt weniger, bald zogen sie ihre eigenen.

Vor der Abfahrt ins Agardhtal legten sie eine Pause auf dem Gletscher ein.

«Weißt du, was seltsam ist», sagte Svein, als sie die gewaltigen Schneemobilhandschuhe aus Rentierfell auszogen, um eine Zigarette zu rauchen. «Dieser Gletscher heißt entweder Marmorgletscher oder Elfenbeingletscher. Ich kann mir einfach nicht merken, welcher Name der richtige ist. Dann frage ich andere, wie heißt noch dieser blöde Gletscher, sie sagen es mir, und ich vergesse es wieder.»

«Beide Namen passen, das muss der Grund sein», sagte Erik und schaute zur Gletscherkante hinüber, wo das Eis auf neue Berghänge traf. Alles war von blendend weißem Pulverschnee bedeckt, der Untergrund war eben und hart, ein Traum für Schneemobilkufen und Federung. Und für den Fahrer. Ganz flach und geradeaus im Spitzentempo. Ein Genuss.

Erik riss sich den Schal vom Mund und schüttelte Eiskristalle heraus, schneuzte sich in die Finger. Das brachte er nur hier oben über sich.

Wärme und Geruch der Schneemobile hüllten sie ein. Die Stille war gewaltig, sowie die Motoren verstummten. Wie in einem schallisolierten Raum. Und nicht ein Geräusch war zu hören.

Erik genoss es. Er horchte, hörte seine eigenen Ohren an der Innenseite der Rentierfellmütze kratzen, als er die vom Kopf streifte, er hörte das Knistern von Sveins Tabakpackung, hörte Svein atmen. Es war windstill. Die Sonne wärmte seine Stirn, auch bei fünfzehn Grad unter null.

«Wir sind bald da», sagte Svein und leckte sein Zigarettenpapier an.

Die Hütte war Stückwerk aus Teerpappe und Brettern und Isolierwolle. Die Fensterblenden waren angebracht. Svein nahm sie ab und lüftete. Er hatte den Thermoanzug bis zur

Taille hinuntergestreift, die Ärmel hingen an seinen Oberschenkeln. Jetzt stapfte er wie ein Raumfahrer umher und gab Anweisungen.

«Die Kohlenkästen wirfst du hinter die Hütte, im Haus brauchen die zu viel Platz, du kannst mit dem Eimer neue Kohlen holen, wenn du zum Pissen rausgehst. Bring Propangas und Proviant rein, das Benzin lässt du auf dem Schlitten stehen. Dann kannst du versuchen, ein Feuer zu machen, nimm ausreichend Holz und Zeitungen, liegt alles neben dem Ofen.»

Das Holz war kalt und feucht und widerspenstig. Erik brauchte erst mal einen Whisky. Und als das Plastikglas auf dem Ofen stand, stellte sich Geduld mit den Holzspänen ein. Er blies und blies, zwang die Flammen, an Papierfetzen und Holzscheiten zu lecken. Zuerst mit dem Holz für die richtige Hitze sorgen, dann die Kohlen dazugeben, das wusste er genau. Sein Darm fiepte wie ein ängstliches Hundebaby. Er trank noch einen Schluck.

Svein kam wieder hereingetrampelt.

«Auf dieser Stärke musst du es halten, ein Ofen voll Kohle gibt dir acht Stunden, ehe du nachlegen musst. Aber wenn du wach bist, dann mach das früher. Wenn du rausgehen willst.»

«Ja. Und dann kann ich mich am Rauch aus dem Schornstein orientieren, um wieder nach Hause zu finden.»

«Ha! Du bist mir vielleicht ein Greenhorn. Es gibt keinen Rauch, wenn der Ofen voll Kohle ist. Aber mit Karte und Kompass findest du sicher trotzdem nach Hause. Übrigens solltest du keine langen Touren machen, das will ich nicht, ich habe dem Regierungsbevollmächtigten gesagt, dass du ein verantwortungsbewusster Typ bist, der keinen Unsinn anstellt. Fahr nicht weiter als bis zur Dunérbucht oder über das

Fjordeis, hier drinnen hält das noch wochenlang. Kapiert, du Festlandswurm?»

«Ja, ja … jetzt brennt das Feuer. Was soll's … hier, Svein, trink einen Whisky.»

«Yessir, den nehm ich doch gern. Auf den neuen Gastgeber in der Hütte!»

Es war seltsam, allein zu sein. Unerwartet seltsam. Eine vollkommene Isolation, die ihm keine Angst machte, sondern die ihn dazu zwang, sich selbst gegenüberzutreten, sich der Frage zu stellen, was er aus seinem Leben machen wollte. Eine gute altmodische «Wer bin ich?»-Abrechnung. Er wärmte eine Konserve über der Gasflamme auf und pichelte Queen Anne. Er wollte an diesem Abend nicht nüchtern sein, wollte es nur genießen, hier zu sein. Mitten im Reich der Polarteddys.

Die Ortsansässigen dachten nicht so oft an Eisbären, die waren daran gewöhnt, dass sie da waren. Irgendwo. In beruhigender Entfernung. Oder hinter der nächsten Schneewehe.

Sveins Dan Wesson Magnum .44 lag in seiner Revolvertasche auf dem Küchentisch. Svein hatte die Tasche selbst genäht, aus Leinen, mit Lederkanten. Er konnte sie einfach umhängen, um den Hals und den einen Arm, konnte sie laden und sichern und dann unter dem Thermoanzug verschwinden lassen. Svein hatte noch nie auf Bären geschossen, weder um sie zu erschrecken noch um sie zu erledigen. Nur auf zwei Polarfüchse, die verdächtig munter ausgesehen und sich durchaus nicht vor Schneemobil oder Mensch gefürchtet hatten. Alle wussten um die Tollwutgefahr, und Füchse übertragen das Virus. Deshalb war es wichtig, Füchse abzuschießen und ihnen eine Höllenangst einzujagen, wenn sie auch nur das geringste Anzeichen von seltsamem Verhalten zeigten.

Erik überlegte, was Svein wohl ohne seine kleine Magnum machen würde, wenn ihm auf dem Heimweg Bären begegneten. Gut, dass der Regierungsbevollmächtigte nicht wusste, dass Svein unbewaffnet unterwegs war, aber Svein hatte einfach vergessen, eine zweite Waffe einzustecken. Und als er sich auf den Rückweg machen musste, war es zu spät gewesen.

«Das überlebe ich», hatte Svein gesagt. Das war bestimmt sein Lieblingswort, «überleben». Aber nach zehn Jahren hier oben war das vielleicht kein Wunder.

Denn das hier war Wildnis. Nicht einmal die zivilisierten Häuseransammlungen in Longyearbyen konnten diese Tatsache verbergen. Man war der Natur ausgeliefert. Der Kälte, dem Wind und dem Eis. Kein Wunder also, dass man hier mit minimaler Steuerbelastung durch den norwegischen Staat davonkam.

Der nächste Tag war wieder still und kalt, der Himmel war blassblau, und die Sonne stand tief. Erik machte sich vor dem Haus einen Platz zurecht, den er mit Isomatten und Schaffellen ausstattete. Dann ließ er sich mit frisch aufgebrühtem Kaffee und Broten mit kaltem Eintopf nieder. Vor ihm lag die Agardhbucht, in der Ferne der Burmeisterberg, auf der anderen Seite des Storfjords. Das gigantische Panorama mit weißen Linien in allen Richtungen, so weit das Auge reichte, ergriff ihn ebenso wie am Vortag. Er versuchte, an Mosambik zu denken, und daran, was er aus seinem Leben machen wollte, aber es gelang ihm nicht. Er konnte sich nicht vorstellen, dass es noch etwas anderes gab als das Hier und Jetzt; den heißen Becher in der Hand, die Fjordweiten vor ihm.

Er koppelte den Schlitten ab und ließ den Motor an. Zog sich den Reißverschluss bis zum Hals hoch, wegen der Magnum spannte der Anzug vorn. Die Nikkormat ließ er um den Hals auf dem Anzug hängen, wenn nur der Spiegel in der Kälte nicht hängen blieb. Aber die Luft war so trocken, es würde sicher gut gehen.

Das Dröhnen des Motors machte sogar ihm selber Angst. Das Geräusch hallte in der Weite. Die Kufen folgten dem Untergrund, klatschten über das unebene Eis, der Fjord schien an einem Augusttag oben auf dem Wellenkamm erstarrt zu sein. Er jagte über die gefrorene Wasserfläche, presste den Gashebel immer weiter durch, bis sein behandschuhter Daumen bei 100 Stundenkilometern erstarrte. Er zog hinter dem kleinen Windschirm den Kopf ein und starrte durch das leicht milchige Licht die Berge in der Ferne an. Er hatte fast die Fjordmitte erreicht, als er auf einer endlosen offenen Fläche anhielt, einer weißen Ewigkeit, die im Sucher der Nikkor unendlich wirkte. Der Spiegel öffnete sich perfekt, und er überbelichtete, um die Nuancen in Eis und Himmel einzufangen.

Dann wollte er zur Dunérbucht fahren, um das Agardhgebirge herum und dann zurück zur Hütte.

Es kam alles so plötzlich.

Hinter der Kurve sah er für einen kurzen Moment das gelbweiße Fell, dann riss er schon das Schneemobil den Hang hoch und bog ab. Er steuerte eine kleine Anhöhe an, spürte instinktiv, dass er aus dem Tal hinausmusste, er musste sich einen Überblick verschaffen. Und einen Vorsprung, um die Magnum unter dem Anzug hervorziehen zu können. Er konnte es nicht riskieren, auf dem Rückweg die ganze Strecke um den Berg herum zu fahren, denn dann würde er ihm vielleicht plötzlich bei der Hütte begegnen. Er musste ihn verjagen, zurück nach Nordosten.

Er hielt das Schneemobil an, ohne den Motor auszuschalten, er spürte, wie der Schweiß in der Rentiermütze dampfte. Er war auf einen Eisbären gestoßen. Gleich an seinem ersten Tag.

Der Revolver lag schwarz und hart in seiner Hand, er schenkte ihm eine schwere Sicherheit, die ihn beruhigte. Er entsicherte und wartete.

Aber nichts passierte. Er wartete lange, starrte auf die Kurve und ins Tal. Vielleicht sollte er vorsichtig weiter am Hang entlang fahren. Er hielt den Revolver in der linken Hand, ließ den Lauf nach vorn zeigen und gab langsam Gas.

Nach nur dreißig Metern sah er den Bären.

Das Tier lag auf der Seite, die Krallen leuchteten schwarz in dem gelbweißen Fell und dem vielen Schnee. Es war keine natürliche Haltung. Erik starrte, bis seine Augen schmerzten. Was war das hier, zum Teufel? Was war passiert?

Er wusste, dass Bären um diese Jahreszeit verhungern konnten, aber dann sanken sie wohl schlaff in sich zusammen? Vielleicht stellte der hier sich tot, um Menschen anzulocken.

Nicht paranoid werden, sagte er sich, Eisbären verstellen sich nicht. Der ist mausetot.

Aber weshalb? Erik fuhr langsam bergab, stoppte alle fünf Meter und hielt Ausschau nach einer Bewegung im Fellhaufen. Eigentlich hätte er in einem großen Bogen um das Tier herum und dann nach Hause fahren sollen. Wenn Svein dann in einer Woche käme, könnten sie zusammen herfahren. Aber nein, er hatte noch nie einen Eisbären aus nächster Nähe gesehen, er musste das jetzt tun. Er näherte sich dem riesigen Berg von Tier, der viel zu groß für das kleine Tal wirkte. Zehn Meter entfernt blieb Erik stehen.

Er schaltete den Motor aus, hielt aber die Hand am Zündschlüssel, während er horchte. Er hörte nur seinen eigenen Puls, einen Puls, der immer schneller und heftiger donnerte und der dann fast zum Erliegen kam, als er plötzlich etwas anderes entdeckte. Unter dem Bären lagen zwei Junge. Es war eine Bärin mit zwei Jungen, und keins der drei Tiere rührte sich, die Mutter lag halb über den Jungen.

Und dann entdeckte er die Spuren. Unten im Tal.

Bärenspuren, wild durcheinander, einen Fluss aus Spuren, der zu der Stelle führte, wo sie jetzt lagen. Und das Blut. Das Blut in den Spuren. Dunkles gefrorenes Blut um Eisklumpen und Schneewehen.

Er riss sich vom Sitz des Schneemobils los, hob den Revolverlauf zum Himmel und ging auf die Bären zu. Die Jungen waren unter der Mutter ins Eis gepresst, ihre kleinen Schnauzen schimmerten matt vor Eis, die Augen geschlossen. Die Augen der Bärin standen offen, sie waren von einem metallblauen Film überzogen. Aber auch die Totenstarre konnte nicht den Ausdruck von Wut und Angst in den riesigen schwarzen Augen verbergen. Ihr Kopf war breit und kräftig, die Lippen waren zurückgezogen, um gewaltige Eckzähne und rosa Lefzen zu blecken. Die Zunge hing gefroren im Maul, die Bärin schien eine Angst aus sich hinauszubrüllen, die jenseits von Bergen und Himmel lag. Was war geschehen? Er ging um die Tiere herum. Und dann sah er es.

Tiefe schwarze Schusswunden bei allen dreien.

Im Rücken.

Die Whiskyflasche hatte im Flur gestanden und war eiskalt. Der Ofen war glühend heiß, aber er legte noch mehr Kohlen nach. Seine Hände zitterten, ein paar Kohlenstücke kullerten über die Bodenbretter. Der Alkohol brannte in seiner Kehle, schwelte und wogte und steuerte den Dickdarm an. Er hatte den Thermoanzug nicht ausgezogen, und jetzt spürte er, wie ihm der Schweiß über den Rücken lief, während der Whisky auf der Innenseite brannte. Dennoch fror er, seine Zähne klapperten, als er zwei ausgiebige Schlucke durch seinen Hals zwang.

Diese wunderschönen Tiere. Groß und stolz, in einer Natur, die sie beherrschten, über die sie regierten. In den Rücken geschossen wie Ratten, wie Schädlinge. Wer kam denn nur auf so eine Idee. Wer verdammt nochmal hatte …

Er hatte keine anderen Schneemobilspuren gesehen. Weder unten im Tal noch oben am Hang.

Die Bärin und die Jungen waren also aus der Luft geschossen worden. Eine andere Möglichkeit gab es nicht. Und dann war es keine Notwehr gewesen. Der Eisbär stand unter Naturschutz. Man durfte nur Warnschüsse abgeben, alles andere war verboten. Nur, wenn sie ganz dicht herankamen und deutlich zeigten, dass sie angreifen würden und sich von den Warnschüssen nicht beeindrucken ließen, durfte man schießen. In Notwehr. Zur Selbstverteidigung.

Und dann traf man sie verdammt nochmal nicht in den Rücken.

Mit steifen Fingern streifte er den Thermoanzug ab, dann setzte er sich vor den Ofen. In der einen Hand hielt er das Plastikglas, in der anderen die Flasche. So blieb er sitzen, bis die Flasche leer war, bis sein Kopf leer war. Er ließ sich gegen das Sofa sinken und schlief tief.

Er musste die Sache klären. Niemand sollte so etwas ungestraft tun können. Und wenn er die miesen Schweine in eine Schneewehe zerrte und sie eigenhändig zu Krüppeln schlug. Er wollte sich rächen, das wollte er. Er wollte eine primitive, wütende Rache nehmen, für die Bärin. Da hatte sie sich monatelang mit zwei Jungen irgendwo in einem Bau abgemüht, hatte sie gesäugt und gepflegt. Und dann wagten sie sich endlich ins offene Gelände, als die Jungen groß genug waren. Der Eisbär hat im Prinzip keine natürlichen Feinde, aber eine Bärin mit zwei kleinen Jungen hat eben doch welche. Sogar der biologische Vater der Kleinen konnte auf die Idee kommen, sie zu fressen, wenn zu Anfang des Jahres der Hunger ganz besonders wütend im Gedärm riss. Hungrigen Bärenmännern ging die Bärin also aus dem Weg, auch wenn sie ebenso abgemagert und erschöpft war. Aber sie hatte nicht mit den Männern auf zwei Beinen gerechnet, hatte nicht damit gerechnet, ohne Sinn und Verstand in den Rücken geschossen zu werden.

Die hatten ja nicht einmal die Felle mitgenommen.

Erik hatte von ähnlichen «Jagden» in Alaska und Kanada gehört. Dort ging es um Wölfe.

Dabei saßen die Bonzen mit Champagnerglas und Gewehr im Hubschrauber und knallten verzweifelte Wölfe ab, nachdem sie kilometerlang im Tiefflug über den Tieren gehangen hatten, in endlosen Ebenen, wo kein Wolf eine Chance hatte.

«Polarsafari» nannten sie das. Aber er hatte noch nie gedacht, dass das auch hier oben ein Problem sein könnte. Trotzdem gab es keine andere Erklärung. Und die Tiere waren frisch, sie waren vor zwei Tagen geschossen worden. Sonst wären sie viel härter gefroren. Außerdem hatte er ihren Geruch wahrgenommen – scharfen Wildgeruch, verursacht durch das Fett im Fell, das Kälte und Feuchtigkeit aussperrte.

Aber jetzt würde er auf der Hut sein, alles im Auge behalten. Er wollte dieser Sache auf den Grund kommen, und als Erstes musste er feststellen, ob sie in der Nähe waren.

Am nächsten Tag setzte er sich vor die Hütte, gut eingepackt in Thermoanzug und Schaffell. Das Fernglas war eingestaubt, er putzte es mit Linsenpapier und Reinigungsflüssigkeit aus seiner Fototasche. Dann lehnte er sich gegen die Teerpappe und wartete, horchte.

Er musste lange warten. Und wenn er nicht gerade nach diesem Geräusch gesucht, nicht gerade nach dieser Bewegung Ausschau gehalten hätte, wäre es ihm nie aufgefallen. Denn er hielt sich dicht vor den Bergen auf dem Ostufer des Storfjords. Flog tief unten vor den Bergen.

Ein Hubschrauber. Von Süden.

Sogar mit Fernglas fiel es ihm schwer, den Hubschrauber von den Eiswänden zu unterscheiden. Der sah aus wie ein Vogel, und das Motorendröhnen war weit, weit entfernt. Nur wenn er den Atem anhielt und sein Ohr in die richtige Richtung drehte, konnte er die Rotoren hören:

Tschucka-tschucka-tschucka …

Ein trockener, ferner Laut mitten in der Polarödnis.

Sie flogen vorbei an Kap Lee, dann an der Barkhamodde und weiter in Richtung Mistakodde. Es sah jetzt aus, als drehten sie langsam nach Westen ab, in Richtung Wichebucht. Aber das konnte er nicht mehr sehen, der Agardhberg verbarg den Hubschrauber vor seinen Blicken. Was sollte er jetzt tun? Er wusste ja nicht einmal, ob es dieselben waren. Er schaute auf die Uhr, halb drei. Wenn der Hubschrauber auch am nächsten Tag wiederkäme, vielleicht um dieselbe Zeit, dann würde er mehr wissen. Es war unmöglich, auf diese Entfernung auf Schüsse zu horchen, noch dazu, wo der Berg dazwischen war. Er musste abwarten. Ein wenig Whisky trinken, Kohlen nachlegen, alte Ausgaben von Svalbardposten lesen und sich über dem Propangas Eintopf, Würstchen und Steak aus Argentinien warm machen. Die Hütte war jetzt angenehm geheizt und gemütlich, und er hatte hinter der windgeschütztesten Ecke eine gut eingearbeitete Pissstelle in einer Schneewehe.

Und gegen Abend kroch das Thermometer aufwärts, es näherte sich zwanzig Grad, als er die Blenden vorschlug und unter die Rentierfelle und Decken kroch. Er schlief sofort ein, und die Polarnacht hing stockfinster und tiefblau über Schornstein und Dach.

Sie kamen auch am nächsten Tag, eine Stunde früher. Der Hubschrauber war durch das Fernglas nur schwer auszumachen, aufgrund des Nebels, der aus dem Freemansund stieg und sich über den Fjord legte. Aber er hörte sie. Diesmal überquerten sie den Fjord viel früher in Richtung Westen. Welchen Weg sie wohl zurückflogen? Wo sie die Bären doch gleich hinter dem Agardhberg geschossen hatten. Sie mussten wissen, dass hier an der Ostküste einige Hütten standen, und sicher sollte niemand die Kennung auf dem Hubschrauberrumpf notieren.

Vermutlich hielten sie sich eigentlich lieber weiter im Norden, hatten sich aber nicht beherrschen können, als sie durch das Fernglas die Bärin mit den Jungen entdeckt hatten. Die Schweine. Aber jetzt würde er sie sich schnappen, würde am nächsten Morgen früh aufbrechen und sie erwarten, wenn sie kamen. Feststellen, wer sie waren, sie mit Teleobjektiv einfangen.

Er rieb sich die Wangen, spürte, wie die Bartstoppeln an seinem Handrücken kratzten. Es gab hier keinen Spiegel, und kein Schlipsknoten musste gerade sitzen. Das alles bedeutete bei 78 Grad nördlicher Breite rein gar nichts. Er fand einen neuen Rhythmus, hatte entdeckt, dass der Tag mit nichts gefüllt werden konnte, dass Stunden einfach dahinglitten, wenn man am Kaffeebecher nippte und den Himmel über dem Nordpol anstarrte. Eine Umwelt gab es nicht. Keine Ampeln und Autoschlangen zur Stoßzeit und Fernsehnachrichten. Keine hysterischen Kunden mit knallbunten Werbekampagnen. Langsam begann er, die Dinge aus einer anderen Perspektive zu sehen, und deshalb war er doch hergekommen, erst vor wenigen Tagen. Aber jetzt, wo er die Perspektive gefunden hatte, bedeutete auch dieser Fund nichts, nicht mehr. Er spürte, wie in dem Thermoanzug ein neuer Mensch Gestalt annahm, eine Person, die sich einmischte und an Dingen Anteil nahm, die außerhalb ihrer perspektivlosen kleinen Sorgen lagen. Er hatte die Feinde der Bärin zu seinen gemacht, ohne dass irgendwer ihn darum gebeten hätte. Es kam ihm richtig vor und nahm ihn vollständig in Anspruch. Am nächsten Tag würde der verdammte Hubschrauber auf den Film gebannt werden, dann würden sie büßen. Aber er hatte keine Ahnung, mit welcher Strafe sie rechnen mussten. Mit einer Geldbuße? Das wäre nicht genug.

Es wäre einfach schrecklich, wenn es nur eine dämliche Geldbuße wäre.

Der nächste Tag begann im Nebel, es war neun Uhr. An diesem Tag würde er keinen Whisky trinken. Jetzt war schwarzer Kaffee angesagt, danach ging es geradewegs zum Plumpsklo.

Dem Polaris wurde ein voller Tank spendiert, er fasste beinahe zwanzig Liter aus dem Kanister, der auf dem Schlitten stand. Erik gab auch noch einen Schuss Öl dazu. Danach legte er Magnum und Nikkormat an und machte sich auf den Weg.

Der Nebel lichtete sich. Die bleiche Sonne zwang ihre Strahlen durch eine feuchte Wolkendecke weiter oben in der Atmosphäre und überzog die Eisflächen mit allen Farben des Regenbogens. Die Kälte brannte in seinen Augen. Er kniff sie zusammen und versuchte, durch den Windschirm zu blicken. Das wäre noch eine schöne Bescherung, hier draußen im Niemandsland schneeblind zu werden und den Weg zurück nicht zu finden.

Er folgte dem Fjord nach Norden, vorbei am Fuße der Berge, wo die Eisformationen sich am meisten geglättet hatten. Er mochte die tiefgefrorenen Wellenkämme in der Fjordmitte nicht, außerdem wäre er dort draußen zu leicht zu sehen gewesen. Das kohlschwarze Schneemobil entdeckte man mitten auf der Eisfläche sofort, wie eine bewegliche Rinne im Eis.

Die Eisklumpen jagten ihm entgegen, die Bodenplatte knallte auf das Eis, dass die Federn nur so ächzten. Aber das Schneemobil konnte das verkraften, dafür war es ja gebaut. Er verließ sich voll und ganz auf die Konstruktion und behielt ein Tempo von ungefähr hundert bei.

Er war gespannt. Und empfand Angst. Vielleicht würde er weiter im Norden noch andere tote Tiere finden, feige in den Rücken geschossen, sich selbst überlassen, bis sie zusammenbrachen. Er suchte aus zusammengekniffenen Augen die Eisfläche ab, konnte weit im Norden mit Mühe Olav V.-Land als flachen Eiskoloss ausmachen, platt und breit in einem weißen Licht, das fast mit dem Himmelsgewölbe verschwamm. Das Reich der Eisbären. Das Reich der lebenden Eisbären, wo der Mensch nichts zu suchen hätte, wenn es da nicht die Kohlevorkommen in den Bergen und die norwegisch-russischen Verträge gäbe. Trotzdem lebte man hier zu den Bedingungen der Natur.

Nur neigten manche dazu, gerade das zu vergessen.

Er hatte fast die Wichebucht erreicht, als er es entdeckte.

Eine große feuerrote Stelle mit einer Erhöhung in der Mitte, glänzend rot vor dem blendenden Weiß, dort, wo der Negrigletscher in den Fjord mündet. Er drückte den Gashebel durch und näherte sich rasch.

Sie hatten ihn abgezogen. Hatten das Fell genommen und den Rest liegen lassen. Er ahnte die Einschusslöcher zwischen den glatten Rippen, die sich vom kräftigen Rückgrat her ausbreiteten. Der Kopf fehlte.

Wie beim ersten Mal sah er einen Fluss aus Spuren, der hierher führte, wo der Bär lag, einen Fluss aus panischer Flucht vor Gewehrläufen und Rotoren. Verdammt.

Und die Abdrücke von Stiefeln und den Kufen des Hubschraubers, der ganz in der Nähe gelandet war, lange parallele Spuren. Er wusste zu wenig über Hubschrauber, um aufgrund dieser Spuren Größe und Typ einschätzen zu können. Aber wartet nur. Die würden sicher auch heute kommen, die Schweine.

Sie hatten versucht, den Schlachtplatz zu vertuschen, hatten versucht, den Kadaver mit Schnee zu bedecken, aber das war ihnen nicht gelungen. Es gab nicht genug Schnee, er wurde über die Eisfläche geweht und sammelte sich vor den Bergen. Der Kadaver lag nackt und bloß da, eine respektlose Hinterlassenschaft. Ein Schandfleck. Ein Beweis dafür, dass es Menschen gibt, die sich himmelweit von jeglichem Naturverständnis entfernen können.

Tschucka, tschucka, tschucka …

Er sprang auf das Schneemobil und fuhr so dicht an der Gletscherwand weiter, wie er es überhaupt nur wagte, er riss das Lederfutteral von der Kamera und hielt Ausschau durch das Teleobjektiv.

Der Hubschrauber kam über den Fjord. Und kam genau auf ihn zu. Durch das Objektiv wurde er größer und größer. Er sah nur die riesige Glasscheibe vorn, wo die Sonne die Eisebene unten reflektierte. Sie flogen tief, jetzt drehten sie ein wenig ab. Der Hubschrauberrumpf war dunkelrot, mit einem einzelnen weißen Streifen nach hinten zum Heckrotor. Er spannte und begann zu fotografieren, musste den Atem anhalten und seine Arme verschränken, um sein Zittern zu unterdrücken. Als er die Kamera sinken ließ, sah er, dass sie inzwischen weit weg waren.

Er atmete leise und konzentriert durch den Mund, wie er diese Leute verabscheute, Feiglinge mit Zielfernrohr. Die Registrierung wurde vor dem Dunkelroten jetzt deutlicher. Er hob die Kamera wieder vor sein Gesicht, kniff die Augen zusammen und starrte.

Es war ein norwegischer Hubschrauber. LN. Lima November. Und dann noch drei Buchstaben. Er tippte auf SFT oder SFF. Aber das würde auf den Bildern deutlich zu sehen sein, scharfe Dias, aufgenommen in dem grellen weißen Licht mit blitzschneller Blende.

Sie wollten nach Norden. Er ließ sie außer Sichtweite gelangen, dann warf er den Motor an und folgte ihnen, umrundete in vorsichtigem Tempo die Spitze des Negrigletschers. Hielt unterwegs immer wieder an.

Beim dritten Mal bemerkte er, dass der Hubschrauberlärm sich geändert hatte, die Drehzahl war gestiegen. Sie hatten etwas gesehen. Er gab Gas und umrundete die Landspitze in dem Moment, in dem der Hubschrauber vom sich wie wild drehenden Heckrotor in die Luft gehoben wurde, während die Nase noch zu Boden zeigte. Sie steuerten den Fuß des Edlundbergs an.

Er hielt an und starrte durch das Teleobjektiv, sprang vom

Schneemobil und schaute weiter, suchte mit der Kamera den Fuß des Berges ab.

Dort bewegte sich langsam ein kleiner gelber Punkt. Ein Bär. Aber die Entfernung war zu groß. Er gab Gas und sauste in wildem Tempo über den Fjord, die Unterseite des Schneemobils knallte gegen die Eisbuckel, die Kamera schlug ihm gegen die Brust. Wenn die Leute im Hubschrauber ihn sahen, würden sie vielleicht kehrtmachen und abhauen. Daran, dass er den Bären am Hals haben könnte, dachte er nicht. Er dachte nur daran, dass er gesehen werden musste, so schnell wie möglich. Um den Bären zu retten.

Die Leute im Hubschrauber aber hatten anderes zu tun, als nach wütenden Schneemobilen Ausschau zu halten. Sie verfolgten den Bären, ohne zu schießen. Ließen ihn einfach in verzweifelter Todesangst weiterlaufen. Jetzt war er so nah, dass er den Kopf erkennen konnte, die schwarze Schnauze war wie ein Punkt im Schnee. Der Bär hob den Kopf, riss den Schlund auf und warf den Kopf in den Nacken.

Dann entdeckte er das Junge.

Weiter hinten. Ziemlich groß, sicher schon ein Jahr alt, aber nicht so schnell wie die Bärin. Das Junge fiel hinter ihr zurück, und der Hubschrauber hatte es auf das Jungtier abgesehen. Sie wollten das Fell eines Bärenjungen, blutjunges weißes Fell, um es vor ihrem Barschrank auf den Boden zu drapieren.

Er hielt an. Er würde es nicht verhindern können. Also musste er Bilder machen. Das Panorama im Weitwinkel machte ihm keine Freude, auch wenn er hier einzigartige Bilder auf den Film bannte.

Die Schüsse knallten, und das Junge stürzte. Die Bärin fuhr herum, warf sich in der Luft zu ihrem Jungen herum. Er hörte weitere Schüsse. Sie schossen auf die Bärin. Die sank auf die Vorderpfoten und reckte das Hinterteil, wackelte auf dem Eis mit dem Kopf und blieb still liegen.

Der Hubschrauber landete bei dem Jungen, und zwei Männer sprangen heraus. Sie trugen dunkle Anoraks und dunkle Hosen. Er machte weitere Bilder, während die Männer das Junge in den Hubschrauber schleiften, ohne ihm zuvor das Fell abzuziehen. Er spürte, wie seine Finger um das Kameragehäuse erstarrten, er überlegte, ob er auf den Hubschrauber schießen sollte. Aber das wollte er nicht riskieren. Ein so guter Schütze war er nicht. Also blieb er auf dem Schneemobil sitzen und sah zu, während sich in ihm eine unendliche Trauer ausbreitete. Er spürte, wie die Verachtung für diese beiden Männer seinen ganzen Körper erfüllte und ihn fast lähmte. Die Bärin rührte sich nicht. Sicher war sie ebenfalls tot.

Als der Hubschrauber abhob, wusste er, dass sie ihn sehen würden. Aber er blieb ruhig sitzen. Öffnete langsam den Reißverschluss und zog die Magnum hervor, das Metall war körperwarm. Er wollte die Waffe nur ein wenig schwenken und den anderen Angst machen. Jetzt hatte er die Bilder. Er konnte noch am selben Abend nach Longyearbyen fahren und alles melden.

Der Hubschrauber blieb in der Luft hängen, genau über dem Schlachtplatz.

Sie hatten ihn gesehen. Und jetzt kamen sie.

Tschucka, tschucka, tschucka, tschucka …

Der Krach der Rotoren vermischte sich mit dem von Schnee und Eisklumpen, die um ihn herum mit Orkanstärke aufgewirbelt wurden. Der Hubschrauber hing zehn Meter über seinem Kopf und glotzte von dort auf ihn herab. Er kniff nur die Augen zusammen, krümmte sich auf dem Sitz und hob mit ausgestrecktem Arm zur Drohung die Magnum.

Nun flogen sie höher, außer Schussweite. Dort blieben sie hängen, wie um nach etwas Ausschau zu halten. Oder zu diskutieren, was sie tun sollten. Erst jetzt ging ihm auf, dass seine Wut in Angst umgeschlagen war. Er war den Männern im Hubschrauber ausgeliefert. Sie konnten ihn einfach abknallen und wegfliegen.

Er schaute hoch. Und beschloss zu schießen, sowie ein Gewehrlauf aus der Seitentür des Hubschraubers lugte. Einfach gerade nach oben zu schießen und zu hoffen, dass er traf.

Er musste sich in Bewegung setzen, im Zickzack über das Eis fahren, damit sie ihn nicht treffen konnten. Aber als er Gas gab, legte der Hubschrauber sich in die Kurve und verschwand in hohem Tempo in Richtung Süden.

Er schaute hinterher. Sie überquerten nicht den Fjord auf dem Weg, den sie gekommen waren.

Sie folgten seinen Schneemobilspuren.

Er brauchte lange für den Rückweg. Seine Augen und sein Körper waren müde, immer wieder musste er anhalten, um die Beine zu strecken und die Arme zu schütteln. Den Hubschrauber sah er nicht mehr, hörte kein anderes Geräusch als das Dröhnen des Schneemobils. Seine Spur am Fjordufer war deutlich sichtbar, jetzt wussten sie, wo er hauste. Aber was machte das schon?

Er fühlte sich wie gerädert, als er eine Schneewehe umrundete und dann die Abfahrt zur Hütte begann, der Schal vor seinem Mund war ein einziger Eisklumpen aus Rotz und Atem.

Fell. Milchweißes Fell.

Es lag neben dem Schlitten, war einfach heruntergeworfen worden, aus dem Cockpit geschoben. Frisches Blut lief aus der klaffenden Wunde im Rücken.

Der Anblick war ein solcher Schock für ihn, dass er erst Sekunden später den leeren Schlitten entdeckte. Keine Kanister. Kein Benzin. Sie hatten seine Benzinkanister mitgenommen und keinen Platz mehr für das Bärenjunge gehabt.

Sein Atem ging in harten Stößen, während er den Motor abschaltete und mühsam vom Sitz stieg.

Wie ein schlaffer Haufen lag das Bärenjunge da, sein Kopf war in den Schnee gedrückt, die Augen waren offen und glasig, die Ohren klein und rund. Der kleine Schwanzstummel hing leblos über seinem sauberen, dichten Fell. Ein junges Tier ganz am Anfang des Lebens in der Polarnatur. Es hatte zusammen mit seiner Mutter einen langen Winter überlebt. Aber dann war plötzlich Schluss gewesen.

Er brauchte einen Whisky, eine große Dosis Feuerwasser, um das Zittern zu bekämpfen. Er riss die Tür auf, trampelte in den riesigen Schneemobilstiefeln über den Holzboden und trank in langen Zügen direkt aus der Flasche. Sein Dickdarm rührte sich nicht, gab nicht den kleinsten Mucks von sich. Er trank mehr, bis er merkte, dass der Whisky wieder hochkam. Er schleppte sich aus der Hütte und hinter das Haus, kotzte honiggelben Whisky in den Schnee, und seine Tränen liefen nur so, Tränen, nicht nur wegen des starken Schnapses, sondern Tränen der Ohnmacht und der Wut. Tränen. Er! Das hier war echt. Das konnte ihm niemand absprechen, so entsetzlich es auch sein mochte.

Was war mit seinem Benzin? Jetzt musste er einen klaren Kopf behalten. Erst Kohlen in den Ofen. Dann etwas essen.

Eins nach dem anderen. Und dann nachdenken. Versuchen zu verstehen, warum sie sein Benzin mitgenommen hatten. Damit er nicht wegkonnte? Ja, bestimmt. Hatten sie seine Kamera gesehen? Würden sie zurückkehren, um sich den Film zu holen? Sie mochten offenbar keine Zeugen. Sie verdienten sicher gutes Geld mit den Flügen hierher und den Fellen. Die Lage war ernst. Das hier war viel mehr als die Angst vor einer Geldbuße. Er war mitten in einer organisierten Polarsafari gelandet. Dollars en masse und das Fell schon verkauft, ehe der Bär getötet war.

Er horchte. Hörte er den Hubschrauber? Nein, er wusste es nicht, er konnte nicht lange genug den Atem anhalten, um richtig zu horchen.

Sie würden zurückkommen. Er musste in der Hütte bleiben. Sich einschließen.

Vom Fenster aus sah er das Bärenjunge. Warum hatten sie es nicht hinter die Hütte werfen können, wo es keine Fenster gab? Immer, wenn er nach dem Hubschrauber Ausschau hielt, sah er nur das Junge. Blut und Schwanzstummel und den gebrochenen Kopf. Und die Sinnlosigkeit des Ganzen.

Er öffnete die Weinkiste und trank eine ganze Flasche Weißwein zu den kalten Bratwürsten vom Vortag. Er konnte jetzt keinen Whisky mehr ertragen, auch wenn sein Dickdarm inzwischen abgehärtet und besiegt war.

Die blaue Dunkelheit glitt über die Bucht, die Eisebene lag blank und glatt und endlos da. Er starrte stundenlang vor sich hin und blätterte ziellos in den alten Ausgaben von Svalbardposten.

Und da war es plötzlich. Ein unklares Schwarzweißbild eines ähnlichen Hubschraubers, nur anders lackiert. Es war ein Bell Jetranger, wie die Luftambulanz ihn benutzte. Platz für drei Passagiere und einen Piloten. Oder einen Piloten, einen Passagier und einen Bärenkörper. Oder zwei Männer und zehn Kanister. Oder …

Tschucka, tschucka, tschucka …

Das waren sie. Scheiße.

Aber den Film würden sie verdammt nochmal nicht kriegen. Und wenn er mit der Magnum die Hüttenwand durchlöchern müsste. Der Wein hatte ihm Mut und frische Wut geschenkt.

Sie landeten hinter der Hütte, wo er natürlich überhaupt nichts sehen konnte.

Er hörte, wie die Turbulenzen, die die Rotoren verursachten, Kaskaden aus Eisklumpen gegen die Teerpappe schleuderten. Dann verstummte der Rotorenlärm. Und er hörte das Knirschen von Schritten entlang der Hütte.

«Hallo! … Hallo! … HALLO!»

Er gab keine Antwort.

«HALLO DA DRINNEN!»

Der Mann sprach mit Finnmarkakzent. Aha, schon wusste er ein wenig mehr. Die sollten sich bloß nicht einbilden, dass sie damit durchkommen würden.

«Du hast uns fotografiert. Das war nicht gerade klug von dir. Du musst doch einsehen, dass dich das alles überhaupt nichts angeht. Wirf deine Kamera aus dem Fenster, dann nehmen wir den Film raus.»

«NEIN!»

«Wir wiederholen … DAS WAR NICHT GERADE KLUG VON DIR! … Wer immer du sein magst … gib die Kamera raus.»

«NEIN!»

Er hörte sie flüstern, dann rief der andere:

«Wenn du das nicht tust, dann stecken wir mit dem Benzin, das wir bei uns haben, deine Hütte an. Mit dem Benzin, das wir dir sonst überlassen werden, wenn du uns die Kamera gegeben hast. HÖRST DU?»

Die Stimme klang verzweifelt. Aber er glaubte ihnen nicht. Sie würden die Hütte auf jeden Fall anstecken. Sie mussten doch wissen, dass er den Hubschrauber aus der Nähe beobachtet hatte. Und sie mussten davon ausgehen, dass er die Buchstaben gesehen hatte. SFT. Oder SFF.

Er atmete leise mit geschlossenen Augen durch die Nase.

«MACHT VERDAMMT NOCHMAL, DASS IHR WEGKOMMT, SONST KNALL ICH EUCH AB!»

Sie lachten.

«Und wie willst du das schaffen? Durch die Wand auf uns zielen oder was? Her jetzt mit der Kamera, sonst brennt's …»

Er nahm die Magnum vom Küchentisch am Fenster. Öffnete das Magazin und überzeugte sich davon, dass es voll war. Natürlich war es voll, er hatte ja nicht damit geschossen. Er ließ es zuschnappen und zielte auf die Wand.

Und dann hörte er einen Schrei. Einen unmenschlichen Schrei. Und jemanden, der brüllte. Etwas, das brüllte.

Was zum Teufel …

Ein tiefes Fauchen, dem kratzende, brüllende, splitternde Geräusche folgten. Etwas wurde gegen die Hüttenwand geschleudert, dass die Bretter nur so bebten, und die ganze Zeit hörte er den Schrei. Ein Schuss fiel, dann war alles still.

Seine Hand war um die Magnum erstarrt, sein Körper war eine gespannte Saite aus Angst, rote Wellen wogten aus Sauerstoffmangel vor seinen Augen. Er holte schluchzend Atem, hielt die Luft an und lauschte. Nur eine tote Stille, sonst nichts. Doch … ein Stapfen.

Er taumelte mit weit aufgerissenen Augen zum Fenster, hielt die Magnum vor sich, atmete stoßweise durch die Nase und kniff die Augen zusammen.

Da lag das Bärenjunge.

Und da war ein Schatten.

Ein Schatten, der fast seitlich auf das Junge zutaumelte. Eine runde zottige Silhouette vor den mondblanken Weiten. Die Taschenlampe stand auf der Fensterbank.

Langsam richtete er den Lichtkegel auf die runde Silhouette dort draußen.

Es war die Bärin. Das Fell auf der linken Seite ihres gewaltigen Brustkastens war schwarz vor geronnenem Blut. Die Alte hielt ihren zitternden Kopf über das tote Junge. Sie war offenbar den Schneemobilspuren hierher gefolgt, auf der Suche nach ihrem Jungen.

Jetzt hob sie langsam den Kopf und richtete den Blick auf ihn, auf das Licht im Fenster. Er sah das Blut um ihr Maul und das Blut an den Tatzen. Frisches rotes Blut. Sie hatte sie zerschmettert, sie getötet, so erschöpft sie sicher auch gewesen war. Und ohne es zu wissen hatte sie sich gerächt. Mit ihren allerletzten Kräften.

Lautlos richtete er den Revolver auf die Bärin und drückte ab.

Die Fensterscheibe zerbrach wie dünnes Eis, als sie über ihrem Jungen zusammenbrach. Sie beschützte es mit ihrem Leib, ehe sie bewegungslos liegen blieb. Er starrte im Schein der Taschenlampe zu ihr hinüber. Lange. Zwei Stunden. Oder fünf Minuten, er wusste es nicht. Wusste später nur, dass er gestarrt hatte, bis er ganz sicher sein konnte, dass die Kälte durch ihr Fell und in ihren Körper gedrungen war. Bis er sicher war, dass es vorbei war.

Dann schlug er die Blende vor der Tür zurück und horchte auf die Nacht.

Alles, was er hören konnte, waren der Polarwind über den Fjordweiten und das Funkgerät, das im Cockpit des Hubschraubers knisterte. Und alles, was er spüren konnte, war der Schweiß, der auf seiner Stirn und unter seinen Armen langsam zu Eis wurde.

Inger Frimansson

Prost und frohes Fest

Doktor Rosberg war ein alter Mann, so alt, dass er eigentlich gar keine Patienten mehr empfangen durfte, hatte Inga-Lisa gesagt.

«Aber was soll's», hatte sie gelacht, so breit, dass fast die Schminke in ihrem Gesicht bröckelte. «Deshalb gehe ich ja zu ihm. Er gibt mir alles, was ich haben will, nur ein kleiner Vortrag, und schon holt er den Rezeptblock heraus.»

Inga-Lisa war ihre neue Bekannte in Hovsjö. Eine Frau in den Fünfzigern, frech und mit losem Mundwerk. Aber mit einem Herz aus Gold. Sie hatten sich auf dem Heimweg aus dem Zentrum getroffen, der gleiche Bus, der gleiche Treppenaufgang.

«Verdammt nochmal, wohnst du etwa auch hier?»

Sie fluchte, dass es krachte. Und sie kannte jeden. Genau das, was Jannike fehlte. Eines Abends, als sie beisammensaßen und in Inga-Lisas gemütlicher Küche zu zweit Whist spielten, erzählte sie ihr von Doktor Rosberg.

«Ich gehe schon seit vielen Jahren zu ihm. Er schreibt mir alles auf. Egal, was ich brauche. Er weiß, dass ich große Probleme mit dem Schlafen habe. Das sind die Schmerzen, das ist die Arthrose und die Fibromyalgie. So ist es bei alten Weibern. Und er gehört zu den wenigen Ärzten, die sich für

Frauen einsetzen. Beim letzten Mal hat er mir etwas gegeben, das kann einen Stier umbringen … wenn man nicht vorsichtig ist.»

Sie ging nach Hause und dachte darüber nach. Einen Stier umbringen. Noch war ihr nichts klar, sie hatte keine Pläne oder so. Aber vielleicht war das der Anfang.

Jetzt stand sie vor seiner Praxis, und sie musste lange und fest auf die Klingel drücken, so lange, dass sie schon aufgeben wollte. Doch schließlich hörte sie unsichere Schritte da drinnen, und dann öffnete sich die Tür. Ein zerfurchtes, runzliges Männergesicht zeigte sich.

«Fräulein Linder? Sind Sie es?»

«Ja», murmelte sie.

«Willkommen, Fräulein Linder. Bitte, treten Sie doch ein.»

Doktor Rosbergs Hände waren groß und so mager, dass es schien, als lägen die Adern auf der Haut. Der Gedanke, dass diese Hände ihren Körper berühren würden, gefiel ihr nicht. Aber sie musste es ertragen. Musste mitspielen.

«Guten Tag», sagte sie und setzte eine Leidensmiene auf, während sie gleichzeitig den Atem schwer und angestrengt werden ließ.

«Setzen Sie sich bitte und warten Sie hier, ich rufe Sie gleich herein.» Er deutete auf eine Sitzgruppe und entfernte sich über den Flur.

Doktor Rosberg hatte seine Praxis in einem Teil einer großen Östermalmswohnung, schwere, samtbezogene Sessel, fleckige Teppiche. Soweit Inga-Lisa wusste, wohnte er allein dort. Von einer Frau Rosberg hatte sie nie gehört, auch hatte sie niemals eine Arzthelferin gesehen. Auf dem Sofa lag ein kleiner Hund mit einem Fell aus gehäkelten Seidenbändern. Seine Schnauze war fast abgerieben, schwarz aus abgewetztem Garn, das sich gelöst hatte. Sie stellte sich vor, dass Kinder ihn in den Arm genommen hatten, als Schutz gegen den Äthergeruch und die klirrenden metallischen Geräusche und die Laute, die aus dem Behandlungszimmer drangen.

Sie hängte ihren Kunstpelz auf und löste den langen, gestreiften Schal, den sie um den Kopf geschlungen und der ihre Ohren gewärmt hatte. Der Winter war bereits Ende November mit mehreren Zentimetern Schnee gekommen, der ungewöhnlicherweise nicht wieder geschmolzen, sondern wie auf einer Weihnachtspostkarte liegen geblieben war. Sicher saßen die anderen jetzt bei der Arbeit zusammen und unterhielten sich über den Schnee, gemütlich am Kaffeetisch. Das war der Höhepunkt des Tages, wenn sich alle in dem engen kleinen Frühstückszimmer versammelten. Zwei Kerzen würden brennen, denn Sonntag war der zweite Advent gewesen. Sylvia hatte sicher wie üblich Torfmoos besorgt und Kerzen gekauft. Sie war im Keller gewesen und hatte all die elektrischen Kerzenleuchter und die rote Weihnachtsdecke geholt, die den ganzen Dezember und noch bis in den Januar hinein auf dem Tisch liegen würde, bis jemand, meistens Evy, sie mit nach Hause nahm und in die Waschmaschine steckte. Sicher hatten sie außerdem Pfefferkuchen und einen Safrankranz gekauft, sie konnte förmlich das Knacken der kleinen Hagelzuckerkörner hören, wenn sie in der Kochnische unter den Füßen zertreten wurden. Wie sorgfältig man auch versuchte, den Kranz zu schneiden und auf die Platte zu legen, so fielen doch immer ein paar Krümel auf den Boden. Manchmal klebte jemand einen wütenden Zettel an die Spüle: «Deine Mama arbeitet hier nicht. Mach selbst sauber!» Das half meistens für eine Weile.

Jannike ließ sich in einen der Sessel sinken und griff nach

einer Zeitschrift. Es waren Wochenzeitschriften, allerdings mindestens fünfzehn Jahre alt und vollkommen zerfleddert. Sie schaute sich die Fotos von Prominenten mit altmodischen Kleidern und Frisuren an. Vo-ku-hi-la und Schulterpolster. Es sah bescheuert aus. Nach kurzer Zeit hörte sie, wie die Tür zum Behandlungsraum geöffnet wurde. Der alte Mann räusperte sich.

«Fräulein Linder, Sie sind an der Reihe.»

Als wäre das Wartezimmer voll mit Patienten!

Er war auf den Stuhl hinter dem riesigen altersschwachen Schreibtisch geglitten. Papiere und Akten lagen stapelweise darauf und verdeckten ihn fast, er musste sich vorbeugen, um sie sehen zu können. Links von ihm, auf einem kleineren Tisch, stand ein verstaubtes Skelett aus Plastik oder Knochen. Die bloßen Zähne grinsten sie an. Ein Schauder durchfuhr sie.

«Nun, Fräulein Linder, was führt Sie zu mir?»

«Ja … ich habe Ihren Namen von einer guten Freundin, Inga-Lisa.» Plötzlich fiel ihr nicht mehr der Nachname der Freundin ein, was sie ärgerte.

Der Mann nahm einen Stapel Papier aus einer Hängemappe, die auf dem Schreibtisch lag. Sie konnte Notizen erkennen, mit zittriger, steiler Schrift geschrieben. Da fing sie an zu weinen. Warum, wusste sie nicht, die Tränen kamen einfach, brachen wie eine heftige Verzweiflung aus ihr heraus. Peinlich berührt hob sie die Hand vor den Mund.

Seine Augen waren auf sie gerichtet, die Tränensäcke waren schlaff und dick, als könnten die Augäpfel jeden Moment herausfallen. Sie suchte nach einem Taschentuch.

«Ich habe so schreckliche Schmerzen», flüsterte sie.

Er betrachtete sie besorgt.

«Wo tut es denn weh?»

«Hier … und hier. Am ganzen Körper.»

«Hm.» Er blätterte wieder in seinen Papieren. «Waren Sie damit schon mal beim Arzt?»

«Nein.»

«Warum nicht?»

«Ich dachte … ich dachte, das gehört irgendwie dazu.»

«Gehört dazu?»

«Ja, meine Mutter hat es und meine Tante und meine Großmutter auch. Die haben mir gesagt, dass es dazugehört, dass Frauen das nun mal kriegen. Irgendwas mit Fibro… Es hat keinen Sinn, haben sie mir gesagt, die Ärzte interessiert das sowieso nicht. Aber dann habe ich Inga-Lisa kennen gelernt. Wir sind Nachbarinnen. Sie hat mir von Ihnen erzählt, Doktor Rosberg, wie nett und einfühlsam Sie sind. Und dass Sie nicht wollen, dass Menschen sich quälen.»

Er legte die Papiere hin und schaute aus dem Fenster. Seine Nasenflügel zuckten ein wenig.

«Ich muss Sie untersuchen. Das verstehen Sie sicher.»

«Ja … natürlich.»

«Ich kann nicht mir nichts, dir nichts ein Rezept ausschreiben, ohne zu wissen, was ich tue.»

«Nein, natürlich nicht.»

«Ich bin ein alter Mann, ich werde bald meine Praxis schließen.»

«Aha … ja», murmelte sie. «Wie schade.»

Er ließ seine knochigen Finger knacken.

«Ja. Das ist schade. Aber früher oder später geht das Leben zu Ende.»

Er bat sie, sich bis auf die Unterwäsche auszuziehen und auf die Liege zu legen. Das Schutzpapier war zerknittert und zerrissen. Sie sah, dass es das letzte Stück auf der Rolle war. Sie schauderte, zog sich aber aus, wie er gesagt hatte, und legte sich dann hin. Er hatte sich währenddessen umgedreht, stand da und fummelte am Skelett. Schnipste gegen die Arme, dass es klapperte.

«Sind Sie fertig, Fräulein Linder?», fragte er nach einer Weile. Sie lag auf dem Rücken, auf ihrem Bauch bildete sich Gänsehaut.

«Ja.»

«Dann komme ich.»

Sie wandte ihren Blick an die hohe Decke, hoch dort oben hing eine Lampe an einem Kabel. Sie sah Fäden und ein Spinnennetz, das schaukelte. Der Arzt beugte sich jetzt über sie. Er hatte ein Stethoskop, das er hart auf ihre Brust drückte, und horchte.

«Hm», murmelte er. Er fasste ihren Körper mit seinen kalten, glatten Händen an, er drückte, quetschte und zwickte. So nah war er, dass sie die groben Haare sah, die ihm aus den Ohren und den Nasenlöchern wuchsen. Er roch leicht nach Aceton. Sie spürte einen diffusen Schwindel.

«Ja», sagte er. «Schmerzen sind keine schöne Sache. Sie verdunkeln einem das ganze Leben.»

Sie nickte vorsichtig. Die Tränen begannen wieder zu laufen, die Wangen hinunter, bis zum Haaransatz. Er tätschelte ihr den Kopf. Seine faltigen Wangen hingen.

«Beruhigen Sie sich, mein Fräulein. Beruhigen Sie sich. Wir kriegen das schon hin.»

Er ging an den Schreibtisch, während sie sich wieder anzog. Plötzlich wurde sie unsicher. Wenn er sie nun durchschaut hatte.

Aber das hatte er nicht.

«Ich werde Ihnen ein Rezept über ein Mittel ausstellen, das heißt Dextromordifen. Gleichzeitig, und das ist sehr wichtig, gleichzeitig muss ich Sie über die Risiken informieren.»

«Und die wären?»

«Eigentlich ist das Medikament zu stark, um so eine Behandlung einzuleiten. Aber bei Ihnen liegt die Krankheit in der Familie, schon seit Generationen, wenn ich recht verstanden habe. Ich werde Ihnen eine Radikalkur verabreichen.»

Jannike hielt den Atem an.

«Aber ich möchte auf jeden Fall, dass Sie die nötige Sorgfalt und Vorsicht walten lassen.»

Sie begriff nicht ganz, was er sagte, nickte trotzdem.

Es lag etwas Wachsames in seinem trüben Blick, als er ihr das Rezept reichte.

«Haben Sie einen Führerschein?», fragte er.

Sie schüttelte den Kopf.

«Man darf nämlich nicht Auto fahren, wenn man dieses Medikament nimmt. Das ist verboten.»

«Ich verstehe.»

Er starrte sie an, schien direkt durch sie hindurchzusehen.

«Und Alkohol?»

«Wie bitte?»

«Nur ein zehntel Glas Alkohol zu so einer Kapsel kann zu Atemstillstand führen. Übrigens: kann nicht nur, sondern tut es. Verstehen Sie, was ich sage? Zu einem akut lebensbedrohlichen Zustand. Zunächst merkt der Patient nichts. Aber nach ungefähr dreißig Minuten … Und dann ist es meistens zu spät. Das ist fast genauso heimtückisch wie die Pilzgifte. Nur es geht schneller. Viel schneller.»

Er verstummte und schaute zum Fenster.

Jannike schluckte.

«Ich verstehe. Es würde mir im Traum nicht einfallen … Ich bin nicht so für starke Sachen, wissen Sie.»

Ein Lächeln zeigte sich auf seinen schmalen Lippen.

«Das ist vernünftig. Und dann noch etwas anderes. Haben Sie Kinder?»

«Nein», flüsterte sie.

«Auch keinen Kontakt zu Kindern? In der Familie oder mit Nachbarskindern beispielsweise?»

«Wieso?», brachte sie heraus.

«Verschließen Sie die Tabletten. Lassen Sie nie ein Kind daran. Sie haben nämlich einen Geschmack, der nicht ganz unangenehm ist.»

Sie nahm die Vorortbahn nach Södertälje. Als Artur sie verlassen hatte, hatte sie auch ihren Wohnort verloren. Oder genau genommen seinen, wenn man spitzfindig sein wollte. Ihr Wohnrecht in Tantolunden. Eine Zweizimmerwohnung mit atemberaubender Aussicht. Er hatte sie mehr oder weniger rausgeschmissen. Jannike war zu ihrer Mutter gefahren und hatte dort für ein paar Tage Unterschlupf gefunden, aber sie waren einander auf die Nerven gegangen. Und es war die Mutter gewesen, die den Untermietsvertrag für die Einzimmerwohnung in Södertälje besorgt hatte.

«Wie alt bist du, Jannike? Sechsunddreißig, oder? Wirst du denn nie groß genug, um auf eigenen Beinen zu stehen?»

Jannike wusste, dass ihre Mutter im Grunde genommen froh war, dass es mit Artur zu Ende war. Er war Moslem, und nicht nur das, sondern auch noch schwarz. Sie hatte Probleme mit allem, was anders war.

Jannike betrachtete die verschneiten Vororte und erinnerte sich, wie sie sich das erste Mal getroffen hatten, ihre Mutter und Artur. Diese plötzliche Aggressivität: «Willst du sie auch noch zwingen, eine Burka zu tragen?» Artur hatte geschwiegen, er war ein friedfertiger Mann. Das meiste schluckte er, aber am Ende platzte ihm doch der Kragen. Er stellte seine Kaffeetasse so hart auf den Tisch, dass der Henkel abbrach. Großmutter Karins Kaffeeservice, das mit Efeu.

Sie musste hinter ihm her ins Treppenhaus laufen, ganz bis auf die Straße. Bitten und betteln.

«Sei nicht böse, sie kann manchmal so plump sein. Aber sie hat es nicht so gemeint.»

Doch sie wusste selbst, dass das nicht stimmte. Ihre Mutter hatte jedes Wort genau so gemeint, wie sie es gesagt hatte. Und ihr selbst blieb nichts anderes übrig, als sich zu entscheiden. Entweder Artur oder ihre Mutter.

Sie entschied sich für Artur. Er war lieb zu ihr und kümmerte sich um sie, tröstete sie, wenn sie traurig war. Er war außerdem gut im Bett, sie hatte es vorher noch mit niemandem so schön gehabt wie mit Artur. Und als sie ihren Job verlor, zumindest in der ersten Zeit, verwöhnte er sie. Brachte Süßigkeiten mit, wenn er nach Hause kam. Verwöhnte sie. Nahm Kontakt mit der Gewerkschaft auf und fragte, ob es tatsächlich nach dem schwedischen Arbeitsrecht erlaubt sei, einen gewissenhaften Menschen zu feuern. Ohne jeden Grund.

Es kam zu einer Gerichtsverhandlung. Wobei natürlich herauskam, warum sie nicht hatte bleiben dürfen. Die alte Hexe Gunhild und ihre Lügen. Artur und sie auf der einen Seite, Gunhild auf der anderen, und in der Mitte saß der Schlichter. Die Hexe Gunhild nahm ihre hässliche, altmodische Brille ab. Ihre Hände zitterten, das war deutlich zu sehen. Man konnte sich wirklich fragen, wer denn hier wohl Alkoholprobleme hatte.

«Ihre Freundin war in den letzten Monaten so gut wie jeden Tag angetrunken, wir haben Geduld gehabt, sehr viel Geduld. Aber jetzt … können wir es nicht länger hinnehmen.»

Jannike hörte, wie Artur nach Luft schnappte.

«Entschuldigung, aber ich glaube, Sie fahren hier mit der Unwahrheit.» Für einen Einwanderer sprach er gut Schwedisch, nur manchmal machte er Fehler. In diesem Augenblick wünschte sie, er möge schweigen und sich nicht einmischen.

«Aha. Und was meinen die Arbeitskollegen dazu?» Der Schlichter spielte mit einem Flaschenöffner. Er erschien müde und uninteressiert.

Gunhild, die Hexe, die ihre Chefin gewesen war, öffnete daraufhin ihre Aktentasche und zog ein zusammengerolltes Papier heraus.

«Hier!», sagte sie. Mit langsamen Bewegungen, den Blick die ganze Zeit auf Jannike gerichtet, schob sie das Gummiband von der Papierrolle. Das Papier war voll mit Unterschriften. Zehn Stück. Ihre Arbeitskolleginnen. Sogar Marja, die sie so gern gemocht hatte. Die ihre Vertraute gewesen war.

Der Zug fuhr in den Bahnhof von Södertälje ein. Jannike stand auf und stieg aus. Sie warf sich den Rucksack auf den Rücken und dachte an das, was sie in der Apotheke Scheele abgeholt hatte, zwei Packungen mit insgesamt hundert Tabletten. Ihr wurde heiß, und es pochte in ihrer Brust. Alles würde gut werden. Bald brauchte sie nicht länger zu leiden.

Ihre Wohnung lag im Erdgeschoss, und wegen der niedrigen Fenster hatte sie die Gardinen die ganze Zeit zugezogen. Manchmal liefen Kinder vorbei und klopften an die Fensterscheibe, manchmal warfen sie mit Dreck und Matsch. Es hatte keinen Sinn, mit ihnen zu schimpfen. Das Beste war, so zu tun, als hätte man es gar nicht bemerkt. Es standen vier, fünf Kinder vor dem Eingang. Sie gingen nicht zur Seite, als sie näher kam. Eines von ihnen streckte ihr die Zunge raus.

Sie dachte an die Tabletten, deren Geschmack «nicht ganz unangenehm ist». Sie zwängte sich durch die Kinderhorde und öffnete die Haustür. Ihr war es ein wenig schwindlig.

In der Wohnung musste sie sich erst einmal hinlegen. Ihr Herz schlug wie verrückt, und der Schweiß trat ihr aus allen Poren. Sie schloss die Augen und stöhnte. Nach einer Weile erhob sie sich und ging in die Küche. Schenkte sich ein Glas Rum ein, leerte es. Endlich wurde es ruhig um sie herum. Doch die Bilder kamen zurück, die Bilder von dem Termin bei der Gewerkschaft.

Ausgedehnter Alkoholmissbrauch am Arbeitsplatz. Da hatte nichts geholfen. Weder Zurechtweisungen noch Warnungen oder vertrauliche Gespräche mit der Hexe von Chefin. Artur wurde während des Termins immer stiller, immer kühler, sie bekam Angst.

Am Abend, als sie nach Hause gekommen waren, musste er zur Arbeit gehen. Er saß am Fahrkartenschalter an der U-Bahn in Gamla stan, einem der schwierigsten Punkte in der Stadt. Die Skinheads hatten dort draußen auf dem Hubschrauberlandeplatz ihren Treffpunkt. Manchmal bekamen sie Lust, anderen das Leben schwer zu machen. Trotz seiner Hautfarbe war er blass um die Lippen, als er sich ihr zuwandte.

«Ich will, dass du weg bist, wenn ich nach Hause komme.»

«Was? Was sagst du da?»

«Pack deine Sachen und verschwinde!»

«Aber Artur, du kannst doch nicht …»

Er hob die Hand, und einen Moment lang glaubte sie, er wollte sie schlagen.

«Du hast mich angelogen. Was du gemacht hast, ist schlimmer, als wenn du mir untreu gewesen wärst.»

«Aber die lügen doch!», schrie sie. «Diese verdammte Hexe Gunhild, sie ist an allem schuld, du musst mir glauben, ich liebe dich.»

Sein Gesicht war angespannt und verschlossen.

«Und der Namensliste?», fragte er kurz.

Die Liste, dachte sie, aber das war nicht lustig, manchmal ärgerte sie ihn und lachte, wenn er etwas falsch sagte. Dann lachte er auch immer, und anschließend warf er sie aufs Bett. «Dir werde ich's zeigen, mich zu korrigieren.»

Er sah aus wie ein Fremder, wie er dort in seiner SL-Uniform stand. Sie hatte ihn darin immer sexy gefunden, aber jetzt gab es solche Gefühle nicht mehr, nur noch Verzweiflung.

«Sie selbst hat die Namen aufgeschrieben, sie hasst mich. Ich bin eine Bedrohung für sie, weil ich viel jünger bin. Sie kann mich nicht ausstehen.»

Er griff nach seiner Schultertasche. Der Zeichenblock ragte heraus, wenn nichts los war, zeichnete er oft.

«Jetzt reicht es, Jannike.» Die gleichen Worte, die diese Gunhild ihr an den Kopf geworfen hatte, am letzten Tag bei der Arbeit. «Du weißt, worüber wir früher gesprochen haben, du und ich. Es reicht jetzt.»

Sie hatte angefangen zu lachen, ein künstliches, gurgelndes Lachen.

«Und was meinst du genau damit?»

Gunhild hatte rote Flecken auf den Wangen gehabt. «Stell dich nicht dümmer, als du bist.»

«Das tue ich nicht. Ich verstehe nicht, was du sagst, du siehst Dinge, die es gar nicht gibt. Du denkst dir etwas aus. Eine Mythomanin, ja, das bist du.»

Sie war stolz auf dieses Wort, sie hatte es genau an der richtigen Stelle anbringen können.

«Wir können die anderen dazuholen, wenn dir das lieber ist. Eine Personalversammlung einberufen. Aber ich fürchte, das wird nicht besonders lustig für dich.»

Sie hatte sich vollkommen ausgeschaltet gefühlt. Das Lachen war wie mit einer Schere abgeschnitten worden.

«Soll ich dir mal was sagen?», rief sie und schlug die Handflächen zusammen. «Hier im Haus gibt es nichts, was jemals besonders lustig war. Nie! Und wie du sicher weißt, ist es die Chefin, die den Ton angibt.»

Dann war sie gegangen.

Die Apothekentüte lag auf der Arbeitsplatte in der Küche. Das Schwindelgefühl war vorüber. Sie nahm beide Packungen heraus und betrachtete sie. Die grellroten Dreiecke, die Gefahr bedeuteten. Dextromordifen. Sie sprach das Wort laut aus, mit deutlichen Lippenbewegungen. Vorsichtig öffnete sie eine Schachtel und zog eine Blisterpackung mit kleinen rosa, länglichen Kapseln hervor.

Im Ganzen zu schlucken, las sie.

Sie holte zwei Trinkgläser aus dem Regal. Die Mutter hatte ihr ihre alten, etwas abgestoßenen geschenkt. Sie hatte sie schon wegwerfen wollen, doch als Jannike umzog, kamen sie gerade recht. In das eine Glas goss sie heißes Wasser. In das andere einen Schuss Rum. Als sie zwei Tabletten aus ihrer Folie herausdrückte, wurde ihr Mund ein wenig trocken, das war alles. Eine Tablette in jedes Glas, ein Löffel zum Umrühren. Eine Weile warten, zwei Minuten, zehn.

Yes!

Sie schrie es laut in der Küche: YES! Es klappte. Die Tabletten waren vollkommen aufgelöst, sowohl im Wasserglas als auch im Rum. Es war keine Spur mehr von ihnen zu sehen, nicht einmal von ihrer Hülle.

Natürlich mussten sie sich auflösen, dachte sie, wie sollten sie sonst vom Körper aufgenommen werden?

In dieser Nacht schlief sie zum ersten Mal, seit sie umgezogen war, richtig gut. Sie träumte, dass sie flog, dass Artur und sie über das Stadtzentrum von Stockholm kreisten, beide in weißen Hemden. Es war ein Gefühl von Anmut.

Ein paar Tage nachdem er sie hinausgeworfen hatte, war sie nach Gamla stan gegangen und hatte am Fahrkartenschalter Ausschau nach ihm gehalten. Sie hatte ihn nicht entdeckt, dann einen jungen Typen gefragt, der dort saß:

«Entschuldigung, wissen Sie, wann Artur Dienst hat?»

Er hatte ihr einen kühlen Blick zugeworfen.

«Da müssen Sie ihn schon selbst fragen.»

Sie war überrascht. Es verschlug ihr die Sprache.

«Sie stehen im Weg», sagte er. «Wollen Sie nun eine Fahrkarte oder nicht?»

Sie hatte Lust gehabt, die Glasscheibe einzuschlagen, das Häuschen zu packen und umzukippen. Hatte Artur seine Arbeitskollegen geimpft?

«Wenn da so eine magere Braut kommt und nach mir fragt, sagt ihr nichts.»

War es so gewesen?

Ihre Wut richtete sich einen Moment lang gegen Artur, der immer noch in ihrem Kopf herumspukte, doch dann richtete sie sich wieder gegen ihren alten Arbeitsplatz. Gunhild und die ehemaligen Arbeitskollegen. Die Namensliste. Einen Stift in der Hand, schnelle, schnörkelige Bewegungen. Alles ganz heimlich, um sie wegzukriegen.

Es schmerzte, daran zu denken. Sogar Marja also. Ihr Name hatte auch dort gestanden, als letzter auf der Liste, als hätte sie am längsten gezögert, zum Schluss aber dann doch unterschrieben. Marja Hammendal. Marja, mit der sie ab und zu ins Kino gegangen war. Marja, die sich in ihrem Zimmer ausgeheult hatte, wenn sie Streit mit ihrem Mann hatte.

Sie hatte sich dann jedes Mal ruhig und mütterlich gefühlt. Hatte Marjas Hand gehalten, nach Papiertaschentüchern gesucht.

«Das geht vorbei», hatte sie getröstet. «Heute Abend vertragt ihr euch wieder.»

Marja, die am Ende immer angefangen hatte zu lachen. «Du bist so lieb und klug, eine richtige Freundin, was würde ich nur ohne dich tun.»

Sogar Marja.

Viermal war sie zur U-Bahn-Station Gamla stan gegangen. Artur war nie dort gewesen. Er hatte um Versetzung gebeten. Systematisch klapperte sie sämtliche städtischen Haltestellen ab. Die Methode war nicht sicher, weil sie nicht wusste, wann er Schicht hatte. Doch zum Schluss fand sie ihn. Das war an der Rådmansgatan, um fünf vor halb drei an einem Nachmittag. Bereits an der Treppe erkannte sie, dass er es war. Sie wartete eine Weile, bis es leer in der Halle war. Dann trat sie vor und zeigte sich.

Sein schönes, schönes Gesicht, sein Mund. Die Augen, die sie mit so viel Zärtlichkeit betrachtet hatten. Aber nicht jetzt. Nicht mehr.

«Wohin möchtest du fahren?»

Als hätte er sie noch nie zuvor gesehen.

«Aber Artur, Schatz … Ich bin es doch.»

Sie hatten sie alle im Stich gelassen. Sie verlassen. Mit einem Ruck hob sie eines der beiden Gläser und leerte es im Waschbecken aus. Machte es mit dem zweiten ebenso. Spülte beide mit viel Wasser aus.

Da klingelte es an der Tür. Erst wollte sie gar nicht aufmachen. Aber dann kam ihr der wahnsinnige Gedanke, es könnte ja Artur sein.

Aber er war es nicht. Es war Inga-Lisa. Sie trug einen schwarzen Pullover mit Rollkragen, der ihr Gesicht älter, faltiger erscheinen ließ. Die Augenlider glänzten, grünmetallic. Sie ähnelte einer Schlange oder einer Eidechse.

«Hallo, meine Liebe. Du bist ja zu Hause!»

Jannike trat zur Seite und ließ sie hereinkommen.

«Ich wollte nur mal hören, wie es gelaufen ist. War er nett zu dir, der Onkel Doktor?»

«Ja. Ich habe das Gleiche gekriegt wie du. Dextromordifen.»

«Prima. Dann wird es dir bald besser gehen.»

«Ja.»

«Ich wollte nur fragen, ob du eine Tasse Kaffee mit mir trinken willst. Ich habe gerade welchen aufgesetzt.»

Jannike nickte zustimmend. In der Wohnung der Freundin sah es aus, als wäre ein Tornado durchgezogen. Überall standen Kartons mit Weihnachtsdekoration, Kerzenhaltern, Wichteln, Strohsternen und Knallbonbons. Einer der Kartons quoll von Lametta verschiedener Farben über.

Jannike machte sich auf der Sofakante ein wenig Platz.

«Was treibst du denn?», fragte sie.

«Ich räume nur ein bisschen auf. Man hat so viel Mist. Und ich werde bestimmt in meinem ganzen Leben kein Bullerbü-Weihnachten mehr feiern.» Sie hob einen angemalten Keramikweihnachtsmann mit knallroten Wangen hoch. Hielt ihn Jannike hin.

«Hast du so etwas Hässliches schon einmal gesehen?»

Jannike lächelte unsicher.

«Den habe ich von meiner Schwiegermutter gekriegt. Vor

hundertachtzehn Jahren. Und ich habe alles aufbewahrt, kannst du dir das vorstellen? Aber jetzt kommt das alles weg.»

«Was? Willst du es wegwerfen?»

«Nun ja, ich habe gedacht, die Kinder wollten das. Aber von wegen. Von denen höre ich ja sowieso nie etwas. Kann mich kaum erinnern, dass ich mal Kinder geboren habe.»

Jannike hatte das schon häufiger gehört. Inga-Lisa hatte erwachsene Kinder, einen Sohn und eine Tochter. Aber die schienen den Kontakt zu ihrer Mutter nicht an erste Stelle zu setzen.

Inga-Lisa kniff die Lippen zusammen.

«Na, ist auch egal. Ich will dich nicht mit dem Mist langweilen. Ich bringe den Plunder in den Müllkeller runter. Dann bin ich ihn los. Oder willst du etwas davon haben?»

Hinterher dachte sie, dass das zu dem Plan gehört hatte. Als hätte ein göttlicher Regisseur oben auf seiner Wolke gesessen und mit einem knochigen Finger gezeigt. Tu das. Tu das. Während Inga-Lisa Kaffee servierte und eine Zigarette nach der anderen rauchte, kramte Jannike in den Kartons herum. Sie fand einige Dinge, die sie gut gebrauchen konnte. Kleinere Teile, die nicht schwer mitzunehmen sein würden. Und das Beste: Sie fand ein Luciakostüm, das genau passte, sowie eine Lichterkrone. Inga-Lisa wurde von ihrem Eifer mitgerissen und holte eine neue Batterie. Sie drückte Jannike die Krone auf den Kopf und drehte an einer der Kerzen.

«Ja. Funktioniert.»

«Darf ich das alles mitnehmen? Wirklich?»

«Aber natürlich, meine Liebe. Alles, was du nicht nimmst, landet im Müll.»

Sie fragte nicht, wozu Jannike die Sachen haben wollte.

In der Beziehung war sie prima, eine richtige Freundin. Im Gegensatz zu Marja und den anderen.

Früh am Luciatag bereitete sie den Punsch vor. Sie wärmte ihn in einem Topf, den sie von Inga-Lisa geliehen hatte, und goss ihn dann in eine große Thermoskanne. Auch die hatte sie sich ausgeliehen. Sie sah aus wie eine der Thermoskannen, die sie im Büro gehabt hatten. Einmal hatte sie herumgealbert und Augen darauf gemalt, sodass sie aussah wie ein verrückter Pinguin. Gunhild hatte das natürlich nicht geschätzt.

«Wir haben gleich Geschäftsführersitzung, spinnst du.»

Als ob die von der Geschäftsführung nicht auch mal etwas zu lachen brauchten.

Am Wochenende hatte sie das Luciakostüm gewaschen und gebügelt und auch das rote Band, das dazugehörte. Welches das Blut der heiligen Lucia symbolisieren sollte. Sie faltete es vorsichtig zusammen und packte alles in eine Papiertüte. In eine andere Tüte legte sie die zehn kleinen Julklapp-Geschenke. Das waren Dinge, die sie von Inga-Lisa bekommen hatte, nichts Besonderes, aber immerhin. Wichtel, Kerzenhalter, Strohsterne. Sie hatte sich wirklich Mühe gegeben, und es waren hübsche kleine Päckchen mit geringeltem Band und Etiketten geworden, auf die sie die zehn Namen geschrieben hatte.

Fröhliche Weihnachten von Jannike. Und Entschuldigung.

Die Thermoskanne mit dem Punsch stellte sie in ihren Rucksack und stopfte sie mit Handtüchern fest, damit sie nicht umkippte und vielleicht leckte.

Als sie später in der Vorortbahn saß, war ihr, als wäre sie eine der anderen, eine von all denen, die auf dem Weg zur Arbeit waren. Müde, käsige Gesichter, der Boden voll mit

Matsch. Die Temperatur lag am Morgen dieses Luciatages um die null Grad, und es schneite leicht. Sie besorgte sich eine Zeitung, und da sie an der Endstation einstieg, bekam sie einen Sitzplatz. Sie blätterte ein wenig in der Zeitung, während ein paar Jugendliche mit Lametta im Haar herumlärmten, sie hatten die ganze Nacht über gefeiert. Sie lächelte ihnen zu. Sie selbst war vollkommen nüchtern.

Der Türcode war immer noch der gleiche, Gott sei Dank. Sie nahm den Fahrstuhl bis zum obersten Stock und ging die kleine Treppe hoch, die zum Dachboden führte. Hier oben hinter dem Abstellraum zog sie sich um. Als sie von der Bahn herging, hatte sie vor Kälte gezittert. Jetzt fror sie nicht mehr. Sie stopfte ihren Mantel in eine der Tüten und schob sie an die Wand. Dann band sie sich das rote Band um die Taille und drückte sich die Lichterkrone auf das frisch gewaschene Haar. In der Glasscheibe zum Fahrstuhl sah sie ein Bild von sich. Sie drehte an einer der Kerzen, und die Krone leuchtete. Bis jetzt war alles nach Plan verlaufen. Sie räusperte sich und summte leise.

«Kerzenlicht strömt durchs Haus. Es treibt das Dunkel aus …»

Dann ging sie langsam die Treppen hinunter.

Ein Buchsbaumkranz hing über der Tür zu ihrem ehemaligen Arbeitsplatz. Der Geruch nach Katzenpisse war penetrant. So war es auch letztes Jahr gewesen. Dass sie nie dazulernten, dass sie nicht stattdessen Preiselbeerzweige nahmen. Die rochen jedenfalls nicht.

Es war Viertel vor neun. Jannike griff fester um die Thermoskanne und klingelte.

Marja öffnete. Eine Spur von Unruhe huschte über ihr Gesicht.

«Wer … was? Bist du das?»

«Psst!» Jannike legte sich einen Finger auf den Mund. «Ich geh gleich wieder, ich will nur …» Sie zeigte die Tüte mit den kleinen Päckchen.

«Ich wollte euch alle um Entschuldigung bitten», murmelte sie, und es gelang ihr, ihre Stimme so belegt und reumütig klingen zu lassen, wie sie geplant hatte. «Ich habe auch Punsch mitgebracht. Liebste Marja, kannst du mir helfen, bist du so gut?»

Marjas schlechtes Gewissen. Es leuchtete meilenweit. Das kam ihr gerade recht. So war es Marja, die zu den anderen ging und sie ins Konferenzzimmer holte. Alle waren da, alle zehn, das war nicht üblich, aber gerade an diesem Tag war es so, alles spielte ihr in die Hände. Und es war auch Marja, die in die Teeküche ging und zehn Tassen holte.

Jannike war ruhig und aufrecht. Sie blieb eine Weile auf der Schwelle zum Konferenzzimmer stehen, sah, wie sie alle dort saßen, ihre ehemaligen Arbeitskolleginnen. Gunhild mit einem schroffen, wachsamen Gesichtsausdruck, Sylvia mit neuer Frisur. Evy, dicker als sonst, ihr Atem rasselte, wenn sie Luft holte. Jemand hatte ein Teelicht und die beiden Adventskerzen im Kerzenhalter angezündet. Es roch nach Staub und Papier.

Jannike hatte geplant, eine kurze Rede zu halten, doch dazu kam es nicht. Was auch gut war. Vielleicht war es so noch effektvoller. Sie ging von Stuhl zu Stuhl und schenkte Punsch ein, ohne zu zittern oder etwas zu verschütten.

«Prost und fröhliche Weihnachten», sagte sie und sah, wie sie die Tassen hoben und leerten. Sie schmatzten und lächelten ihr vorsichtig zu. Marja sagte:

«Aber liebe Jannike, willst du nicht auch ein bisschen Punsch mittrinken?»

Ohne zu zögern schaute sie in Marjas Augen.

«Ich habe aufgehört», sagte sie ruhig.

Dann holte sie die Päckchen heraus, verteilte eins nach dem anderen.

«Richtig schöne Weihnachten wünsche ich euch», sagte sie, und mit der leeren Thermoskanne im Arm schritt sie feierlich aus dem Büro.

Roy Jacobsen

Das Eis

Da der Wald am anderen Seeufer lag, musste im Winter der Holztransport über das Eis vor sich gehen. Even ruderte immer im Spätherbst hinüber, fällte und hackte, so viel er brauchen würde, und ließ es am Hang liegen. Wenn das Eis trug, fuhr er mit dem Traktor hinüber, schichtete das Holz im Schnee auf und lud es dann auf den Anhänger. Es war im Dorf der einzige Wald von nennenswerter Größe, und die meisten mussten mit teurem Strom oder Kohle heizen.

«Du hast ja vielleicht viel schönes Holz», sagten sie.

«Ich hol es über das Eis», sagte Even. «Da liegt genug herum.»

Er bot ihnen an, in seinem Wald zu roden. Aber sie mochten den Gedanken nicht, im Traktor über das Wasser zu fahren. Für ihn, der sein ganzes Leben hier am Wasser verbracht hatte, war das schon in Ordnung. Er sei daran gewöhnt, er könne das Wetter deuten und am Eis ablesen, wann es trug und wann es brach.

«Komm im Herbst mit», sagte Even. «Wir schlagen so viel, wie du brauchst, und dann holen wir es im Winter über das Eis.»

«Tja», sagte der Betreffende dann. Könnte er das Eis nicht lieber von Even fertig gehackt und verfrachtet kaufen?

Das konnte er natürlich, aber dann bekam er das Holz doch nicht gratis, so wie Even, und damit wurde das Haus des Mannes auch nicht so warm, denn mit gekauftem Holz muss man sparsamer umgehen als mit solchem, das man im Überfluss und gratis bekommt.

«Ich komme doch immer wohlbehalten zurück», sagte Even. «Sieh mich an, hier stehe ich.»

Sie sahen Even an. Er war groß und ging gebeugt. Er hatte rote Haare, die in Locken über seinem kräftigen Nacken wuchsen. Ein ganz normaler Mann. Ein Bauer wie alle anderen hier in der Gegend. Aber doch nicht ganz normal. Er war zwar mit heiler Haut von seinen Fahrten über das Eis zurückgekehrt, bisher, aber das war keine Garantie für die Zukunft. Er spielte mit dem Leben, er war halb verrückt, auch wenn ihm das eigentlich nicht anzusehen war.

Auch zu den Zeiten seines Vaters war das Eis wie fester Boden unter den Füßen derer gewesen, die auf dem Hof am Ufer lebten. Es war fast ein Wirtschaftszweig. Aber auch damals hatten die anderen Bauern nicht aufs Eis gewollt. Als im Dorf Strom gelegt wurde, mussten die Leitungen über das Gebirge geholt werden. Und die Masten über das Wasser. Sie sollten geflößt werden, aber Evens Vater bot an, sie für einen viel geringeren Preis über das Wasser zu fahren. Sie sahen sein Angebot an und überdachten es. Und sie konnten einfach nur ja sagen.

Evens Vater überraschte dann die aufmarschierte Menschenschar damit, dass er als Erster mit einem Traktor hinausfuhr. Es war einer der ersten Traktoren im Dorf. Und es wäre sehr teuer gewesen, ihn zu verlieren. Er wog 4,3 Tonnen. Die Kreosotmasten auf dem Wagen wogen noch mehr. Aber das Eis trug. Er fuhr vor einer Heerschar von glotzenden Gesichtern hin und her und hatte an einem einzigen Tag das Wunder vollbracht. Er verdiente großes Geld damit, so viel, dass er auch der erste Bauer im Dorf war, der einen Silo bauen konnte.

Eine Baufirma hatte den Auftrag, Schneisen zu sprengen, Masten aufzustellen und Leitungen zu spannen. Aber am anderen Ufer waren die Berge wild und unwegsam, die Arbeit würde dauern, Jahre vielleicht, und irgendwo mussten die Arbeiter wohnen.

«Ich kann ein Haus über das Eis bringen», sagte Evens Vater.

«Ein ganzes Haus?», fragten die anderen. «Für zwanzig Mann?»

«Warum nicht?», fragte der Vater. «Bringt mir das Material her. Im Frühjahr liegt es am anderen Ufer.»

Damit verdiente er noch mehr Geld. Und dafür kaufte er einen Bulldozer.

«Was willst du damit?», fragten die Nachbarn.

«Ich will einen Wald pflanzen», sagte Evens Vater. «Am anderen Ufer. Ich rode mit dem Bulldozer neues Land.»

«Und wie willst du den rüberschaffen?», fragten die anderen.

«Den bring ich über das Eis», sagte er.

Er brachte ihn über das Eis. Er rodete und pflanzte, Tannen, die jetzt so hoch waren, dass Even alle Hände voll damit zu tun hatte, die Birken in Schach zu halten, damit die Tannen noch höher wachsen konnten.

Aber das alles war lange her und nur noch Erinnerung in Evens Kopf und Bilder an seinen Wohnzimmerwänden. Man hätte meinen können, die Verhältnisse hätten sich mit den Jahren geändert. Jeder konnte schließlich im Soldatenhandbuch lesen, dass Eis von vier Zentimetern einen Mann trägt, Eis von dreißig einen ganzen Panzer und so weiter.

«Und ein Massey ist kein Panzer», sagte Even. «Und das Eis hier wird bis zu sechzig und siebzig Zentimeter dick.»

«Nö», sagten die anderen. Sie wollten mit dem Eis nichts zu tun haben.

«Du kannst doch mit mir zusammen fahren», schlug Even vor – je älter er wurde, desto stärker wurde der Drang, diesen Menschen zu zeigen, dass das Eis trug, dass seine Familie nicht eine Sippe Verrückter war, sondern vernünftige Menschen, die wussten, was sie taten. Aber sie gaben ihm diese Gelegenheit nicht. Sie rissen mit ihren Zweifeln und ihrem törichten Gerede seine Ehre in Fetzen. Er sagte, dass überall sonst im Land die Leute im Winter über das Eis führen.

«Im Binnenland, ja», sagten sie, denn sie hatten immer eine Antwort parat. «Aber das hier ist die Küste. Hier gibt's Gezeiten. Hier gibt's Salz. Und hinten bei den Bergen mündet ein Fluss. Da gibt es Strömung.»

Inzwischen wuchs eine neue Generation heran, Jungen, die Even ebenfalls als verrückten Rotschopf bezeichneten, weil ihre Väter es taten. Aber sie entdeckten auch, als sie alt genug waren, dass Even vielleicht einfach *mutiger* war als ihre Väter und nicht verrückt. Und eines Tages erschien auf Evens Hofplatz so einer und sagte, er wolle mit zum Holzhacken kommen. Er habe es satt, dass sie zu Hause nie genug Holz hatten, sagte er, wo es doch genug zu holen gab.

«Traust du dich denn?», fragte Even grinsend.

«Ja, ja», natürlich traute der Junge sich.

Sie ruderten an einem stillen Tag Ende November mit den Motorsägen hinüber und schlugen so viel Holz, wie sie brauchten. Damit waren sie etwas über eine Woche beschäftigt. Im Winter trafen sie sich wieder, etwas später als sonst, denn um die Weihnachtszeit war das Wetter mild gewesen, und es hatte Regen gegeben. Auf dem Eis standen dreißig Zentimeter Wasser. Dann gefror das Wasser erneut. Aber es fiel Schnee, ehe die Zwischenschicht wieder fest geworden war. Und da machte sich der Junge doch seine Gedanken.

«Das hat nichts zu sagen», lachte Even und machte sich bereit.

«Wir können also fahren?», fragte der Junge.

«Aber sicher, wenn wir durch die erste Schicht brechen, ist die nächste doch mehr als dick genug, um uns zu tragen.»

Sie setzten sich ins Führerhaus des Massey und fuhren über die Felder zum Ufer. Even bog zur Mole ab und fuhr dann weiter aufs Eis hinaus.

Als sie das Land hinter sich ließen, entdeckte der Junge, dass wirklich jeder auf Eis gehen, dass wirklich jeder vorsichtig sogar über ziemlich dünnes Eis schleichen kann. Aber es ist etwas ganz anderes, mit einem Traktor darauf zu fahren. Sie dröhnten über die glatte weiße Decke. Die Dimensionen veränderten sich. Das Fahrzeug wurde kleiner. Es schien, als verlören sie an Tempo, als stünden sie sogar ganz still, ein kleiner schwerer Punkt, der sich zum Sturz nach unten bohrt.

«Warum tust du das?», fragte der Junge, als Even die Dachluke öffnete.

«Man sollte immer die Dachluke offen haben, wenn man über Eis fährt», sagte Even.

«Warum?», fragte der Junge.

«Einfach so», sagte Even. «Das sollte man eben. Das steht da.»

Er deutete auf ein kleines Schild an der Wand des Führerhäuschens. «Eisfahren», stand da, gefolgt von Regeln, die es dabei zu beachten galt.

Der Junge merkte, dass er seine Speicheldrüsen nicht unter Kontrolle hatte. Sein Magen krampfte, und seine Fingerknöchel traten weiß hervor, als er sich festklammerte. «Das gefällt mir nicht», murmelte er.

«Das gefällt mir nicht.»

Even fuhr. Er fuhr zehn Minuten geradeaus über ein weißes Blatt Papier. Auf keiner Seite gab es irgendeine Wirklichkeit. Es gab nur einen stillen und unbeweglichen Wintertag. Dann brachen sie krachend durch das Oberwassereis. Der Traktor sackte dreißig Zentimeter ab, und um die Räder spritzte das Wasser auf. Sie standen still.

Even gab Gas, der Motor brüllte, und der Traktor kroch langsam wieder auf das Eis. Zwanzig Meter weiter brachen sie erneut ein. Jetzt fing Even an zu lachen.

«Hier war die Sonne am stärksten», rief er durch den Motorenlärm und nickte zu den Bergen hinüber. «Der Einschnitt da oben sorgt dafür, dass diese Stelle den ganzen Tag Sonne hat.»

«Können wir nicht außen rum fahren?», fragte der Junge.

«Das ist ein großes Gebiet», sagte Even. «Und es ist nicht nötig.» Sie brachen zum dritten Mal durch.

«Was, wenn das Unterwassereis nicht hält?», fragte der Junge.

«Das hält», sagte Even.

«Wie kannst du da so sicher sein?»

Even lächelte.

Als sie zum vierten Mal durchbrachen, sprang der Junge hinaus aufs Eis und lief in zwanzig, dreißig Meter Entfernung neben dem Traktor her. Even hielt das für einen witzigen Einfall. Er gab Gas und winkte mit einer Hand durch die Dachluke.

Keine Rettung, nirgends, dachte der Junge. Er hatte die

Landzunge angepeilt, wo sie das Holz herunterziehen wollten. Er lief so schnell, dass er Blutgeschmack im Mund hatte. Dann merkte er plötzlich, dass er im Bogen lief, dass er im Bogen laufen musste, wenn er die Entfernung zum Traktor beibehalten wollte. Er drehte sich um und betrachtete die Spuren im Schnee. Sie sahen aus wie ein Abgrund.

Er gab Even ein Zeichen anzuhalten.

«Was hat das zu bedeuten», brüllte er und zeigte zurück auf die Spuren. Even sah sie an. Er rief, der Junge solle wieder einsteigen, jetzt, wo der Sonnenflecken hinter ihnen lag, und in Ufernähe bog er abermals nach Norden ab, vorbei an der Bergwand.

«Sieh mal!», rief er nach zwei Minuten. Und ein Stück vor ihnen war unter dem Schnee ein grauer Schatten zu erahnen. Der Schatten wurde breiter und deutlicher, je weiter sie nach Norden kamen. Und am Ende wurde er zu offenem, schwarzem Wasser.

«Das ist die Stelle, die die Strömung freihält», sagte er.

Hier ruhten sich im Frühling die Singschwäne auf ihrer Reise nach Norden aus. Der Junge schaute sich um. Sie befanden sich auf einem hundert Meter breiten Eissockel, zwischen der offenen Fahrrinne und der steilen Bergwand. Er sprang vom Traktor und lief wieder zu Fuß. Die steilen Felsen ließen ihn nicht an Land, er musste weitergehen, fast neben dem Traktor. Even lachte.

Als sie die Landzunge erreichten, gab es zwischen dem Land und der Fahrrinne nicht mehr als zwanzig, dreißig Meter Eis.

«Hier so dicht beim Land gibt es keine Strömung», sagte Even, als er zurückgesetzt und gehalten hatte. «Hier ist das Eis so dick wie draußen.»

Er ging an die Kante, schob mit dem Fuß Schnee ins Wasser, sprang auf und ab.

«Siehst du», sagte er.

Der Junge sah. Dann fuhren sie in den Wald und schichteten Holz auf. Von der Anhöhe, wo sie ihren Proviant verzehrten, konnten sie auf Wasser und Fjord hinausblicken. Die Traktorspuren zogen sich in einem präzisen Bogen um die schwarze Speerspitze, nicht zu nah, nicht weiter fort als nötig, während sie das Holz schichteten. Der Junge war bei dieser Arbeit fast wieder er selbst geworden. Jetzt ließ der Anblick ihn wieder merkwürdig reagieren.

«Auf der Rückfahrt will ich auf dem Holz sitzen», sagte er. «Dann kann ich mich darauf retten, falls wir durchbrechen.»

«Das Birkenholz ist zu feucht», lachte Even. «Das schwimmt nicht.»

Auch den Rückweg legte der Junge zu Fuß zurück. Auf dem Eis, entlang der Fahrrinne, um die Speerspitze und vorbei am Sonnenflecken. Dann aber war er erschöpft und musste sich doch auf das Holz setzen. Er war starr vor Kälte, als sie das Ufer erreichten, und die nächste Tour wollte er nicht mehr mitmachen.

«Du bist verrückt», sagte er zu Even und ging nach Hause.

Aber am nächsten Tag war er wieder da. Er hatte nachts wach gelegen und gespürt, wie schön es ist zu überleben. Er wollte wieder überleben. Und diesmal wollte er nicht abspringen und wie ein Trottel neben dem Traktor laufen. Er wollte es Even gleichtun, Ruhe bewahren, sitzen bleiben.

Er setzte sich ins Führerhäuschen auf den Platz hinter dem Sitz. Aber kaum hatten sie das hügelige Ufer verlassen und befanden sich auf dem flachen Eis, da breitete sich die Lähmung wieder in ihm aus. Das Tempo verschwand. Sie befanden sich in einem großen weißen Raum.

«Tu das nicht», schrie er, als Even die Dachluke aufklappte.

«Warum nicht?», fragte Even.

«Ich kann das nicht ertragen», sagte der Junge. Aber so meinte er es nicht. Er konnte nicht erklären, was er meinte. Es war ein Rätsel. Also klappte Even die Luke doch auf. Und als sie den Sonnenflecken erreichten und zum ersten Mal durchbrachen, musste der Junge sich erbrechen. Er versuchte sich auf die roten Locken zu konzentrieren, die so hitzig in Evens Nacken wuchsen, von der Schirmmütze bis zum Kragen seines Overalls und sicher auch weiter hinunter an dem hageren, knochigen Körper. Er schaute durch die Dachluke hoch zu den Wolken und dem Himmel. Er sah den Anhänger an, der in Wasser und Eismatsch auf und ab wackelte, den Wagen, der wie ein Amphibienfahrzeug im grünen Wasser hinter ihnen hing. Er schaffte es nicht. Als sie zum dritten Mal durchbrachen, musste er aussteigen und zu Fuß gehen. Er stieg wieder ein, als der Sonnenflecken hinter ihm lag, aber er musste noch einmal aussteigen, als sie die Speerspitze umrundeten. Er konnte sich nicht entscheiden, ob er zwischen dem Traktor und der Fahrrinne oder zwischen dem Traktor und der glatten Felswand laufen wollte. Am Ende lief er so dicht neben dem Traktor, dass zu Fuß zu gehen überhaupt keinen Sinn hatte. Er stieg noch einmal ein, aber das Schwindelgefühl war noch immer so stark, er musste runter, er musste laufen.

Even lachte nicht mehr. Er ließ den Jungen gewähren, gab Gas und fuhr vor ihm her. Und als der Junge endlich ankam, bleich und erschöpft, sah Even sich die Singschwäne an, die sich in der Fahrrinne ausruhten. Der Junge setzte sich neben Even.

«Ich weiß nicht, was mit mir los ist», sagte er. «Ich schaff das nicht.»

«Das macht nichts», sagte Even.

«Wie lange braucht man, um sich so sicher zu fühlen wie du?», fragte der Junge.

Even wusste es nicht. Er fuhr seit über dreißig Jahren über das Eis und fühlte sich so sicher, wie er sich eben fühlte.

«Es ist so still», sagte der Junge plötzlich. «Jetzt, wo der Traktor steht. Ich kann den vielen Lärm nicht ertragen.»

Even gab keine Antwort.

Sie sahen sich die großen Vögel an, die auf dem offenen Wasser schwammen. Sie staunten darüber, wie wenig scheu sie waren, so dicht bei den Menschen und dem riesigen Fahrzeug, Vögel, an die man sonst nicht näher herankommt als zwei-, dreihundert Meter.

«Eigentlich habe ich sie noch nie gesehen», sagte der Junge.

«Ich sehe sie jeden Winter», sagte Even. «Hier.»

Sie schichteten eine neue Ladung Holz auf. Sie verzehrten ihren Proviant und beluden den Wagen. Even ließ den Motor an und fuhr an den Schwänen vorbei nach Süden. Und der Junge lief. Er lief und weinte. Even tat so, als sehe er das nicht, und nahm ihn hinter dem Sonnenfleck wieder auf. Aber es half nichts. Auch dort musste er aussteigen und wieder laufen. Und als sie das Ufer erreichten, wollte er nicht einmal sein Holz haben. Er habe es nicht verdient, sagte er.

Even sagte, ja, ja, und mehr erwiderte er nicht. Aber er ließ das Holz auf dem Wagen liegen. Und als es dunkel wurde, fuhr er zum Haus des Jungen und lud es davor ab. Auch in dieser Nacht lag der Junge wach, aber nun spürte er nicht mehr, wie gut es tut zu überleben. Jetzt spürte er, wie jämmerlich es ist. Und dass es noch jämmerlicher wäre, einen weiteren Versuch zu unternehmen und es nicht zu schaffen.

Am nächsten Tag kam er nicht. Er kam überhaupt nicht

mehr. Even musste das Holz allein fahren. Und die ganze Zeit trug das Eis.

An einem Abend Ende April passierte etwas Seltsames. Even kam aus dem Stall und entdeckte auf dem Eis ein rotes Auto. Das beschrieb einen weiten Bogen, hielt an, wurde schneller, fuhr geradeaus und bog dann wieder ab – hin und her. Er sah die Abendsonne im roten Lack leuchten, er hörte den Lärm des Motors und das Kreischen der Räder auf dem Eis. Dann stand das Auto plötzlich still, zwei, drei Sekunden. Ehe es langsam versank.

Even musste einige Runden über seinen Hofplatz drehen, ehe er es über sich brachte, ins Haus zu gehen und anzurufen. Es war ein ganz normaler Samstag. Er dachte, dass es sicher der Junge und ein paar Kumpels gewesen waren, die sich im Suff wichtig machen wollten. Zuerst wählte er die Nummern vom Notarzt und der Polizei. Dann die der Eltern des Jungen. Aber die begriffen nicht, wovon Even da redete, der Sohn hatte vor mehr als einem Monat das Dorf verlassen und befand sich in Sicherheit auf einem Fischkutter in der Nordsee. Und als Krankenwagen und Polizei eintrafen, konnte Even sich nicht richtig erklären.

«Es ist meine Schuld», sagte er immer wieder.

Sie holten Eisfahrzeuge und Äste und das, was Even an dicken Stöcken auftreiben konnte. Sie gingen im Gänsemarsch über das Eis, jeder mit einem Balancierstab und einer Axt. Even vorweg. Schon nach wenigen Metern sackten sie durch das Oberwassereis. Sie standen bis zu den Knien im Eismatsch. Die Fläche vor ihnen war übersät von grauen, nassen Flecken. Und es war nicht möglich, den Unterschied zwischen offenem Wasser und Oberwasser zu sehen. Die Polizei konnte nicht begreifen, wie ein Auto unter solchen Bedingungen überhaupt aufs Eis gekommen war. Even begriff es auch nicht. Er sagte, sie seien vielleicht im Schatten eines kleinen Hügels weiter im Süden hinausgefahren. Das machte er auch oft, wenn er so spät im Winter noch losmusste.

Sie kehrten an Land zurück, und eine Gruppe begab sich zur Südseite des Sees, um nach Wagenspuren zu suchen. Sie fanden keine.

«Es ist meine Schuld», sagte Even noch einmal. «Ich hätte ihn niemals mitnehmen dürfen.»

Die Polizisten schüttelten die Köpfe und verschwanden. Es wurde nach einem roten Auto gefahndet. Alle roten Autos im Dorf wurden gefunden. Auch in den Nachbargemeinden war kein rotes Auto vermisst gemeldet.

Am 4. Mai verschwand das Eis. Even ließ noch am selben Nachmittag das Boot zu Wasser und ruderte auf eigene Rechnung zwei Sporttaucher zu der Stelle, wo er das Auto gesehen hatte. Die Taucher waren Freunde des Jungen. Und auch wenn der Junge ihnen nie erzählt hatte, was im Winter auf dem Eis passiert war, wussten sie doch, dass Even verrückt war. Sie machten es nur, um Ruhe vor seiner Aufdringlichkeit zu haben. Und weil er gut bezahlte.

Sie schwammen an die zwanzig Minuten unten im Dunklen herum und fanden kein Auto.

«Wir versuchen es weiter draußen», sagte Even.

«Wir haben schon die ganze Umgebung abgesucht», sagten sie. Aber Even wollte sich nicht geschlagen geben. Also wechselten sie die Flaschen und gingen wieder nach unten, verbrachten weitere zwanzig Minuten unter Wasser. Und jetzt sorgten sie dafür, ein gutes Stück vom Boot entfernt wieder nach oben zu kommen. Aber auch diesmal hatten sie kein Auto gefunden.

Doch für Even war das noch immer nicht genug. Er war röter im Gesicht denn je. Er schrie. Die Taucher waren bereit, auch die letzten Flaschen zu verbrauchen. Und als sie zum dritten Mal nach oben kamen, wieder mit leeren Händen, war Even außer sich vor Zorn. Er legte sich über die Ruder und zitterte.

«Was sollen wir denn machen?», fragten sie.

Zwei Minuten vergingen, vielleicht fünf. Dann war Even plötzlich wieder ruhig. Er sagte, sie könnten ja doch nicht viel tun. Er sagte, er sei dankbar für das, was sie bereits getan hatten, und sie hätten ihn nun beruhigt. Er bezahlte sie und ließ sie gehen.

In den folgenden Wochen beanspruchten Hof und Arbeit seine Gedanken. Er pflügte ein neues Stück Land, setzte Kartoffeln und molk die Kühe. Es wurde Sommer, die Tiere konnten auf die Weide, er mähte und machte Heu. Es war ein Sommer wie alle anderen.

Im August kam der Junge nach Hause, und eines Abends besuchte er Even, mit einer Flasche Schnaps. Even freute sich über den Besuch, es kam fast nie jemand. Sie tranken, und der Junge erzählte, dass er in der Nordsee mehrmals in Sturm geraten sei, sich aber nicht gefürchtet habe. Er habe auch viele andere Dinge erlebt, seit er das Dorf verlassen hatte. Ohne sich zu fürchten. Und die Erinnerungen an das Eis im Winter gefielen ihm nicht. Er wollte eine Chance, das wieder gutzumachen, sagte er – im Winter.

«Schon gut», sagte Even glücklich. Er dachte, dass er durch diesen Vorschlag fast einen Freund gewonnen hatte.

Aber als die Schwäne wieder nach Süden flogen, deutete Even das als ein Zeichen dafür, dass es noch lange dauern würde, bis sie fahren könnten. Ihm grauste vor dem langen

Herbst, es war fast, als habe er Gicht und sei steif geworden, als bremse es ihn, auf diesen Freund zu warten, dem er dabei helfen sollte, so ruhig zu werden, wie er selbst es war. Er hatte den Herbst immer gemocht, dann waren er und der Hof ruhig, er konnte Holz hacken, melken oder Zeitschriften lesen. Und als er auf einem Fest im Dorf hörte, dass die beiden Taucher ihn betrogen und gar nicht richtig nach dem Auto gesucht hatten, mischte sich das in seine Gedanken und ließ seine Freundschaft zu dem Jungen noch seltsamer erscheinen. Er schichtete das Holz des Vorjahres in ordentlichen Stapeln hinter den Stall, aber es machte ihm keine Freude, dass es so viel war und Sicherheit für die Zukunft bedeutete. Er dachte an das Auto und die Sonne, die so deutlich im roten Lack gefunkelt hatte, ehe es versunken war. An die Taucher und den Jungen. Und als nach Weihnachten der Junge endlich zurückkam und in Fleisch und Blut vor ihm stand, war Even so erstaunt, dass er zuerst nicht begriff, was der Junge wollte.

«Ich habe Holz genug», sagte er. Außerdem habe das Eis sich schon gelegt und es verstoße gegen Sitte und Brauch. Sitte und Brauch verlangten nämlich, dass im Herbst gefällt und im Winter geschichtet und gefahren werde.

Der Junge sah den Stapel vor der Stallwand an, ein Jahr altes, trockenes Holz.

«Können wir nicht auf einer Tour hacken und fahren?», fragte er.

«Es liegt Stahleis», sagte Even. «Wir müssen mit Ketten fahren.»

Er war noch nie gern mit Ketten gefahren.

«Das macht doch nichts», sagte der Junge.

«Nein, das wohl nicht», sagte Even kurz und wandte sich dem Hof zu.

«Was soll das heißen?», fragte der Junge.

«Nichts», sagte Even. Er schritt in die Garage und zog Ketten aus einem Kasten. Der Junge versuchte, einen Witz zu machen, während sie die Ketten montierten, ihm gefiel dieser Tonfall nicht. Jetzt, wo sie sich dem Eis näherten, kam wohl auch die Erinnerung daran, wie es im vergangenen Jahr gewesen war, deutlicher zurück. Aber Even beachtete diese Scherze nicht. Er lud die Motorsäge und seine andere Ausrüstung auf den Wagen und stieg ein. Der Junge stieg ebenfalls ein. Sie fuhren den Hang hinunter und hinaus auf die Mole. Und auf das Eis.

Das Stahleis sah aus wie grünes Glas. Steine und Baumstämme lagen deutlich erkennbar und vergrößert unter ihnen, Schilf und Luftblasen. Der Boden senkte sich rasch ab. Sie fuhren über einen schwebenden, schwarzen Spiegel.

Dann bohrte sich ein tiefes Dröhnen durch den Motorenlärm. Das Echo wurde vom Hügel zurückgeworfen. Zwei Echos. Ein weißer Strich fräste sich am anderen Ufer dem Land entgegen. Ein zweiter Streifen fraß sich nordwärts zur Fahrrinne, ein dritter parallel zu den ausgefransten Kettenspuren nach hinten.

«Das Eis setzt sich», sagte Even.

«Bist du sicher, dass es hält», fragte der Junge.

«Das hält», sagte Even.

Der Junge betrachtete seine Fingerknöchel. Wieder traten sie weiß hervor. Er fragte sich, ob er es schaffen würde, die Haltegriffe loszulassen, falls sie wirklich durchbrachen.

«Willst du die Dachluke nicht aufmachen?», fragte er.

«Das hatte ich vergessen», sagte Even. Er öffnete die Luke und gab Gas.

Henning Mankell

Der Mann am Strand

Am Nachmittag des 26. April 1987 saß Kriminalkommissar Kurt Wallander in seinem Dienstzimmer im Polizeipräsidium von Ystad und schnitt sich gedankenverloren Haare aus dem einen Nasenloch. Es war kurz nach fünf. Er hatte gerade eine Mappe zugeklappt, in der Material über die trostlose Fahndung nach einer Autoschieberbande gesammelt war, die gestohlene Luxusautos nach Polen schmuggelte. Die Ermittlung konnte sich inzwischen, gewisse Unterbrechungen eingerechnet, der zweifelhaften Ehre eines zehnjährigen Bestehens erfreuen. Sie war angelaufen, als Wallander gerade erst in Ystad zu arbeiten begonnen hatte. Insgeheim hatte er sich oft gefragt, ob sie auch an dem in ferner Zukunft liegenden Tag seiner Pensionierung noch weiterlaufen würde.

Auf seinem Schreibtisch war ausnahmsweise einmal vollkommene Ordnung. Längere Zeit hatte dort das Chaos geherrscht, und er hatte das schlechte Wetter zum Vorwand genommen, um zu arbeiten, denn er war Strohwitwer.

Einige Tage zuvor waren Mona und Linda auf die Kanarischen Inseln geflogen. Für Wallander war diese Reise eine totale Überraschung gewesen. Er hatte nichts davon gewusst, dass Mona das Geld dafür zusammengespart hatte, und auch Linda hatte nichts gesagt. Gegen den Widerstand ihrer Eltern hatte sie vor kurzem das Gymnasium geschmissen. Im Augenblick machte sie vor allem einen zornigen, müden und verwirrten Eindruck. Er hatte die beiden frühmorgens nach Sturup gefahren und auf dem Rückweg nach Ystad gedacht, dass er eigentlich nichts dagegen hatte, ein paar Wochen ganz für sich allein zu haben. Seine Ehe mit Mona knackte in allen Fugen. Woran es lag, wusste keiner von ihnen. Aber beiden war klar, dass in den letzten Jahren Linda ihre Beziehung zusammengehalten hatte. Was würde passieren, jetzt, wo sie die Schule aufgegeben und angefangen hatte, ihren eigenen Weg zu gehen?

Er stand auf und trat ans Fenster. Der Wind zerrte und rüttelte an den Bäumen auf der anderen Straßenseite. Es nieselte. Das Thermometer zeigte vier Grad über null. Noch war der Frühling in weiter Ferne.

Er zog die Jacke an und verließ das Zimmer. An der Anmeldung nickte er der Wochenendvertretung zu, die am Telefon sprach. Er fuhr mit dem Wagen ins Zentrum. Während er überlegte, was er fürs Abendessen einkaufen sollte, schob er eine Kassette mit Maria Callas in den Kassettenspieler.

Sollte er überhaupt etwas einkaufen? Hatte er überhaupt Hunger? Seine Unentschlossenheit ärgerte ihn. Gleichzeitig hatte er keine Lust, wieder in seine alte Unart zu verfallen und an irgendeinem Imbissstand Hamburger zu essen. Mona hatte ihn immer öfter darauf hingewiesen, dass er dick würde. Und sie hatte Recht. Vor ein paar Monaten hatte er plötzlich eines Morgens sein Gesicht im Badezimmerspiegel angestarrt und eingesehen, dass seine Jugend unwiderruflich vorbei war. Er würde bald vierzig sein, sah aber älter aus. Früher hatte er eher jünger ausgesehen, als er war.

Verstimmt fuhr er auf den Malmöväg und hielt bei einem der Supermärkte an. Er wollte gerade die Tür zuschlagen, als im Wageninneren sein Autotelefon zu summen begann. Einen Moment lang überlegte er, ob er es ignorieren sollte. Was es auch sein mochte, sollte sich doch ein anderer darum kümmern. Im Augenblick hatte er mit seinen eigenen Problemen genug zu tun. Aber er überlegte es sich doch, griff zum Hörer und meldete sich.

«Wallander?», hörte er seinen Kollegen Hansson fragen.

«Ja.»

«Wo bist du?»

«Ich wollte gerade einkaufen.»

«Mach das nachher. Komm stattdessen her. Ich bin im Krankenhaus. Ich warte draußen auf dich.»

«Was ist denn los?»

«Es ist ein bisschen schwer zu erklären. Es ist besser, wenn du gleich kommst.»

Das Gespräch war vorbei. Wallander wusste, dass Hansson nicht angerufen hätte, wenn es nichts Ernstes wäre. Er brauchte nur ein paar Minuten zum Krankenhaus. Vor dem Eingang kam Hansson ihm schon entgegen. Er schien zu frieren. Wallander versuchte, von seinem Gesicht abzulesen, was passiert war.

«Was ist denn los?»

«Da drinnen sitzt ein Taxifahrer, der Stenberg heißt», sagte Hansson. «Er trinkt Kaffee und ist völlig außer sich.»

Wallander folgte Hansson fragend durch die Glastüren.

Die Cafeteria lag rechts. Sie gingen an einem alten Mann vorbei, der im Rollstuhl saß und langsam einen Apfel kaute. Wallander erkannte Stenberg, der allein an einem Tisch saß. Er war ihm schon einmal begegnet, konnte sich aber nicht erinnern, in welchem Zusammenhang. Stenberg war um die fünfzig, korpulent und fast kahl. Seine Nase war verbogen, als sei er in seiner Jugend Boxer gewesen.

«Sie kennen vielleicht Kommissar Wallander?», sagte Hansson.

Stenberg nickte und stand auf, um Wallander zu begrüßen.

«Bleiben Sie doch sitzen», sagte Wallander. «Erzählen Sie lieber, was passiert ist.»

Stenbergs Blick flackerte. Wallander erkannte, dass der Mann entweder sehr beunruhigt war oder Angst hatte. Was von beidem zutraf, konnte er noch nicht sagen.

«Ich bekam eine Fahrt von Svarte», sagte Stenberg. «Der Kunde wollte an der Hauptstraße warten. Er hieß Alexandersson. Als ich ankam, stand er da auch. Er setzte sich auf die Rückbank und sagte, er wolle in die Stadt. Ich sollte am Markt halten.

Ich sah im Rückspiegel, dass er die Augen zumachte. Ich dachte, er schliefe. Als wir in die Stadt kamen, hielt ich am Markt und sagte, dass wir da seien. Er reagierte überhaupt nicht. Ich stieg aus, öffnete die hintere Tür und fasste ihn ganz leicht an. Aber er reagierte nicht. Daher glaubte ich, er sei krank, und fuhr ihn hierher zur Notfallambulanz. Da sagten sie, er wäre tot.»

Wallander zog die Stirn kraus.

«Tot?»

«Sie haben Wiederbelebungsversuche gemacht», sagte Hansson. «Aber es half nicht. Er war tot.»

Wallander überlegte.

«Sie brauchen fünfzehn Minuten von Svarte in die Stadt», sagte er zu Stenberg. «Er machte nicht den Eindruck, als ginge es ihm nicht gut, als er einstieg?»

«Wenn er krank gewesen wäre, hätte ich es gemerkt», sagte Stenberg. «Außerdem hätte er sich dann wohl zum Krankenhaus fahren lassen.»

«Und soweit Sie sehen konnten, war er nicht verletzt?»

«Nein. Er trug einen Anzug und einen hellblauen Mantel.»

«Hatte er etwas in den Händen? Eine Tasche oder sonst etwas?»

«Nichts. Ich dachte, es wäre am besten, die Polizei anzurufen. Obwohl das Krankenhaus das wohl auch muss, nehme ich an.»

Stenbergs Antworten kamen prompt und ohne Zögern. Wallander wandte sich an Hansson.

«Wissen wir, wer er ist?»

Hansson holte seinen Notizblock hervor.

«Göran Alexandersson», sagte er. «Neunundvierzig Jahre alt. Selbständiger Unternehmer in der Elektronikbranche. Wohnhaft in Stockholm. Er hatte eine Menge Geld in der Brieftasche. Und viele Kreditkarten.»

«Komisch», meinte Wallander. «Aber ich nehme an, er hatte einen Herzinfarkt. Was sagen denn die Ärzte?»

«Dass nur eine Obduktion eine eindeutige Klärung der Todesursache ergeben kann.»

Wallander nickte und stand auf.

«Sie müssen die Bezahlung für die Fahrt aus der Hinterlassenschaft beantragen», sagte er zu Stenberg. «Wir melden uns, wenn wir noch Fragen haben.»

«Es war zwar unangenehm», sagte Stenberg mit Nachdruck. «Aber ich werde den Teufel tun und mir von den Hinterbliebenen einen Leichentransport bezahlen lassen.»

Dann ging er.

«Ich würde ihn mir gern ansehen», sagte Wallander. «Du brauchst nicht mitzukommen, wenn du nicht willst.»

«Lieber nicht», gab Hansson zurück. «Ich versuche in der Zwischenzeit, seine Angehörigen zu erreichen.»

«Was hat er in Ystad gemacht?», fragte Wallander nachdenklich. «Das sollten wir vielleicht auch herausfinden.»

Wallander blieb nur einen kurzen Augenblick an der Bahre, die in einem Raum in der Notfallambulanz stand. Vom Gesicht des Toten konnte er nichts ablesen. Er untersuchte seine Kleidung. Sie war wie die Schuhe von bester Qualität. Sollte sich zeigen, dass ein Verbrechen vorlag, müssten die Techniker die Kleidung genauer unter die Lupe nehmen. In der Brieftasche fand Wallander nichts außer dem, was Hansson schon genannt hatte. Anschließend sprach er mit einem der Ärzte in der Notfallambulanz.

«Es sieht ganz nach einem natürlichen Tod aus», meinte der Arzt. «Keine Anzeichen von Gewalt, keine Verletzungen.»

«Und wer hätte ihn auf dem Rücksitz eines Taxis erschlagen sollen?», sagte Wallander. «Aber ich möchte trotzdem so schnell wie möglich das Resultat der Obduktion haben.»

«Wir lassen ihn jetzt in die Gerichtsmedizin nach Lund bringen», sagte der Arzt. «Falls die Polizei nichts dagegen hat?»

«Nein», erwiderte Wallander. «Warum sollten wir?»

Er fuhr zurück ins Polizeipräsidium und ging zu Hansson, der gerade ein Telefonat beendete. Während Wallander wartete, befühlte er missmutig seinen Bauch, der oberhalb des Gürtels hervorzuquellen begann.

«Ich habe gerade mit Alexanderssons Büro in Stockholm gesprochen», sagte Hansson, nachdem er aufgelegt hatte. «Sowohl mit seiner Sekretärin als auch mit seinem engsten Mitarbeiter. Sie sind natürlich geschockt. Aber sie konnten mir wenigstens sagen, dass Göran Alexandersson seit sechs Jahren geschieden war.»

«Hatte er Kinder?»

«Einen Sohn.»

«Dann müssen wir den ausfindig machen.»

«Das geht nicht», antwortete Hansson.

«Warum nicht?»

«Weil er tot ist.»

Wallander konnte sich oft über Hanssons umständliche Art, etwas auf den Punkt zu bringen, aufregen. Dies war ein solcher Fall.

«Tot? Wieso tot? Muss man dir alles aus der Nase ziehen?» Hansson versuchte, seine Notizen zu entziffern.

«Sein einziges Kind, ein Sohn, starb vor fast sieben Jahren. Anscheinend war es irgendein Unglücksfall. Ich habe das Ganze noch nicht durchschaut.»

«Hatte dieser Sohn möglicherweise einen Namen?»

«Bengt.»

«Hast du gefragt, was Göran Alexandersson in Ystad wollte? Oder in Svarte?»

«Er hat gesagt, er wolle eine Woche Urlaub machen. Er wollte im Hotel Kung Karl wohnen. Er kam vor vier Tagen her.»

«Dann fahren wir jetzt dahin», sagte Wallander.

Sie durchsuchten Alexanderssons Hotelzimmer über eine Stunde, ohne irgendetwas von Interesse zu finden. Der Koffer war leer. Die Kleider waren ordentlich in den Schrank gehängt. Ein Extrapaar Schuhe.

«Kein Stück Papier», sagte Wallander nachdenklich. «Nicht ein Buch. Nichts.»

Dann nahm er den Telefonhörer ab und fragte in der Rezeption nach, ob Göran Alexandersson selbst telefoniert oder Telefongespräche empfangen oder Besuch gehabt habe. Die Antwort war eindeutig. Niemand hatte Zimmer 211 angerufen. Niemand war zu Besuch gekommen.

«Er hat ein Zimmer hier in Ystad», sagte Wallander. «Aber er ruft aus Svarte ein Taxi an. Fragt sich, wie er dahin kam.»

«Ich frage bei den Taxiunternehmen nach», sagte Hansson.

Sie fuhren ins Präsidium zurück. Wallander blieb am Fenster stehen und betrachtete abwesend den Wasserturm auf der anderen Straßenseite. Er dachte an Mona und Linda. Vermutlich saßen sie in irgendeinem Straßenrestaurant und aßen zu Abend. Aber worüber sprachen sie? Bestimmt darüber, was Linda jetzt anfangen wollte. Er versuchte sich ihr Gespräch vorzustellen. Aber alles, was er hörte, war das Rauschen des Heizkörpers. Er setzte sich an den Schreibtisch, um einen vorläufigen Bericht abzufassen, während Hansson mit den Taxiunternehmen in Ystad telefonierte. Bevor er anfing, ging er jedoch noch einmal in den Essraum und raffte ein paar Stücke Gebäck an sich, die verloren auf einem Teller lagen. Es war fast acht, als Hansson an seine Tür klopfte und eintrat.

«Er ist in den vier Tagen, die er schon hier in Ystad war, dreimal nach Svarte gefahren», sagte Hansson. «Er hat sich am Ortsrand absetzen lassen. Am frühen Morgen ist er rausgefahren, und am Nachmittag hat er ein Taxi gerufen.»

Wallander nickte abwesend.

«Das ist ja nicht verboten», sagte er. «Vielleicht hatte er da draußen eine Geliebte?»

Wallander stand auf und trat ans Fenster. Der Wind hatte an Stärke zugenommen.

«Wir lassen ihn durch unsere Register laufen», sagte er nach einer Weile. «Mein Gefühl sagt mir, dass es nichts bringt. Aber auf jeden Fall. Und dann können wir nur die Obduktion abwarten.»

«Es war bestimmt ein Herzinfarkt», sagte Hansson und stand auf.

«Bestimmt», sagte Wallander.

Anschließend fuhr er nach Hause und machte eine Dose Pyttipanna auf. Er hatte schon angefangen, Göran Alexandersson zu vergessen. Nachdem er sein kärgliches Mahl verzehrt hatte, schlief er vor dem Fernseher ein.

Am Tag danach ließ Wallanders Kollege Martinsson den Namen Göran Alexandersson durch alle zugänglichen Register laufen. Ohne Ergebnis. Martinsson war der Jüngste in der Kriminalabteilung und derjenige von ihnen, der für die neue Technik am aufgeschlossensten war.

Wallander widmete den Tag den gestohlenen Luxuswagen, die in Polen herumfuhren. Am Abend besuchte er seinen Vater in Löderup und spielte ein paar Stunden Karten. Es endete damit, dass sie sich darüber stritten, wer wem wie viel schuldig war. Auf dem Heimweg im Auto fragte Wallander sich, ob er, wenn er alt wurde, auch so werden würde wie sein Vater. Oder hatte er schon angefangen, zu werden wie er? Boshaft, griesgrämig und unfreundlich. Er sollte einmal jemanden fragen. Vielleicht nicht gerade Mona.

Am Morgen des 28. April klingelte Wallanders Telefon. Es war die Gerichtsmedizin in Lund.

«Ich rufe an wegen einer Person namens Göran Alexandersson», sagte der Arzt. Er hieß Jörne, und Wallander kannte ihn aus seiner Malmöer Zeit.

«Was ist es denn?», fragte Wallander. «Gehirnblutung oder Schlaganfall?»

«Keins von beiden», erwiderte Jörne. «Entweder hat er Selbstmord begangen, oder er ist ermordet worden.»

Wallander fuhr zusammen.

«Ermordet? Was meinst du damit?»

«Genau das, was ich sage.»

«Aber das ist undenkbar. Er kann nicht im Fond eines Taxis ermordet worden sein. Stenberg, der ihn gefahren hat, bringt keine Leute um. Aber er kann ja wohl auch kaum Selbstmord begangen haben?»

«Wie es zugegangen ist, kann ich nicht beurteilen», sagte Jörne ungerührt. «Dagegen kann ich mit Sicherheit sagen, dass er an einem Gift starb, das er mit einem Getränk oder mit etwas zu essen zu sich genommen hat. Und für mich deutet das auf Mord. Aber das rauszufinden ist natürlich euer Job.»

Wallander sagte nichts.

«Ich faxe euch die Papiere rüber», sagte Jörne. «Bist du noch da?»

«Ja», sagte Wallander. «Ich bin noch da.»

Er bedankte sich bei Jörne, legte auf und dachte nach über das, was er gerade gehört hatte. Dann drückte er das Haustelefon und bat Hansson, zu ihm herüberzukommen. Er zog einen seiner Notizblöcke heran und schrieb zwei Wörter.

Göran Alexandersson.

Draußen hatte der Wind weiter zugenommen. In den Böen erreichte er schon Sturmstärke.

Der böige Wind wehte weiter über Schonen. Wallander saß zurückgezogen in seinem Zimmer und musste sich eingestehen, dass er noch immer nicht wusste, was mit dem Mann passiert war, der vor zwei Tagen auf der Rückbank eines Taxis gestorben war. Um zehn Uhr am Vormittag begab er sich zu einem der Sitzungszimmer des Präsidiums und schloss die Tür hinter sich. Hansson und Rydberg saßen schon am Tisch. Wallander war überrascht, als er Rydberg sah. Er war wegen

Rückenschmerzen krankgeschrieben und hatte seine Rückkehr nicht angekündigt.

«Wie geht es dir denn?», fragte Wallander.

«Ich sitze hier», sagte Rydberg abweisend. «Was ist denn das für ein Quatsch von einem Mann, der im Fond eines Taxis ermordet worden ist?»

«Lass uns vorne anfangen», entgegnete Wallander.

Dann blickte er in die Runde. Einer fehlte.

«Wo ist Martinsson?»

«Er hat angerufen und sich entschuldigt, er hat einen geschwollenen Hals», antwortete Rydberg. «Aber vielleicht kann Svedberg dazukommen?»

«Wir warten ab, ob es nötig wird», sagte Wallander und sortierte seine Papiere. Das Fax aus Lund war gekommen. Dann sah er seine Kollegen an.

«Die Geschichte, die anfänglich so simpel zu sein schien, könnte sich als bedeutend schwieriger erweisen, als ich geglaubt habe. Ein Mann stirbt auf dem Rücksitz eines Taxis. Der Gerichtsmediziner in Lund hat festgestellt, dass er an einem Gift gestorben ist. Was wir immer noch nicht wissen, ist, wie viel Zeit zwischen der Einnahme des Giftes und dem Augenblick des Todes vergangen ist. Aber Lund hat versprochen, uns in ein paar Tagen Bescheid zu geben.»

«Mord oder Selbstmord?», wollte Rydberg wissen.

«Mord», antwortete Wallander entschieden. «Ich kann mir nur schwer einen Selbstmörder vorstellen, der erst Gift schluckt und dann nach einem Taxi telefoniert.»

«Könnte er das Gift vielleicht durch einen Irrtum genommen haben?», fragte Hansson.

«Unwahrscheinlich», sagte Wallander. «Den Ärzten zufolge ist es eine Giftmischung, die es eigentlich gar nicht gibt.»

«Was heißt das?», fragte Hansson.

«Dass nur ein Spezialist sie mischen kann, ein Arzt zum Beispiel, ein Chemiker oder ein Biologe.»

Es wurde still.

«Also sollten wir es als Mord betrachten», sagte Wallander. «Was wissen wir eigentlich über diesen Göran Alexandersson?»

Hansson blätterte in seinen Aufzeichnungen.

«Er war Geschäftsmann», begann er. «Er hatte zwei Elektronikläden in Stockholm, einen in Västberga, den anderen am Norrtull. Er wohnte allein in einer Wohnung in der Åsögata. Familie scheint er nicht gehabt zu haben. Seine geschiedene Frau soll in Frankreich wohnen. Sein Sohn starb vor sieben Jahren. Und die Angestellten von ihm, mit denen ich geredet habe, charakterisierten ihn wortwörtlich gleich.»

«Und wie?», unterbrach ihn Wallander.

«Er galt als nett.»

«Nett?»

«Das war das Wort, das sie benutzten: nett.»

Wallander nickte. «Sonst noch etwas?»

«Er scheint ein ziemlich eintöniges Leben geführt zu haben. Seine Sekretärin vermutete, dass er Briefmarken sammelte. Es kamen regelmäßig Kataloge ins Büro. Enge Freunde scheint er keine gehabt zu haben. Jedenfalls keine, die seine Mitarbeiter kannten.»

Es wurde still.

«Wir müssen Stockholm wegen seiner Wohnung um Hilfe bitten», sagte Wallander, als das Schweigen allzu drückend wurde. «Und wir müssen Kontakt mit seiner Frau aufnehmen. Ich selbst werde versuchen herauszufinden, was er hier unten gemacht hat, in Ystad und Svarte. Wen hat er getroffen? Wir treffen uns heute Nachmittag wieder und stimmen unsere Ergebnisse miteinander ab.»

«Eins frage ich mich», sagte Rydberg. «Kann ein Mensch ermordet werden, ohne selbst davon zu wissen?»

Wallander nickte.

«Es ist ein interessanter Gedanke», sagte er. «Jemand gibt Göran Alexandersson unbemerkt ein Gift, das erst eine Stunde später wirkt. Ich werde Jörne danach fragen.»

«Wenn er es weiß», murmelte Rydberg. «Da wäre ich nicht so sicher.»

Die Sitzung war beendet. Sie gingen auseinander, nachdem sie die Arbeit unter sich verteilt hatten. Wallander stellte sich mit einer Kaffeetasse in der Hand ans Fenster und versuchte zu entscheiden, womit er anfangen sollte.

Eine halbe Stunde später setzte er sich in sein Auto und fuhr nach Svarte hinaus. Der Wind hatte langsam abgenommen. Die Sonne schien durch die aufreißenden Wolken. Wallander hatte zum ersten Mal in diesem Jahr das Gefühl, dass der Frühling endlich auf dem Weg war. Als er an den Ortsrand von Svarte kam, hielt er an und stieg aus.

Hierher kam Göran Alexandersson, dachte er. Er kam am Morgen und fuhr am Nachmittag nach Ystad zurück. Beim vierten Mal wurde er vergiftet und starb auf dem Rücksitz eines Taxis.

Er ging in Richtung Ortsmitte. Viele der Häuser auf der Strandseite der Straße waren Sommerhäuser und jetzt verbarrikadiert.

Auf seinem Gang durch den Ort begegnete Wallander nur zwei Menschen. Die Verlassenheit des Ortes bedrückte ihn plötzlich. Er machte kehrt und ging schnell zurück zum Auto.

Als er schon den Motor angelassen hatte, entdeckte er eine ältere Frau, die sich an einem Blumenbeet in einem Garten neben dem Wagen zu schaffen machte. Er stellte den Motor wieder ab und stieg aus. Als er die Wagentür zuschlug, schaute die Frau in seine Richtung. Wallander ging zum Zaun und hob die Hand zum Gruß.

«Ich hoffe, ich störe Sie nicht», sagte er.

«Hier stört niemand», sagte die Frau und sah ihn neugierig an.

«Ich heiße Kurt Wallander und bin Kriminalbeamter in Ystad», sagte er.

«Ich kenne Sie», sagte die Frau. «Habe ich Sie nicht in einem Diskussionsprogramm im Fernsehen gesehen?»

«Ich glaube kaum», erwiderte er. «Aber leider hat es dann und wann Bilder von mir in der Zeitung gegeben.»

«Agnes Ehn», sagte die Frau und reichte ihm die Hand.

«Wohnen Sie das ganze Jahr über hier?», fragte Wallander.

«Nur im Sommerhalbjahr. Ich komme Anfang April hier heraus. Und bleibe bis Oktober. Im Winter wohne ich in Halmstad. Ich bin pensionierte Lehrerin. Mein Mann ist vor ein paar Jahren gestorben.»

«Es ist schön hier», sagte Wallander. «Schön und still. Jeder kennt jeden.»

«Ich weiß nicht», sagte sie. «Es kann auch so sein, dass man seinen eigenen Nachbarn nicht kennt.»

«Ihnen ist nicht zufällig ein Mann aufgefallen, der in der vergangenen Woche ein paar Mal mit dem Taxi nach Svarte gekommen ist? Und der am Nachmittag wieder von einem Taxi abgeholt worden ist?»

Ihre Antwort überraschte ihn.

«Er hat mein Telefon benutzt, um das Taxi zu bestellen», sagte sie. «An vier Tagen hintereinander. Wenn es wirklich der gleiche Mann war.»

«Hat er gesagt, wie er heißt?»

«Er war sehr höflich.»

«Und hat sich vorgestellt?»

«Man kann höflich sein, auch ohne seinen Namen zu sagen.»

«Und er bat Sie darum, Ihr Telefon benutzen zu dürfen?»

«Ja.»

«Hat er sonst noch etwas gesagt?»

«Ist denn etwas passiert?»

Wallander fand, dass es keinen Grund gab, ihr nicht zu sagen, was passiert war.

«Er ist tot.»

«Das ist ja schrecklich. Und was ist geschehen?»

«Das wissen wir nicht. Im Moment wissen wir nur, dass er tot ist. Wissen Sie, was er hier in Svarte gemacht hat? Hat er gesagt, wen er besuchte? Und in welche Richtung ging er? War er in Begleitung? Alles, woran Sie sich erinnern können, ist wichtig.»

Wieder überraschte sie ihn mit ihrer klaren Antwort.

«Er ging unten am Strand spazieren», sagte sie. «Hinter meinem Haus führt ein Pfad hinunter zum Strand. Dem folgte er. Dann ging er in westlicher Richtung. Und er kam erst am Nachmittag zurück.»

«Er ging am Strand spazieren? War er allein?»

«Das kann ich doch nicht wissen. Der Strand macht eine Biegung. Er kann dahinten jemanden getroffen haben, wo ich es nicht mehr sehen kann.»

«Hatte er irgendetwas bei sich? Eine Tasche oder ein Paket?»

Sie schüttelte den Kopf.

«Machte er irgendwie einen beunruhigten Eindruck?»

«Nicht, soweit ich sehen konnte.»

«Er benutzte also gestern Ihr Telefon?»

«Ja.»

«Und Sie haben nichts Auffälliges an ihm bemerkt?»

«Er machte den Eindruck eines netten und freundlichen Mannes. Er bestand darauf, die Telefongespräche zu bezahlen.»

Wallander nickte.

«Sie haben mir sehr geholfen», sagte er und gab ihr eine Karte mit seiner Telefonnummer. «Wenn Ihnen noch etwas einfällt, möchte ich Sie bitten, mich anzurufen.»

«Das ist tragisch», sagte sie. «Ein so angenehmer Mann.»

Wallander nickte und ging hinter das Haus, wo ein Weg zum Strand hinunterführte. Er ging bis ganz an die Wasserkante. Der Strand war verlassen. Als Wallander sich umdrehte, sah er Agnes Ehn dastehen und ihm nachschauen.

Er muss jemanden getroffen haben, dachte er. Etwas anderes ist undenkbar. Die Frage ist nur, wen.

Er fuhr zurück ins Präsidium. Rydberg hielt ihn auf dem Flur an und sagte, es sei ihm gelungen, Alexanderssons Exfrau an ihrem Wohnort an der Riviera ausfindig zu machen.

«Aber es nimmt niemand ab», sagte er. «Ich versuche es weiter.»

«Gut», sagte Wallander. «Sag mir Bescheid, wenn du sie erreicht hast.»

«Martinsson war hier», fuhr Rydberg fort. «Man konnte kaum hören, was er sagte. Ich habe ihm gesagt, er soll wieder nach Hause gehen.»

«Das hätte ich wohl auch getan», sagte Wallander.

Er ging in sein Zimmer, schloss die Tür und zog den Kollegblock an sich, auf dem er zuvor den Namen Göran Alexandersson aufgeschrieben hatte. Wen hast du am Strand getroffen?, dachte er. Wen? Das muss ich wissen.

Um ein Uhr war Wallander hungrig. Er hatte schon die

Jacke an und wollte gerade gehen, als Hansson an seine Tür klopfte.

Es war ihm sofort anzusehen, dass er etwas Wichtiges zu sagen hatte.

«Ich habe da etwas, was sich möglicherweise als bedeutsam herausstellen könnte.»

«Was denn?»

«Wie du dich erinnerst, hatte Göran Alexandersson einen Sohn, der vor sieben Jahren starb. Er wurde erschlagen. Und soweit ich sehen kann, wurde nie ein Täter gefasst und verurteilt.»

Wallander sah Hansson lange an.

«Gut», sagte er schließlich. «Jetzt haben wir einen Anhaltspunkt. Obwohl ich nicht richtig sagen kann, worin er eigentlich besteht.»

Der Hunger, den er eben noch verspürt hatte, war verschwunden.

Kurz nach zwei Uhr am Nachmittag des 28. April klopfte Rydberg an Wallanders halb geöffnete Tür.

«Ich habe Alexanderssons Frau erreicht», sagte er und kam herein. Als er sich auf Wallanders Besucherstuhl setzte, verzog er das Gesicht.

«Was ist mit deinem Rücken?», fragte Wallander.

«Ich weiß nicht», erwiderte Rydberg. «Aber irgendetwas stimmt nicht.»

«Du hast vielleicht zu früh wieder angefangen zu arbeiten?»

«Es wird nichts besser davon, dass ich zu Hause liege und an die Decke starre.»

Damit war das Gespräch über Rydbergs Rücken beendet. Wallander wusste, dass es keinen Sinn hatte, ihn dazu überreden zu wollen, wieder nach Hause zu gehen und sich auszuruhen.

«Was hat sie gesagt?», fragte er stattdessen.

«Sie war natürlich geschockt. Ich glaube, es dauerte eine Minute, bis sie etwas sagte.»

«Das wird teuer für die Staatskasse», sagte Wallander. «Aber dann? Nachdem die Minute vorbei war?»

«Sie wollte natürlich wissen, was passiert ist. Ich sagte es ihr, wie es war. Sie hatte Schwierigkeiten zu verstehen, wovon ich redete.»

«Kein Wunder.»

«Ich habe auf jeden Fall erfahren, dass sie keinen Kontakt hatten. Der Ehefrau zufolge haben sie sich scheiden lassen, weil sie es zusammen so langweilig hatten.»

Wallander zog die Stirn in Falten. «Was meinte sie denn damit?»

«Ich glaube, das ist eine häufigere Ursache für Scheidungen, als man ahnt», sagte Rydberg. «Ich glaube, es muss grässlich sein, mit einem langweiligen Menschen zusammenzuleben.»

Wallander nickte gedankenverloren. Er fragte sich, ob Mona wohl ebenso dachte. Und was dachte er selbst?

«Ich habe sie gefragt, ob sie sich jemanden vorstellen könnte, der ihn würde umbringen wollen. Aber das konnte sie nicht. Dann fragte ich sie, ob sie erklären könnte, was er hier unten in Schonen getan hätte. Das konnte sie auch nicht. Das war alles.»

«Du hast nicht nach ihrem verstorbenen Sohn gefragt? Von dem Hansson sagt, er sei ermordet worden?»

«Doch, natürlich. Aber sie wollte nicht darüber sprechen.»

«Ist das nicht ein bisschen sonderbar?»

Rydberg nickte.

«Genau, was ich dachte.»

«Ich glaube, du musst sie noch einmal anrufen», sagte Wallander.

Rydberg nickte und verließ das Zimmer. Wallander dachte, dass er bei Gelegenheit Mona fragen müsste, ob Langeweile das größte Problem in ihrer Ehe sei. Das Klingeln des Telefons riss ihn aus seinen Gedanken. Ebba von der Vermittlung teilte ihm mit, die Polizei in Stockholm wolle mit ihm sprechen. Wallander zog seinen Block heran und hörte zu. Es war ein Polizist namens Rendal, mit dem Wallander noch nie zu tun gehabt hatte.

«Wir haben uns diese Wohnung in der Åsögata angesehen», sagte Rendal.

«Und, habt ihr etwas gefunden?»

«Wie sollten wir etwas finden können, wenn wir nicht wissen, wonach wir suchen sollen?»

Wallander konnte hören, dass Rendal gestresst war.

«Wie sah sie denn aus?», fragte Wallander so freundlich er konnte.

«Sauber und ordentlich», sagte Rendal. «Geputzt. Ein bisschen pedantisch. Ich fand, es war eine typische Junggesellenwohnung.»

«Ist es ja auch», sagte Wallander.

«Wir haben uns seine Post angesehen», fuhr Rendal fort. «Er scheint höchstens eine Woche weg gewesen zu sein.»

«Das stimmt», sagte Wallander.

«Er hatte einen Anrufbeantworter. Aber der war leer. Keiner hatte ihn angerufen.»

«Was hatte er selbst für eine Ansage?», fragte Wallander.

«Nur die übliche.»

«Dann wissen wir das», sagte Wallander. «Danke für die Hilfe. Wir melden uns wieder, wenn es noch mehr gibt.»

Wallander legte auf und sah, dass es Zeit war für das Nachmittagstreffen der Ermittlungsgruppe. Als er das Sitzungszimmer betrat, waren Hansson und Rydberg schon da.

«Ich habe gerade mit Stockholm gesprochen», sagte Wallander. «Die Wohnung in der Åsögata hat nichts ergeben.»

«Ich habe die Frau noch einmal angerufen», sagte Rydberg. «Sie wollte immer noch nicht über den Sohn sprechen. Aber als ich ihr erzählte, dass wir notfalls von ihr verlangen könnten, nach Hause zu kommen und uns bei der Ermittlung zu helfen, ging es etwas leichter. Ihr Sohn wurde auf offener Straße mitten in Stockholm niedergeschlagen. Es muss ein total sinnloser Überfall gewesen sein. Er ist nicht einmal beraubt worden.»

«Ich habe ein paar Unterlagen über diesen Überfall kommen lassen», sagte Hansson. «So lange ist es ja noch nicht her, dass der Fall ad acta gelegt worden ist. Aber seit mehr als fünf Jahren hat keiner etwas in der Sache unternommen.»

«Gab es keine Tatverdächtigen?», wollte Wallander wissen.

Hansson schüttelte den Kopf.

«Überhaupt keine. Es gab absolut nichts. Keine Zeugen, gar nichts.»

Wallander schob seinen Kollegblock von sich.

«Genauso wenig, wie wir jetzt in der Hand haben», sagte er.

Es wurde still am Tisch. Wallander sah ein, dass er etwas sagen musste.

«Ihr müsst mit dem Personal in seinen Läden reden», sagte er. «Wendet euch an einen Kollegen namens Rendal bei der Stockholmer Polizei und bittet ihn, euch zu helfen. Wir sehen uns morgen wieder.»

Sie verteilten die Arbeit unter sich, und Wallander ging zurück in sein Zimmer. Er hatte vor, seinen Vater in Löderup anzurufen und sich bei ihm für den Streit am Abend zuvor zu entschuldigen. Aber er nahm den Hörer nicht auf. Die Geschichte mit Göran Alexandersson ließ ihm keine Ruhe. Die ganze Situation war dermaßen absurd, dass sie allein deshalb geklärt werden musste. Seine Erfahrung sagte ihm, dass die meisten Morde, auch die meisten sonstigen Verbrechen, irgendwo einen logischen Kern hatten. Es galt nur, die richtigen Puzzlestücke in der richtigen Reihenfolge umzudrehen und nach denkbaren Zusammenhängen zwischen den verschiedenen Zeichen zu suchen, die sichtbar wurden.

Um kurz vor fünf verließ er das Präsidium und fuhr auf der Küstenstraße nach Svarte. Diesmal parkte er seinen Wagen weiter im Ort. Er nahm ein Paar Gummistiefel aus dem Kofferraum und ging hinunter zum Strand. In der Ferne sah er ein Frachtschiff nach Westen ziehen. Er begann am Strand entlangzugehen und betrachtete die Häuser, die auf seiner Rechten lagen. In ungefähr jedem dritten Haus schienen Menschen zu sein. Er folgte dem Strand, bis er Svarte hinter sich gelassen hatte. Dann kehrte er um. Plötzlich hatte er das Gefühl, dass er hier ging und hoffte, Mona käme ihm entgegen. Er dachte zurück an damals, als sie in Skagen gewesen waren. Es war ihre beste gemeinsame Zeit gewesen. Sie hatten so viel zu reden, dass die Zeit nie ausreichte.

Er schüttelte die unerfreulichen Gedanken ab und konzentrierte sich wieder auf Göran Alexandersson. Während er weiter den Strand entlangging, resümierte er.

Was wussten sie? Dass Alexandersson allein stehend war, dass er zwei Elektronikläden besaß, dass er neunundvierzig Jahre alt war und nach Ystad gereist und im Kung Karl abgestiegen war. Er hatte gesagt, er wolle Urlaub machen. Im Hotel hatte er weder Besuch noch Telefongespräche bekommen. Er selbst hatte auch nicht telefoniert.

Jeden Morgen war er mit dem Taxi nach Svarte gefahren, wo er seine Tage damit verbracht hatte, am Strand entlangzulaufen. Spät am Nachmittag war er zurückgekehrt, nachdem er bei Agnes Ehn das Telefon benutzt hatte. Beim vierten Besuch hatte er sich in das Taxi gesetzt, in dem er gestorben war.

Wallander blieb stehen und sah sich um. Der Strand lag noch immer verlassen da. Fast die ganze Zeit ist Göran Alexandersson sichtbar, dachte er. Aber irgendwo hier am Strand verschwindet er. Dann taucht er wieder auf, und ein paar Minuten später ist er tot.

Er muss hier jemanden getroffen haben, dachte Wallander. Oder richtiger gesagt: Er muss sich mit jemandem verabredet haben. Man trifft nicht aus purem Zufall einen Giftmörder.

Wallander ging weiter. Er schaute sich die Villen an, die am Strand lagen. Am nächsten Tag würde er hier Klinken putzen gehen. Jemand muss ihn dort haben gehen sehen, vielleicht hatte jemand ihn einen anderen Menschen treffen sehen.

Wallander entdeckte plötzlich, dass er nicht mehr allein am Strand war. Ein älterer Mann kam ihm entgegen. Ein schwarzer Labrador lief gehorsam an seiner Seite. Wallander blieb stehen und sah den Hund an. In der letzten Zeit hatte er mehrfach daran gedacht, ob er Mona nicht vorschlagen sollte, dass sie sich einen Hund anschafften. Aber er hatte davon abgesehen, weil er zu so unregelmäßigen Zeiten arbeitete. Ein Hund würde mit größter Wahrscheinlichkeit mehr schlechtes Gewissen bedeuten als Gesellschaft.

Der Mann lüpfte sein Käppi, als er Wallander erreichte.

«Ob es wohl noch Frühling wird?», fragte er. Wallander fiel auf, dass er kein Schonisch sprach.

«Er kommt sicher auch dieses Jahr», gab Wallander zurück.

Der Mann nickte und wollte weitergehen, als Wallander ihn zurückhielt.

«Ich nehme an, Sie gehen hier jeden Tag?», sagte Wallander.

Der Mann zeigte auf eins der Häuser.

«Ich wohne hier, seit ich pensioniert bin», antwortete er.

«Ich heiße Wallander und bin Kriminalbeamter in Ystad. Sie haben nicht zufällig einen Mann um die fünfzig gesehen, der hier in den letzten Tagen allein am Strand spazieren gegangen ist?»

Die Augen des Mannes waren blau und klar. Unter dem Käppi ragte das weiße Haar hervor.

«Nein», sagte er und lächelte. «Wer hätte das sein sollen? Hier geht niemand außer mir. Aber im Mai, wenn es wärmer wird, dann sieht es anders aus.»

«Sind Sie ganz sicher?», fragte Wallander.

«Ich gehe dreimal täglich mit dem Hund», erwiderte der Mann. «Und ich habe hier keinen Mann allein entlanglaufen sehen. Bis jetzt. Bis Sie kamen.»

Wallander nickte.

«Dann will ich Sie nicht weiter stören», sagte er.

Wallander ging weiter. Als er stehen blieb und zurückschaute, war der Mann mit dem Hund verschwunden.

Woher der Gedanke oder, genauer gesagt, das Gefühl kam, konnte er sich später nie klar machen. Und doch war er von dem Augenblick an ganz sicher. Etwas war im Gesicht des alten Mannes aufgeblitzt, eine schwache, fast kaum wahrnehmbare Änderung in seinem Blick, als Wallander gefragt hatte, ob er einen Mann allein am Strand gesehen habe.

Er weiß etwas, dachte Wallander. Fragt sich nur, was.

Wallander blickte sich noch einmal um.

Der Strand war jetzt leer.

Er stand einige Minuten da, ohne sich zu bewegen.

Dann kehrte er zu seinem Wagen zurück und fuhr nach Hause.

Mittwoch, der 29. April, wurde in diesem Jahr der erste Frühlingstag in Schonen. Wallander wachte wie üblich früh auf. Er war verschwitzt und wusste, dass er einen Albtraum gehabt hatte, ohne sich erinnern zu können, wovon er gehandelt hatte. Vielleicht hatten ihn wieder einmal die Stiere verfolgt? Oder Mona hatte ihn verlassen? Er duschte, trank Kaffee und blätterte zerstreut *Ystads Allehanda* durch.

Schon um halb sieben saß er in seinem Zimmer im Polizeipräsidium. Die Sonne schien von einem klarblauen Himmel. Wallander hoffte, dass Martinsson wieder gesund wäre, damit er Hansson die Computerarbeit mit den Registern abnehmen konnte. Er pflegte schnellere und bessere Resultate zu erreichen. Wenn Martinsson gesund war, könnte er Hansson mit hinaus nach Svarte nehmen, um Klinken zu putzen. Aber das Wichtigste war im Moment vielleicht, ein so klares Bild von Alexandersson zu bekommen wie möglich. Martinsson war entschieden gründlicher, wenn es darum ging, Menschen zu befragen, die Auskünfte geben konnten. Wallander beschloss auch, dass sie ernsthaft untersuchen müssten, was eigentlich geschehen war, als Alexanderssons Sohn erschlagen wurde.

Sobald es sieben geworden war, versuchte Wallander Jörne zu erreichen, der die Obduktion von Göran Alexandersson durchgeführt hatte, aber vergebens. Er merkte, dass er ungeduldig war. Der Fall des toten Mannes auf der Rückbank von Stenbergs Taxi machte ihm Sorgen.

Um zwei Minuten vor acht trafen sie sich im Konferenzraum. Rydberg konnte ihm mitteilen, dass Martinsson immer noch Halsschmerzen und Fieber hatte. Wallander fand es typisch, dass es ausgerechnet Martinsson mit seiner Bazillenphobie so erwischt hatte.

«Dann müssen du und ich heute in Svarte die Häuser abklappern», sagte er. «Und du, Hansson, gräbst hier zu Hause weiter. Ich würde gern mehr über Alexanderssons Sohn Bengt und seinen Tod wissen. Bitte Rendal um Hilfe.»

«Wissen wir mehr über dieses Gift?», fragte Rydberg.

«Ich habe es heute Morgen schon versucht, aber ich erreiche niemanden», antwortete Wallander.

Ihre Sitzung wurde sehr kurz. Wallander bat um eine Vergrößerung des Passfotos von Alexanderssons Führerschein und Kopien davon. Dann ging er zu Björk, ihrem Polizeipräsidenten. Er fand, dass Björk im Großen und Ganzen ein guter Chef war, der jeden machen ließ und keinem hineinredete. Doch manchmal raffte Björk sich auf und wollte sich einen raschen Überblick über die Lage an der Ermittlungsfront verschaffen.

«Wie geht es mit dieser Bande, die Autos exportiert?», fragte Björk und ließ die Handflächen auf die Tischplatte fallen zum Zeichen dafür, dass er eine kurze und präzise Antwort wünsche.

«Schlecht», antwortete Wallander wahrheitsgemäß.

«Sind irgendwelche Festnahmen aktuell?»

«Überhaupt keine», antwortete Wallander. «Wenn ich mit dem, was ich habe, zu einem Staatsanwalt ginge und einen Haftbefehl beantragte, würde er mich rauswerfen.»

«Wir dürfen nur nicht aufgeben», sagte Björk.

«Wo denkst du hin», antwortete Wallander. «Ich mache weiter. Wenn wir nur erst diese Geschichte mit dem Mann, der in einem Taxi gestorben ist, aufgeklärt haben.»

«Hansson hat mich informiert», sagte Björk. «Das klingt alles sehr sonderbar.»

«Es *ist* sonderbar», sagte Wallander.

«Kann der Mann wirklich ermordet worden sein?»

«Die Ärzte behaupten es», sagte Wallander. «Wir werden heute in Svarte Klinken putzen gehen. Irgendjemand muss ihn gesehen haben.»

«Halte mich auf dem Laufenden», sagte Björk und stand auf zum Zeichen dafür, dass das Gespräch beendet war.

Sie fuhren in Wallanders Wagen nach Svarte.

«Schonen ist wirklich schön», sagte Rydberg plötzlich.

«Auf jeden Fall an einem Tag wie heute», gab Wallander zurück. «Aber im Herbst kann es hier verdammt ekelhaft sein. Wenn der Schlamm über die Türschwellen schwappt. Oder unter die Haut kriecht.»

«Wer will denn jetzt an den Herbst denken?», sagte Rydberg. «Warum soll man einen Vorschuss auf die Unwetter nehmen? Sie kommen schon früh genug.»

Wallander antwortete nicht. Er konzentrierte sich darauf, einen Traktor zu überholen.

«Wir fangen mit den Häusern am Strand am westlichen Ortsrand an», sagte er. «Wir nehmen jeder eine Seite und treffen uns nachher in der Mitte. Versuche auch herauszubekommen, wer in den Häusern wohnt, die jetzt leer stehen.»

«Was hoffst du eigentlich zu finden?», fragte Rydberg.

«Die Lösung», antwortete Wallander ganz einfach. «Jemand muss ihn da draußen am Strand gesehen haben. Jemand muss gesehen haben, dass er dort einen anderen Menschen getroffen hat.»

Wallander parkte. Er ließ Rydberg mit dem Haus anfangen, in dem Agnes Ehn wohnte. Rydberg machte sich auf den Weg, während Wallander von seinem Autotelefon aus Jörne zu erreichen suchte. Aber auch diesmal bekam er keine Antwort. Er fuhr ein Stück nach Westen, stellte den Wagen ab und ging dann in östlicher Richtung. Das erste Haus war ein altes und gut gepflegtes schonisches Landhaus. Er ging durch die Pforte und klingelte an der Tür. Als niemand aufmachte, klingelte er noch einmal.

Er wollte gerade gehen, als die Tür von einer Frau um die dreißig in einem fleckigen Overall geöffnet wurde.

«Ich mag es nicht, wenn man mich stört», sagte sie und blickte Wallander irritiert an.

«Es ist aber manchmal notwendig», entgegnete Wallander und zeigte ihr seinen Polizeiausweis.

«Und was wollen Sie?»

«Meine Frage ist vielleicht ein bisschen seltsam», begann Wallander. «Aber ich möchte gern wissen, ob Sie in den letzten Tagen einen Mann um die fünfzig in einem hellblauen Mantel am Strand gesehen haben.»

Sie zog die Augenbrauen hoch und betrachtete Wallander amüsiert.

«Ich male bei vorgezogenen Gardinen», sagte sie. «Ich habe nichts gesehen.»

«Sie sind Malerin», sagte Wallander. «Ich dachte, Sie wollen Licht?»

«Ich nicht. Aber das ist ja wohl kaum strafbar?»

«Und Sie haben nichts gesehen?»

«Nein, nichts, wie schon gesagt.»

«Gibt es sonst jemand in diesem Haus, der etwas gesehen haben kann?»

«Ich habe eine Katze, die immer auf einer Fensterbank hinter den Gardinen liegt. Sie können ja mit der sprechen.»

Wallander merkte, dass er wütend wurde.

«Manchmal ist es nicht zu vermeiden, dass die Polizei Fragen stellen muss», sagte er. «Glauben Sie nicht, dass ich das hier zu meinem Vergnügen mache. Und jetzt werde ich nicht weiter stören.»

Die Frau machte die Tür zu. Sie verschloss sie mit mehreren Schlössern. Er ging weiter zum nächsten Grundstück. Das eingeschossige Haus darauf war relativ neu erbaut. Im Garten stand ein kleiner Springbrunnen. Als Wallander klingelte, begann im Inneren des Hauses ein Hund zu bellen. Er wartete.

Der Hund hörte auf zu bellen, und die Tür wurde geöffnet. Es war der alte Mann, den Wallander am Vortag unten am Strand getroffen hatte. Wallander hatte sogleich das Gefühl, dass der Mann nicht erstaunt war, ihn zu sehen. Er hatte ihn erwartet und war auf der Hut.

«Sie wieder», sagte der Mann.

«Ja», gab Wallander zurück. «Ich gehe herum und klingele bei allen, die am Strand wohnen.»

«Ich sagte ja schon gestern, dass ich nichts gesehen habe.»

Wallander nickte.

«Manchmal fällt einem nachher etwas ein», sagte er.

Der Mann trat zur Seite und ließ Wallander eintreten. Der Hund beschnüffelte ihn neugierig.

«Wohnen Sie das ganze Jahr hier?», fragte Wallander.

«Ja», sagte der Mann. «Ich war zweiundzwanzig Jahre Amtsarzt in Nynäshamn. Als ich pensioniert wurde, sind wir hierher gezogen, meine Frau und ich.»

«Vielleicht hat sie etwas gesehen?», fragte Wallander. «Ist sie hier?»

«Sie ist krank», sagte der Mann. «Sie hat nichts gesehen.»

Wallander zog einen Notizblock aus der Tasche.

«Darf ich fragen, wie Sie heißen?», sagte er.

«Ich heiße Martin Stenholm», sagte der Mann. «Meine Frau heißt Kajsa.»

Nachdem er die beiden Namen notiert hatte, steckte Wallander den Block wieder ein.

«Dann will ich nicht weiter stören», sagte er.

«Aber ich bitte Sie», sagte Martin Stenholm.

«Vielleicht kann ich in ein paar Tagen wiederkommen und mit Ihrer Frau sprechen», sagte Wallander. «Manchmal ist es besser, wenn die Leute selbst erzählen, was sie gesehen oder nicht gesehen haben.»

«Ich glaube, das ist keine gute Idee», sagte Stenholm. «Meine Frau ist schwer krank. Sie hat Krebs und wird bald sterben.»

«Ich verstehe», sagte Wallander. «Dann werde ich nicht zurückkommen und stören.»

Martin Stenholm öffnete ihm die Tür.

«Ist Ihre Frau auch Ärztin?», fragte Wallander.

«Nein», antwortete der Mann. «Sie ist Juristin.»

Wallander ging zurück auf die Straße. Dann besuchte er noch drei Häuser, ohne etwas zu erfahren, bevor er auf Rydberg stieß.

Beide machten sogleich kehrt. Wallander holte sein Auto und wartete vor Agnes Ehns Haus auf Rydberg. Als dieser kam, hatte er nur Negatives zu berichten. Niemand hatte Göran Alexandersson am Strand gesehen.

«Und ich habe immer gehört, die Menschen seien so neugierig», sagte Rydberg. «Besonders auf dem Land, und besonders bei Fremden.»

Sie fuhren nach Ystad zurück. Wallander saß schweigend am Steuer. Als sie im Polizeipräsidium ankamen, bat er Rydberg, Hansson zu suchen und mit in sein Zimmer zu bringen. Er rief bei der Gerichtsmedizin an und erreichte Jörne endlich. Als er das Gespräch mit diesem beendete, waren Rydberg und Hansson schon gekommen. Wallander schaute Hansson fragend an.

«Etwas Neues?»

«Nichts, was unser bisheriges Bild von Alexandersson veränderte», antwortete Hansson.

«Ich habe gerade mit Jörne telefoniert», sagte Wallander. «Das Gift, das ihn getötet hat, kann er sehr wohl zu sich genommen haben, ohne es zu bemerken. Man kann nicht genau sagen, wie es wirkt. Jörne vermutete, dass es mindestens eine halbe Stunde dauern könnte. Wenn der Tod dann kommt, tritt er sehr schnell ein.»

«So weit haben wir also Recht», sagte Hansson. «Hat dieses Gift einen Namen?»

Wallander las die komplizierte chemische Bezeichnung vor, die er auf seinem Block notiert hatte.

Dann berichtete er von seinem Gespräch mit Martin Stenholm in Svarte.

«Ich weiß nicht, was es ist», sagte er. «Aber ich werde das Gefühl nicht los, dass wir die Lösung im Haus dieses Arztes finden werden.»

«Ein Arzt kennt sich mit Gift aus», sagte Rydberg. «Das ist schon mal ein Anfang.»

«Da hast du natürlich Recht», erwiderte Wallander. «Aber es ist noch etwas anderes. Ich komme nur nicht darauf, was es ist.»

«Soll ich die Register durchgehen?», fragte Hansson. «Schade, dass Martinsson krank ist. Er kann das am besten.»

Wallander nickte. Dann kam ihm plötzlich ein Gedanke.

«Suche auch nach seiner Frau, Kajsa Stenholm.»

Während des Walpurgisfestes und Wochenendes ruhte die Ermittlung. Wallander verbrachte einen großen Teil der freien Zeit draußen bei seinem Vater. Einen Nachmittag benutzte er, um seine Küche neu zu streichen. Er rief auch Rydberg an und sprach mit ihm. Er hatte keinen anderen Anlass gehabt, als dass Rydberg genauso allein war wie er selbst. Doch als Wallander anrief, war Rydberg betrunken gewesen, und ihr Gespräch war schnell beendet.

Am Montag, dem 4. Mai, war Wallander früh im Präsidium. Während er darauf wartete zu erfahren, was Hansson eventuell in seinen Registern gefunden haben konnte, beschäftigte er sich mit der Autoschmugglerbande. Erst am Tag danach, kurz nach elf Uhr, kam Hansson in sein Zimmer.

«Ich finde nichts über Martin Stenholm», sagte er. «Er hat vermutlich während seines ganzen Lebens nie etwas Verbotenes getan.»

Wallander war nicht verwundert. Er war sich die ganze Zeit bewusst gewesen, dass sie vielleicht auf dem Weg in eine Sackgasse waren.

«Und die Frau?», fragte er.

Hansson schüttelte den Kopf. «Noch weniger», sagte Hansson. «Sie war viele Jahre Staatsanwältin in Nynäshamn.»

Hansson legte einen Aktenordner mit Papieren auf Wallanders Schreibtisch.

«Ich rede noch einmal mit den Taxifahrern», sagte er. «Vielleicht haben sie trotz allem irgendetwas gesehen.»

Als Wallander allein war, zog er den Aktenordner an sich, den Hansson ihm auf den Schreibtisch gelegt hatte. Er brauchte eine Stunde, um den Inhalt genau durchzusehen. Hansson hatte ausnahmsweise einmal nichts übersehen. Trotzdem wusste Wallander, dass Göran Alexanderssons Tod mit dem alten Arzt zu tun hatte. Er wusste es, ohne zu wissen, wie so häufig zuvor. Zwar misstraute er seiner eigenen Intuition, aber er konnte nicht abstreiten, dass sie ihn trotz allem häufig richtig geleitet hatte. Er rief Rydberg an, der sofort zu ihm herüberkam. Wallander gab ihm den Aktenordner.

«Lies das mal durch», sagte er. «Weder Hansson noch ich können irgendetwas Auffälliges entdecken. Aber ich bin sicher, dass wir etwas übersehen.»

«Hansson können wir uns schenken», meinte Rydberg und machte kein Hehl daraus, dass sein Respekt vor dem Kollegen sich in Grenzen hielt.

Am späten Nachmittag reichte Rydberg Wallander den Ordner wieder herein und schüttelte den Kopf. Auch er hatte nichts gefunden.

«Wir müssen wieder von vorn anfangen», sagte Wallander. «Wir treffen uns hier morgen früh und entscheiden, wie wir weiter vorgehen wollen.»

Kurz danach verließ Wallander das Präsidium und fuhr nach Svarte. Wieder machte er einen langen Spaziergang am Strand. Er traf niemanden. Danach saß er im Auto und las den Ordner, den er von Hansson bekommen hatte, noch einmal durch. Was sehe ich nicht?, dachte er. Es gibt einen Zusammenhang zwischen diesem Arzt und Göran Alexandersson. Nur ich sehe ihn nicht.

Er fuhr nach Ystad zurück und nahm den Ordner mit nach Hause in die Mariagata. Seit sie vor vierzehn Jahren nach Ystad gezogen waren, wohnten sie in derselben Dreizimmerwohnung.

Er versuchte, sich zu entspannen, aber der Ordner ließ ihm keine Ruhe. Spät am Abend, als es schon auf Mitternacht zuging, setzte er sich an den Küchentisch und ging das Ganze noch einmal durch.

Obwohl er inzwischen sehr müde war, fiel ihm jetzt plötzlich ein Detail auf. Er war sich dessen bewusst, dass es bedeutungslos sein konnte. Doch er beschloss, es gleich am nächsten Morgen zu untersuchen.

In dieser Nacht schlief er schlecht.

Kurz vor sieben war er wieder im Präsidium. Über Ystad fiel ein leichter Nieselregen. Wallander wusste, dass der Mann, den er jetzt aufsuchen wollte, ein ebenso früher Vogel war wie er selbst. Er ging hinüber in den Flügel des Gebäudes, in dem die Staatsanwaltschaft untergebracht war, und klopfte an Per Åkesons Tür. Wie üblich herrschte dort drinnen große Unordnung. Åkeson und Wallander arbeiteten seit vielen Jahren zusammen und hatten großes Vertrauen in das Urteilsvermögen des anderen. Åkeson schob die Brille in die Stirn und betrachtete Wallander.

«Du hier?», sagte er. «So früh? Das bedeutet, dass du mir etwas Wichtiges zu sagen hast.»

«Ob es wichtig ist, weiß ich nicht», entgegnete Wallander. «Aber ich brauche deine Hilfe.»

Er nahm einen Aktenstapel vom Besucherstuhl und legte ihn auf den Fußboden. Dann setzte er sich und berichtete Åkeson in knappen Worten von Alexanderssons Tod.

«Hört sich reichlich seltsam an», sagte Åkeson, nachdem Wallander geendet hatte.

«Manchmal passieren seltsame Dinge», sagte Wallander. «Das weißt du ebenso gut wie ich.»

«Aber du bist doch kaum um sieben Uhr in der Frühe hergekommen, um mir das Ganze zu erzählen? Ich nehme an, du möchtest vorschlagen, dass wir diesen Arzt festnehmen?»

«Ich brauche deine Hilfe wegen seiner Frau, Kajsa Stenholm», sagte Wallander. «Sie ist deine Kollegin gewesen. Sie hat viele Jahre in Nynäshamn gearbeitet. Aber ein paar Mal war sie beurlaubt. In diesen Perioden hat sie manchmal kurzzeitige Vertretungen übernommen. Vor sieben Jahren hatte sie eine Vertretung in Stockholm. Diese Vertretung fällt in die Zeit, als Göran Alexanderssons Sohn überfallen und getötet wurde. Und ich brauche deine Hilfe, um herauszufinden, ob zwischen diesen beiden Ereignissen eine Verbindung besteht.»

Wallander blätterte in seinen Papieren, bevor er fortfuhr. «Der Sohn hieß Bengt. Bengt Alexandersson. Er war achtzehn Jahre alt, als er starb.»

Per Åkeson balancierte auf zwei Beinen seines Stuhls und betrachtete Wallander stirnrunzelnd.

«Was stellst du dir eigentlich vor?», fragte er.

«Ich weiß nicht», antwortete Wallander. «Aber ich will trotzdem untersuchen, ob es eine Verbindung gibt. Ob Kajsa Stenholm in irgendeiner Weise mit der Ermittlung von Bengt Alexanderssons Tod befasst war.»

«Und ich nehme an, du möchtest die Antwort so schnell wie möglich?»

Wallander nickte.

«Du kennst mich doch inzwischen gut genug, um zu wissen, dass Geduld für mich ein Fremdwort ist», sagte er und stand auf.

«Ich will sehen, was ich tun kann», sagte Åkeson. «Aber erwarte nicht zu viel.»

Als Wallander kurz darauf an der Anmeldung vorüberkam, sagte er zu Ebba, dass sie Rydberg und Hansson in sein Zimmer schicken sollte, sobald sie kämen.

«Wie geht es dir eigentlich?», fragte Ebba. «Bekommst du nachts genug Schlaf?»

«Manchmal habe ich das Gefühl, ich schlafe zu viel», sagte Wallander ausweichend. Ebba war in der Anmeldung sozusagen ein Fels in der Brandung und hatte ein wachsames Auge auf das Wohlbefinden aller. Wallander musste sich dann und wann in aller Freundlichkeit ihrer Fürsorge erwehren.

Um Viertel nach acht kam Hansson, kurz darauf Rydberg. In knappen Worten referierte Wallander, was er in «Hanssons Papieren», wie er sie inzwischen nannte, entdeckt hatte.

«Wir müssen abwarten, was Per Åkeson herausfindet», schloss er. «Vielleicht ist es eine sinnlose Vermutung meinerseits. Aber wenn es sich auf der anderen Seite zeigt, dass Kajsa Stenholm zur gleichen Zeit, als Bengt Alexandersson getötet wurde, eine Vertretung hatte, und wenn sie mit der Ermittlung befasst war, dann haben wir wirklich einen Zusammenhang hergestellt.»

«Hast du nicht gesagt, dass sie auf den Tod liegt?», fragte Rydberg.

«Das behauptet ihr Mann», antwortete Wallander. «Sie selbst habe ich nicht gesehen.»

«Mit allem Respekt vor deiner Fähigkeit, dich durch komplizierte Verbrechensermittlungen zu manövrieren, kommt mir dies alles doch sehr vage vor», sagte Hansson. «Nehmen wir an, du hast Recht. Dass Kajsa Stenholm als Leiterin der Voruntersuchung im Fall des gewaltsamen Todes von Bengt Alexandersson tätig war. Was bedeutet das heute? Sollte eine krebskranke Frau einen Mann ermordet haben, der von irgendwoher aus ihrer Vergangenheit auftaucht?»

«Es *ist* sehr vage», räumte Wallander ein. «Lasst uns einfach abwarten, was Åkeson eventuell herausbekommt.»

Nachdem die beiden anderen gegangen waren, saß Wallander lange unschlüssig da. Er fragte sich, was Mona und Linda wohl gerade machten. Und worüber sie redeten. Um kurz vor halb zehn holte er sich eine Tasse Kaffee, um halb elf noch eine. Er kam gerade in sein Zimmer zurück, als das Telefon klingelte.

Es war Per Åkeson.

«Es ging schneller, als ich dachte», sagte er. «Hast du was zum Schreiben?»

«Ich schreibe», antwortete Wallander.

«Zwischen dem 10. März und dem 9. Oktober 1980 hatte Kajsa Stenholm eine Vertretung als Staatsanwältin in Stockholm. Mithilfe eines tüchtigen Archivars beim Landgericht bekam ich auch eine Antwort auf deine zweite Frage, inwieweit sie mit der Ermittlung im Fall des Todes von Bengt Alexandersson befasst war.»

Er verstummte. Wallander wartete gespannt.

«Du hattest tatsächlich Recht», sagte Åkeson. «Sie leitete die Voruntersuchung, und sie war es auch, die die Ermittlung schließlich auf Eis legte. Ein Täter wurde nie gefasst.»

«Danke für die Hilfe», sagte Wallander. «Ich lass mir das alles durch den Kopf gehen. Ich melde mich später wieder.»

Als er aufgelegt hatte, stand er auf und trat ans Fenster. Die Scheibe war beschlagen. Es regnete jetzt stärker als am frühen Morgen. Es gibt nur eins, dachte er. Hingehen und herausfinden, was eigentlich passiert ist. Er beschloss, nur Rydberg mitzunehmen. Über das Haustelefon rief er ihn und Hansson zu sich. Er erzählte ihnen, was Åkeson gesagt hatte.

«Donnerwetter!», sagte Hansson.

«Ich dachte, du und ich fahren hin», sagte Wallander zu Rydberg. «Drei ist einer zu viel.»

Hansson nickte. Er verstand.

Sie fuhren schweigend in Wallanders Wagen nach Svarte. Wallander parkte hundert Meter hinter Stenholms Haus.

«Was erwartest du von mir?», fragte Rydberg, als sie durch den Regen gingen.

«Dass du dabei bist. Sonst nichts.»

Plötzlich wurde es Wallander bewusst, dass Rydberg zum ersten Mal ihm assistierte und nicht umgekehrt. Rydberg hatte sich nie formell als sein Vorgesetzter verhalten, es passte nicht zu seinem Temperament, Chef zu sein, sondern sie hatten immer Seite an Seite gearbeitet. Aber seit Wallander in Ystad war, hatte er Rydberg als seinen Lehrer betrachtet. Das berufliche Können, über das Wallander heute verfügte, verdankte er hauptsächlich Rydberg.

Sie traten durch die Gartenpforte und gingen zum Haus. Wallander klingelte. Als habe er sie erwartet, öffnete der alte Arzt ihnen fast auf der Stelle die Tür. Wallander schoss der Gedanke durch den Kopf, wie merkwürdig es war, dass der Labrador sich nicht zeigte.

«Ich hoffe, ich störe nicht», sagte Wallander. «Aber ich habe noch einige Fragen, die leider nicht warten können.»

«Was für Fragen?»

Wallander merkte, dass jede Freundlichkeit bei dem Mann jetzt verschwunden war. Er wirkte verängstigt und zugleich gereizt.

«Nach dem Mann, der am Strand spazieren ging», sagte Wallander.

«Ich habe doch gesagt, dass ich ihn nicht gesehen habe.»

«Wir würden auch gern mit Ihrer Frau sprechen.»

«Ich habe Ihnen schon gesagt, dass sie todkrank ist. Was hätte sie denn sehen sollen? Sie liegt im Bett. Ich begreife nicht, warum Sie uns nicht in Frieden lassen können!»

Wallander nickte.

«Dann werden wir nicht mehr stören», sagte er. «Jedenfalls im Moment nicht. Aber ich bin ziemlich sicher, dass wir wiederkommen werden. Und dann werden Sie uns hereinlassen müssen.»

Er nahm Rydberg am Arm und ging mit ihm zur Gartenpforte. Hinter ihnen wurde die Tür zugeschlagen.

«Warum hast du so schnell nachgegeben?», fragte Rydberg.

«Das hast du mir doch beigebracht», antwortete Wallander. «Dass es nicht schadet, die Leute zum Nachdenken zu bringen. Außerdem brauche ich von Åkeson einen Durchsuchungsbefehl.»

«Hat wirklich er Alexandersson getötet?», sagte Rydberg.

«Ja», sagte Wallander. «Ich bin mir sicher. Er war es. Aber wie das Ganze zusammenhängt, weiß ich noch immer nicht.»

Am gleichen Nachmittag bekam Wallander seinen Durchsuchungsbefehl. Er beschloss, bis zum nächsten Morgen damit zu warten. Um sich abzusichern, ließ er sich von Björk die Zustimmung dazu geben, das Haus solange zu bewachen.

Als Wallander in der Morgendämmerung des folgenden Tages, es war der 7. Mai, aufwachte und das Rollo hochschnappen ließ, war die Stadt in Nebel getaucht. Bevor er duschte, tat er etwas, was er am Abend zuvor vergessen hatte. Er schlug den Namen Stenholm im Telefonbuch nach. Es gab darin weder eine Kajsa noch einen Martin Stenholm. Als er die Auskunft anrief, wurde ihm mitgeteilt, die Nummer sei geheim. Er nickte stumm, als habe er genau das erwartet.

Während er Kaffee trank, überlegte er, ob er Rydberg mitnehmen oder allein nach Svarte fahren sollte. Erst als er sich ins Auto setzte, entschied er sich dafür, allein zu fahren. Über der Küste lag dichter Nebel.

Wallander fuhr sehr langsam. Kurz vor acht Uhr hielt er unmittelbar vor Stenholms Haus. Er ging durch die Gartenpforte und klingelte. Erst beim dritten Klingeln wurde aufgemacht. Als Martin Stenholm sah, dass es Wallander war, versuchte er, die Tür zuzuschlagen. Wallander konnte jedoch einen Fuß dazwischenschieben und drückte die Tür auf.

«Was gibt Ihnen das Recht, hier einzudringen?», rief der alte Mann mit gellender Stimme.

«Ich dringe nicht ein», sagte Wallander. «Ich habe einen Hausdurchsuchungsbefehl. Es ist das Beste, Sie akzeptieren es sofort. Können wir uns irgendwo setzen?»

Stenholm schien plötzlich zu resignieren. Wallander folgte ihm in ein Zimmer, dessen Wände voller Bücher waren. Wallander setzte sich in einen Lesesessel, der alte Mann ihm mitten gegenüber.

«Haben Sie mir wirklich nichts zu sagen?», fragte Wallander.

«Ich habe keinen Mann hier am Strand spazieren gehen sehen. Und meine Frau, die schwer krank ist, auch nicht. Sie liegt oben.»

Wallander beschloss, ohne Umschweife zur Sache zu kommen. Es gab keinen Grund mehr zu zweifeln.

«Ihre Frau ist Staatsanwältin gewesen», begann er. «Den größeren Teil des Jahres 1980 hatte sie eine Vertretung in Stockholm. Sie leitete unter anderem die Voruntersuchung der Umstände, die zum Tod des damals achtzehnjährigen Bengt Alexandersson geführt hatten. Und sie war es auch, die nach einigen Monaten das Verfahren einstellte. Erinnern Sie sich an dieses Ereignis?»

«Natürlich nicht», sagte Stenholm. «Wir hatten es uns zur Gewohnheit gemacht, zu Hause Gespräche über unsere Arbeit zu vermeiden. Weder sprach sie von Angeklagten noch ich von Patienten.»

«Der Mann, der hier am Strand spazieren ging, war der Vater des toten Bengt Alexandersson», fuhr Wallander fort. «Er wurde außerdem vergiftet und starb auf der Rückbank eines Taxis. Finden Sie, dass dies nach Zufall aussieht?»

Stenholm antwortete nicht. Wallander meinte plötzlich, den gesamten Verlauf des Geschehens vor sich sehen zu können.

«Nach Ihrer Pensionierung ziehen Sie von Nynäshamn hier herunter nach Schonen», sagte er langsam. «In eine kleine, anonyme Gemeinde mit Namen Svarte. Sie stehen nicht einmal im Telefonbuch, denn Ihre Nummer ist geheim. Natürlich kann der Grund dafür sein, dass Sie im Alter ungestört und anonym sein wollen. Aber vielleicht kann man sich auch eine andere Möglichkeit denken. Dass Sie in aller Heimlichkeit wegziehen, um etwas oder jemanden loszuwerden. Vielleicht einen Mann, der es nicht versteht, warum eine Staatsanwältin nicht mehr Mühe darauf verwendet, den sinnlosen Mord an seinem einzigen Kind aufzuklären. Sie ziehen fort, doch er findet Sie. Wie ihm das gelingt, werden wir wohl nie erfahren. Plötzlich steht er hier draußen am Strand. Sie begegnen ihm eines Tages, als Sie mit dem Hund gehen. Es ist natürlich ein schwerer Schock. Er wiederholt seine Anklagen. Vielleicht stößt er sogar Drohungen aus. Im Obergeschoss liegt Ihre schwer kranke Frau. Ich bezweifle nicht, dass es so ist. Der Mann am Strand kommt Tag auf Tag wieder. Er lässt nicht locker. Sie sehen keine Möglichkeit, ihn loszuwerden. Sie sehen überhaupt keinen Ausweg. Da bitten Sie ihn ins Haus. Wahrscheinlich versprechen Sie ihm, dass er mit Ihrer Frau sprechen kann. Sie geben ihm ein Gift, vielleicht in einer Tasse Kaffee. Dann bitten Sie ihn plötzlich, am nächsten Tag wiederzukommen. Ihre Frau hat starke Schmerzen, oder vielleicht schläft sie. Aber Sie wissen, er wird nie wiederkommen. Das Problem ist gelöst. Göran Alexandersson wird an etwas sterben, das aussieht wie ein Herzinfarkt. Niemand hat Sie zusammen gesehen, niemand kennt die Verbindung zwischen Ihnen. War es nicht so?»

Stenholm saß unbeweglich da.

Wallander wartete. Durchs Fenster konnte er sehen, dass der Nebel noch immer sehr dicht war. Dann hob der Mann den Kopf.

«Meine Frau hat keine Fehler gemacht», sagte er. «Aber die Zeiten änderten sich, die Verbrechen nahmen zu und wurden schlimmer. Polizei und Staatsanwaltschaft und Gerichte waren überfordert und kämpften einen aussichtslosen Kampf. Das sollten Sie als Polizeibeamter wissen. Deshalb war es zutiefst ungerecht, dass Göran Alexandersson meiner Frau zum Vorwurf machte, dass der Mord an seinem Sohn nie aufgeklärt wurde. Er hat uns sieben Jahre lang verfolgt und bedroht und terrorisiert. Und er tat das auf eine Art und Weise, dass ihm nie beizukommen war.»

Stenholm verstummte. Dann stand er vom Stuhl auf.

«Gehen wir hinauf zu meiner Frau. Sie kann es selbst erzählen.»

«Das ist nicht mehr nötig», sagte Wallander.

«Für mich ist es nötig», sagte der Mann.

Sie stiegen die Treppe ins Obergeschoss hinauf. In einem großen und hellen Raum lag Kajsa Stenholm in einem Krankenbett. Auf dem Boden daneben lag der Labrador.

«Sie schläft nicht», sagte der Mann. «Gehen Sie zu ihr und fragen sie, was Sie wollen.»

Wallander trat ans Bett. Ihr Gesicht war so abgemagert, dass die Haut sich über dem Schädel spannte.

Im gleichen Augenblick sah Wallander, dass sie tot war. Er wandte sich heftig um. Der alte Mann war in der Türöffnung stehen geblieben. Er richtete eine Pistole auf Wallander.

«Ich wusste, dass Sie kommen würden», sagte er. «Deshalb konnte sie ebenso gut sterben.»

«Legen Sie die Pistole fort», sagte Wallander.

Stenholm schüttelte den Kopf. Wallander spürte, wie die Angst ihn lähmte.

Dann ging alles sehr schnell. Stenholm richtete plötzlich die Waffe auf seine eigene Schläfe und drückte ab. Der Knall hallte im Raum wider. Von der Wucht des Schusses wurde der Mann fast durch die Tür hinausgeschleudert. Das Blut war über die Wände gespritzt. Wallander war nahe daran, in Ohnmacht zu fallen. Dann stürzte er durch die Tür und die Treppe hinunter. Er wählte die Nummer des Polizeipräsidiums. Ebba nahm ab.

«Hansson oder Rydberg», sagte er. «Und zwar verdammt schnell.»

Rydberg nahm ab.

«Es ist vorbei», sagte Wallander. «Kleine Besetzung in das Haus in Svarte. Ich habe zwei Tote hier.»

«Hast du sie getötet? Was ist passiert? Bist du verletzt? Warum bist du allein da hinausgefahren, verdammt nochmal?»

«Ich weiß nicht», sagte Wallander. «Macht schnell. Ich bin unverletzt.»

Wallander ging aus dem Haus, während er wartete. Der Strand war nebelverhangen. Er dachte an das, was der alte Arzt gesagt hatte, über die Verbrechen, die mehr wurden und immer gröber. Wallander hatte ähnliche Überlegungen angestellt. Er kam sich mehr und mehr wie ein Polizeibeamter vor, der eigentlich einer anderen Zeit angehörte. Und das, obwohl er gerade mal vierzig war. Vielleicht brauchte die Gegenwart eine andere Sorte Polizisten?

Er wartete im Nebel, dass die Kollegen aus Ystad kamen. Er fühlte sich elend. Wieder einmal war er gegen seinen Willen gezwungen gewesen, in einer Tragödie mitzuspielen. Er fragte sich, wie lange er das noch aushalten würde.

Als die Kollegen kamen und Rydberg aus dem Wagen stieg, entdeckte er Wallander als schwarzen Schatten in dem weißen Nebel.

«Was ist passiert?», fragte Rydberg.

«Wir haben den Fall des Mannes gelöst, der im Fond von Stenbergs Taxi gestorben ist», sagte Wallander einfach.

Er sah, dass Rydberg auf eine Fortsetzung wartete, die nicht kommen würde.

«Das ist alles», sagte er. «Das ist alles, was wir getan haben.»

Dann drehte Wallander sich um und ging hinunter zum Strand. Nach kurzer Zeit hatte der Nebel ihn verschluckt.

Hrafnhildur Valgarðsdóttir

Die drei Schwestern

Bauer Hermundur lebte zusammen mit seiner Frau und drei hübschen Töchtern auf einem stattlichen, gut gehenden Bauernhof. Der Hof lag ziemlich abgeschieden. Eines Tages wurde beschlossen, ihn besser ans Verkehrsnetz anzubinden, und eine Gruppe von Männern arbeitete daran, einen Weg zur Landstraße anzulegen. Eine andere Gruppe von Männern hatte die Aufgabe, über einen großen Fluss, der unweit des Hofes lag, eine neue Brücke zu bauen. Unter den Brückenbauern war ein junger, gut aussehender Mann. Er hatte schwarze Augenbrauen, dunkle Wimpern und schneeweiße Zähne, die er bei seinem entzückenden Lächeln gern zeigte. Während andere mit alten Autos herumfuhren, ritt er ein edles, hellbraunes Pferd mit weißem Schweif und weißer Mähne. Abends galoppierte er durch die Gegend und besuchte die Bauern und ihr Gesinde. Die Frauen waren ihm verfallen, wenn sie ihn nur ansahen, aber die Männer wünschten ihm am liebsten den Tod an den Hals. Er fand schnell heraus, wann es am günstigsten war, zu Besuch zu kommen – nämlich dann, wenn der Bauer nicht zu Hause war. Es schien, als wäre er mit mehr Sinnen ausgestattet als andere, und er wusste sie zu nutzen.

Bald bekam er auch Wind von Bauer Hermundurs drei

hübschen Töchtern. Aber sich ihnen zu nähern war schwieriger als den meisten anderen jungen Frauen, denn ihre Mutter war von diesem gut aussehenden Mann ganz und gar nicht begeistert und legte keinen Wert auf seinen Besuch, nur damit er mit allen flirten konnte. Sie war nicht bei guter Gesundheit und ging deshalb nie aus dem Haus. Aufmerksam verfolgte sie alles, was in der Nachbarschaft passierte. Wenn sie ihn bemerkte, verjagte sie ihn und drohte ihm mit allem Übel, falls er nicht verschwände. Die verfluchte alte Hexe – die Mädchen wurden doch jetzt alle erwachsen, zumindest zwei von ihnen, die eine war vierzehn und die andere fünfzehn. Die Jüngste war erst zwölf, aber schon sehr hübsch.

Aber Liebe fragt nicht nach dem Alter. Schnell hatte Sólveig, die älteste Tochter, eine Möglichkeit gefunden, den gut aussehenden Mann zu treffen. «Rein zufällig» traf sie an einer Stelle auf ihn, wo ihre Mutter sie mit dem Mann nicht sehen konnte. Und da sie in dieser Woche jeden Morgen um sieben in den Kuhstall ging, um die Kühe zu melken, könne man sich ungestört im Stall treffen, bevor er um acht zur Arbeit musste. Sie könne ihm in einer Kanne Morgenkaffee mitbringen, und sie könnten sich unterhalten. Sie könnten sich sogar schon früher treffen. Sólveig hatte keine Probleme damit, in aller Herrgottsfrühe aufzustehen. So könnten sie sich auch schon um sechs treffen. Dann bliebe ihnen viel Zeit. Die beiden älteren Schwestern wechselten sich mit dem Melken ab, und diese Woche war sie dran. Das passte sehr gut. Ja, es konnte gar nicht besser passen. Ein junges Mädchen, an einem Sommermorgen um sechs Uhr gerade aus dem warmen Bett gekrochen – ein heftiges Beben überkam den gut aussehenden Mann.

«Heiße» Morgen im Kuhstall wurden fester Teil der Tagesordnung. Sólveig bot ihrer Schwester an freizumachen, sie würde das Melken für sie übernehmen, aber zu ihrer Verwunderung machte sie sich nichts daraus. Die Liebe erfüllte Sólveig Tag und Nacht. Er wollte sie heiraten, sobald sie alt genug war, würde sie aus dieser abgelegenen Gegend herausholen und sie mit dem Stadtleben in all seinem Glanz bekannt machen. Nichts trübte in diesem Sommer ihre Freude.

Es wurde Herbst. Die Brücke würde bald fertig sein. Aber eines Morgens erschien der schöne, junge Mann nicht zur Arbeit. Sein Pferd war auch verschwunden. «Er ist abgehauen, weil er in zu viele Liebesaffären verstrickt war», sagten seine Arbeitskollegen und grinsten. Aber kurz nach Mittag tauchte sein Pferd auf – ohne Reiter und mit dem kompletten Sattelzeug. Plötzlich stand es einfach da, wie bestellt und nicht abgeholt. Niemand hatte bemerkt, dass es kam, und sein Besitzer war nirgends zu entdecken. Man begann nach ihm zu suchen, aber seit dem Vorabend hatte ihn niemand mehr gesehen, da war er ausgeritten, um irgendein Mädchen oder sogar irgendeine Frau zu treffen. Wer wusste es schon so genau. Schließlich wurde die Polizei eingeschaltet, aber trotz einer großangelegten Suchaktion wurde er nicht gefunden. Der junge, gut aussehende Mann war wie vom Erdboden verschluckt.

Nach und nach begannen sich Geschichten um ihn zu ranken. Er habe sich klammheimlich davongemacht, weil zwei Mädchen in der Gegend ein Kind von ihm erwarteten. Einige vermuteten, dass er umgebracht worden sei, schließlich habe so ein Weiberheld nichts Besseres verdient. Man verdächtigte einander. Hatte sich einer von ihnen des Mordes schuldig gemacht? Hatte einer von ihnen am Ende die Entscheidung gefällt und die Welt von diesem Verführer erlöst? Aber Bauer Hermundur fürchtete den Verdacht nicht. Er erzählte allen, die es hören wollten, dass der Weiberheld seinen Töchtern nie zu nahe gekommen sei. Die Frau habe gut aufgepasst.

Die Jahre vergingen. Hermundur war schon seit einiger Zeit Witwer. Er war darüber verbittert, mit drei Töchtern allein zu leben, die die Nase über jeden Mann rümpften, der versuchte, sich ihnen zu nähern. Was sollte er mit seinem stattlichen Hof anfangen, wenn niemand da war, ihn zu übernehmen? Er hatte die mühevolle Arbeit auf dem Bauernhof satt. Er beschloss, den Hof zu verkaufen und in die Stadt zu ziehen. Der Verkaufswert war gestiegen, seit der Weg und die neue Brücke gebaut worden waren. Er ließ sich die Sache gründlich durch den Kopf gehen. Er hatte drei Töchter. Sie brauchten natürlich Arbeit. Er wollte nicht, dass sie ausgingen und ein ausschweifendes Stadtleben führten. Er brauchte sie und wollte dafür sorgen, dass das Stadtleben ihnen allen zugute käme. Er hatte auf dem Land immer großes Ansehen genossen, und das wollte er auch in der Stadt. Er wollte das Allerbeste bekommen, was die Stadt zu bieten hatte.

Nach langem Nachdenken beschloss er, ein großes, prächtiges Haus bauen zu lassen, in dem er mit seinen Töchtern wohnen könnte. Außerdem wollte er darin eine Nähstube eröffnen. An nichts sollte gespart werden. Er war kein Bauernlümmel und brauchte keine «Minderwertigkeitsgefühle» zu haben. Er hatte genug Geld und achtete gut darauf, dass die Töchter davon nichts erfuhren. Sie könnten auf den Gedanken kommen, ihr mütterliches Erbe einzufordern. Man musste sie unter Kontrolle halten. Sie waren billige Arbeitskräfte in seiner neuen Nähstube. Und er hatte gute Beziehungen, kannte Leute auf dem Lande, die wiederum Leute in der Stadt kannten und Kontakt herstellen konnten mit denen, die etwas zu nähen hatten. Bald schon hatte er sich einen beachtlichen Kundenstamm aufgebaut. Seine Nähstube spezialisierte sich darauf, Bettwäsche, Handtücher und Gardinen zu nähen. Man hatte in der Stadt ein Krankenhaus errichtet und ein Hotel gebaut. Dort gab es genug zu tun für seine Nähmaschinen und seine geschickten Töchter, die keinen Lohn bekamen. Außerdem übernahm er noch andere Arbeiten, Bettdecken mussten mit Daunen gefüllt werden. Das war eine Drecksarbeit, aber Sólveig, seine älteste Tochter, erledigte sie spielend. Diese Arbeit wurde sehr gut bezahlt, und es konnte nicht schaden, neben der Bezahlung noch ein paar Daunendecken zusätzlich zu haben. In einem großen Haushalt bestand immer Bedarf an leichten, guten Daunendecken. Was war behaglicher, als sich abends auf eine weiche, mit Daunen gefüllte Matratze schlafen zu legen und Daunenkopfkissen unterm Kopf und leichte Daunendecken auf sich liegen zu haben? Ja, das ließ Hermundur sich nicht nehmen. Sein Bett hielt einem Vergleich mit den Betten der Könige spielend stand, so voller weicher, herrlicher Daunen.

Die Familie machte einen guten Eindruck in dem großen, prächtigen Haus. Hermundur war es gelungen, ein größeres Baugrundstück als die meisten anderen zu bekommen, außerdem war das Haus eine Zierde des Viertels. Seine Töchter waren gehorsam, sorgfältig und bescheiden. Sie fürchteten die Stadt, setzten so gut wie nie einen Fuß vor die Tür, und er sorgte dafür, dass sie von den Versuchungen des Stadtlebens nichts mitbekamen.

Dann klingelte eines Tages das Telefon. Es war ihr früherer Landrat, Þórarinn, ein einflussreicher Mann. Er kündigte seinen Besuch an. Ja, der Familie wurde mit seinem Besuch große Ehre erwiesen. «Sei herzlich eingeladen, mein lieber Þórarinn», rief Hermundur ins Telefon. «Einen so willkommenen Gast empfangen wir doch gern, und selbstverständlich übernachtest du bei uns, das versteht sich doch von selbst!»

Man begann, den Besuch des Gastes vorzubereiten. Es war im Grunde der erste wirkliche Gast, der sie in der Stadt besuchte. Wenn auch ab und zu die eine oder andere Alte vom Land bei ihnen vorbeigekommen war, wurde das nicht als Besuch angesehen. Aber Landrat Þórarinn, ein einflussreicher, tatkräftiger Mann, das war nun etwas anderes. Es schadete nie, die eigene Position zu stärken, und dafür musste man jede List anwenden.

«Sólveig, du kochst das Essen, Sesselja, du bedienst am Tisch, und Sigríður, du sorgst dafür, das Gästezimmer herzurichten», rief Hermundur. «Wir essen Hummer zur Vorspeise, Lammbraten zum Hauptgericht und irgendetwas Süßes und Köstliches zur Nachspeise. Seht nach, ob genug Cognac da ist, man darf nie versäumen, einem willkommenen Gast Cognac anzubieten.»

Es gab ein großes Hin und Her. Die Schwestern mussten ihre Näharbeiten liegen lassen, die Einkäufe erledigen, im Gästezimmer das Bett frisch beziehen und dafür sorgen, dass das ganze Haus vor Sauberkeit strahlte. Hermundur ging umher und machte seine Töchter im Befehlston auf Dinge aufmerksam, die sie noch besser in Schuss bringen sollten: «Legt eine hübschere Tischdecke auf, setzt eine stärkere Birne in die Lampe ein, schmeißt diese verdammte Filzmatte weg, das sieht ja aus wie bei armen Leuten.»

Schließlich kam Þórarinn, würdevoll und rotwangig. Er sah sich in dem schönen Haus begeistert um, aber seine Augen hielten zudem eifrig Ausschau nach Sesselja, der Zweitältesten. Er hatte dieses Mädchen schon immer hinreißend gefunden. Und dort stand sie, hübscher als je zuvor. Er gab ihr die fleischige, weiche Hand, und als sie sie ergriff, zog er Sesselja an sich und gab ihr einen Kuss – direkt auf den Mund, was für das Mädchen völlig unvermutet kam. Hermundur brach in schallendes Gelächter aus, während in Sesseljas Gesicht Abscheu und Ekel geschrieben standen. Sie fasste sich jedoch schnell wieder und bewahrte ihre Höflichkeit. Sie lächelte verlegen, machte ungeschickt einen Knicks und eilte in die Küche. «Ich sehe wohl am besten nach dem Braten.»

Sie machten es sich in tiefen Sesseln bequem. Zwei einflussreiche Männer mit dem Cognacglas in der Hand, bedient von jungen, hübschen Frauen. Sie waren satt nach einem guten, reichlichen Essen und hatten rote Wangen. Der eine war ein wenig in die Jahre gekommen, der andere jünger, dicker und einflussreicher. Er hatte ein Anliegen, nichts Wichtiges eigentlich, aber man musste es zur Sprache bringen, ohne die angenehme Atmosphäre zu zerstören, die zwischen den beiden Männern herrschte.

«Du erinnerst dich vielleicht noch an den jungen Mann, der vor ein paar Jahren in unserer Gegend an dem Brückenbau beteiligt war, den Mann, der spurlos verschwand?»

«Ja, wer erinnert sich nicht an diesen Teufel, der es in der Gegend mit jeder Frau getrieben hat. Was ist mit ihm?»

«Seine Leiche wurde im Frühjahr gefunden.»

«Was? Jetzt? Wo?»

«Merkwürdig war, dass sie eben am Rand der Hauswiese deines Hofes gefunden wurde.» Der Landrat sagte das so gleichgültig dahin, als ginge es ihn eigentlich nichts an.

«Wie kann das sein?»

«Wer weiß, wer weiß? Du erinnerst dich an den Steinbruch direkt bei deinen Schafställen. Oberhalb des Bruchs lag ein mit Unkraut bewachsener Erdhaufen. Im Frühjahr herrschte starkes Tauwetter. Der Erdhaufen stürzte hinunter in den Steinbruch und mit ihm die Leiche eines Mannes. Als man nachschaute, stellte sich heraus, dass es der Weiberheld war, der vor ein paar Jahren bei der Arbeit an der Brücke verschwunden war.»

«Na, so was. Das haut mich nun aber vom Hocker. Wie ist der Schuft dahin gekommen?»

«Man hat den Fall untersucht. Es sieht ganz danach aus, dass ihm der Kopf halb abgeschlagen wurde. Er kann also kaum verunglückt sein. Jemand hat offensichtlich versucht, ihn zu köpfen.»

«Es ist doch nur gut, dass er tot ist, dieser Teufel. So verführt er wenigstens nicht noch mehr Frauen, jedenfalls nicht in diesem Leben! Aber lass uns über was anderes sprechen. Das Leben läuft gut, und die Nähstube ist eine wahre Goldgrube. Jetzt soll ein neues Hotel gebaut werden, das der Bauernverband leiten wird. Du musst doch im Verband jetzt großen Einfluss haben! Im Hotel braucht man jede Menge Bettwäsche und Handtücher, weißt du.»

«Du kannst damit rechnen, dass die Polizei dich in den nächsten Tagen aufsuchen wird, mein lieber Hermundur.»

«Warum zum Teufel sollte sie hier aufkreuzen? Ich will in meinem Haus keine verdammten Polizisten sehen. Wozu hat man schließlich einflussreiche Freunde, wenn die Polizei plötzlich anfängt, sich bei einem wie zu Hause zu fühlen. Selbstverständlich sorgst du doch dafür, dass die Polizei nicht auf die Idee kommt, mich in einen Mordfall zu verwickeln. Alle wissen doch, dass der Schuft meinen Töchtern nie zu nahe gekommen ist. Ich will hier und jetzt keine Polizei. Zum Wohl, mein lieber Þórarinn.»

«Ich könnte vielleicht dafür sorgen, dass sie dich in Ruhe lassen. Du hast eine so verdammt hübsche Tochter, Sesselja, ihretwegen würde ich manches auf mich nehmen. Zum Wohl, mein lieber Hermundur.»

«Sesselja soll dir gehören und denke daran, eine Hand wäscht die andere. Zum Wohl, mein lieber Þórarinn.»

Vorn in der Küche saß Sesselja, leichenblass und zitternd, und hörte das Gespräch der beiden Männer an. Sólveig kam zur Tür herein.

«Er wurde ermordet!»

«Wer?»

«Der Mann in unserem Leben.»

«Wovon sprichst du?»

«Pst! Nicht so laut! Komm mit, ich erzähle dir, was der Landrat unserem Vater gesagt hat.»

Sie schlichen in Sesseljas Zimmer, schlossen die Tür hinter sich und setzten sich aufs Bett. Sesselja erzählte mit gedämpfter Stimme, was sie den Landrat hatte sagen hören. Ihre Schwester Sólveig starrte sie an, als würde sie ihren eigenen Ohren nicht trauen. Dann brach sie in Tränen aus.

«Deshalb kam er nicht», flüsterte sie. «Er hatte mir versprochen zu kommen, aber er kam nicht. Ich wusste, dass er mich nicht betrogen hatte. Er liebte mich so sehr.»

Sesselja sah ihre Schwester finster an. Sie wollte noch etwas hinzufügen, aber es war, als könnte sie kein Wort herausbringen. Schließlich sagte sie, wobei ihre Stimme anders als sonst klang: «Sólveig. Ich muss dir etwas sagen, was ich noch niemandem erzählt habe.»

Sólveig starrte ins Leere. Sie war mit ihren Gedanken weit weg, weit weg von diesem Zimmer, weit weg von der Stadt.

«Sólveig. Du musst mich anhören.»

Sólveig schlug die Hände vor das Gesicht und weinte leise. «Tot», flüsterte sie.

«Du musst mir jetzt zuhören, sonst verliere ich noch den

Mut», sagte Sesselja voller Verzweiflung. Sie ergriff die Hand ihrer Schwester und sah ihr in die Augen. «Hör!»

Sólveig schniefte, wischte sich die Tränen aus den Augen und nickte. «Ich höre.»

Sesselja blickte zu Boden. Ihre Stimme bebte ein wenig, als sie zu sprechen begann: «Es war an einem nasskalten Sonntagmorgen im Spätsommer. In dieser Woche war ich mit dem Melken dran. Ich wäre gern noch länger im Bett geblieben, als in dieser Kälte in den Stall zu gehen. Ich habe Dimmas Schwanz festgebunden, den Melkschemel genommen und mich hingesetzt – ich habe ja mit nichts Schlimmem gerechnet. Während ich dort in der Morgendämmerung saß, flüsterte plötzlich jemand ‹Guten Tag, hübsches Mädchen›. Ich erschrak zu Tode, freute mich aber, als ich sah, dass er es war – so schelmisch, gut aussehend und entzückend. Sein Lächeln hat mich vollkommen gefangen genommen. Ich hatte ihn vorher schon oft gesehen, aber noch nie mit ihm gesprochen. Er kam zu mir, beugte sich hinab und strich mir durch die Haare. Ich hatte sie noch nicht geflochten, und sie waren ziemlich unordentlich. Zärtlich strich er mir über den Kopf, während der weiße Milchstrahl aus den Zitzen der Kuh spritzte.»

«Hör auf!», schrie Sólveig. «Schluss mit dieser Lüge. Das ist doch eine Lüge?»

«Nein, und du weißt, dass es wahr ist. Du wusstest es immer. Wir beide wussten es, aber wir wollten nicht darüber sprechen, wir wollten nicht, dass es wahr ist.»

Sesselja umarmte ihre Schwester. «Aber das ist die Wahrheit, und jetzt, wo er tot ist, müssen wir darüber reden, denn sonst wird alles nur noch schwieriger. Wir haben jetzt so lange mit der Lüge gelebt. Bitte, lass mich weitererzählen. Du weißt, dass ich die Wahrheit sage.»

Sólveig schluchzte und nickte. «Erzähl weiter.»

«Auf einmal ging er weg, kam mit dem anderen Melkschemel zurück und setzte sich hinter mich. Er war mir so nahe, dass ich seinen Atem an meiner Wange und an meinem Hals spürte. Er fuhr fort, mir durch die Haare zu streichen, und dann fing er an, meinen Hals zu küssen. Ganz leicht und zärtlich. Es war, als würde er mich in eine andere Welt entführen. Seine Küsse wurden heißer, und seine Hände strichen leicht über meine Brüste – die waren noch so empfindlich, ich war ja gerade eben erst vierzehn geworden. Wie in Trance zog ich an Dimmas Zitzen und wünschte mir, dass dieser Augenblick nie enden würde. Seine Hände wurden immer leidenschaftlicher. Zu Anfang schreckte ich ein wenig zusammen, aber er wusste genau, was er tat, und nach und nach war es, als würde er mich melken, während ich Dimma melkte. Ich spürte ein seltsames Verlangen, hörte auf, die Zitzen zu drücken, drehte mich zu ihm um und küsste ihn. Er war rücksichtsvoll, zärtlich, einfach alles, was man sich wünschen kann. Ich vergaß Zeit und Ort, und als er seinen Arm unter meine Kniekehlen schob und mich hochhob, schien es mir nur natürlich. Er trug mich in die Scheune, legte mich ins duftende Heu, zog mich oben aus und saugte leicht an meinen Brustwarzen. Meine Lust war so groß, dass ich mich nicht wehrte, als ich spürte, dass seine Hand unter mein Kleid fuhr und mich erregte. Erst als ich spürte, wie er in mich eindrang, vorsichtig, aber bestimmt, bemerkte ich, dass er sich ausgezogen hatte.»

«Hör auf, hör auf», zischte Sólveig. «Du sprichst gerade von dem Mann, der mich heiraten wollte, von dem Mann, der nur mich liebte. Du musst gelauscht haben, als wir zusammen waren, du beschreibst bis ins Kleinste, wie er mit mir schlief, wie kannst du es wagen …?» Sie starrte ihre Schwester wild an.

«Sólveig, es ist wahr. Er sagte, dass er auch mich lieben würde, sagte, dass er sich nicht zwischen uns beiden entscheiden könne. Er wolle ein paar Jahre warten, dann könne er zwischen uns beiden wählen, dann sei er sich darüber im Klaren, wen von uns beiden er mehr liebe.»

Sólveig war leichenblass geworden und bebte am ganzen Körper. «Ich weiß, dass es so war», flüsterte sie. «Ich wusste es die ganze Zeit, aber ich wollte nie darüber sprechen, wollte es nicht wahrhaben. Er hat unsere Herzen gebrochen. Es ist gut, dass er tot ist. Ich hasse ihn. Ich hoffe, dass er zur Hölle gefahren ist.» Sie weinte und schluchzte.

«Wir wussten doch auch die ganze Zeit, dass er noch andere Frauen hatte als uns. Er war hinter jedem Rock her. Eigentlich wussten wir es beide die ganze Zeit, nicht wahr?»

Sólveig nickte.

Sesselja umarmte ihre Schwester. Sie starrten vor sich hin, erniedrigt, verletzt und voller Hass. Keine von ihnen hatte Sigríður, die jüngste Schwester, bemerkt, die eine Weile in der Tür gestanden hatte. Ihr schneeweißes Gesicht war zerbrechlich wie das einer Porzellanpuppe. Sie sah ihre Schwestern an, schloss die Tür hinter sich und sagte heiser:

«Unser Vater hat ihn umgebracht. Draußen in der Scheune. Er hat ihm fast den Kopf abgehackt. Das Blut ist in alle Richtungen gespritzt. Überall in der Scheune war Blut. Blut, Blut, Blut. Sein Kopf hing zur Seite, und seine Augen starrten mich an. Er hat ihn umgebracht, und ich war froh darüber.»

Die Schwestern blickten einander an. Sie hörten die Männer, die im Wohnzimmer saßen und Cognac tranken, laut lachen. Zwei einflussreiche Männer, die über ein Glas Freundschaftsverträge abschlossen.

Sólveig hielt ihrer Schwester die Hand hin und machte ihr

Platz. Drei Schwestern auf dem Bett. Drei Schwestern, die jede auf ihre Weise das Grauen erlebt hatten.

«Was hast du draußen in der Scheune mit ihm gemacht?»

«Er kam eines Abends zu mir, als ich gerade den Stall ausmistete, genauso, wie er auch zu euch gekommen ist. Aber ich hatte Angst. Ich war doch gerade mal zwölf. Er war groß und bedrohlich. Er trug mich in die Scheune, und als ich versuchte zu schreien, küsste er mich auf den Mund und steckte seine Zunge hinein. Er riss mir die Kleider vom Leib und nahm mich. Ganz. Er war ein Tier, ein schwarzes Tier, das sein Gift in meinen Körper spritzte. Er hielt mich eisern. Und auf einmal stand Vater über uns. Er hielt einen Spaten in der Hand. Er schwang ihn über uns. Ich konnte ausweichen und wegkriechen, aber er bekam den Schlag ab. Er versuchte aufzustehen, aber inzwischen hatte Vater noch einmal ausgeholt und traf seinen Hals mit voller Wucht. Der Spaten war messerscharf. Und das Blut, das Blut, all das Blut. Ich kroch und kroch. Ich kroch in eine Ecke der Scheune und vergrub mich. Ich wollte nichts mehr sehen und hören. Dann kam irgendwann Mutter und holte mich. Ich musste ihr versprechen, niemals zu erzählen, was geschehen war. Niemandem. Aber in mir fing etwas an zu wachsen. Ein Ungeheuer. Sie haben mich weggeschickt, zu einem Ehepaar im Norden. Das Paar meinte es sehr gut mit mir. Ich durfte euch nichts erzählen. Ihr habt geglaubt, dass ich dieser Frau, einer alten Freundin von Mutter, helfen würde. Ihr habt geglaubt, dass sie ein Kind bekommt und ich ihr im Haushalt helfen soll. Dabei war ich es, die etwas bekam. Als es sich aus mir herauszwängte, war es, als würde ich in tausend Stücke zerrissen. Ich wollte nie sehen, was es war. Nie. Ich konnte mir nie vorstellen, dass es ein Kind gewesen ist, wenn ich auch heute manchmal daran denke.

Aber damals – damals hasste ich es und wollte es nicht sehen. Ich wollte es nur vergessen.»

Die Schwestern starrten Sigríður bestürzt an. Sie saß dort und war ganz ruhig. Es war, als hätte sie sich von einer schweren Last befreit. Wie hatte sie nur all diese Jahre schweigen können. Sie hatten immer geglaubt, dass sie ganz einfach von Natur aus still sei. Sie wussten, dass sie oft Albträume hatte, aber wer hatte nicht manchmal einen Albtraum? Sie weinte schnell. Sie hatten sie manchmal gehänselt und Heulsuse genannt. Jetzt saßen sie nur steif da und hielten sich bei den Händen.

Nach diesem Tag änderte sich alles. Die Töchter waren nicht mehr so fügsam wie zuvor. Sie wurden unhöflich, und als Landrat Þórarinn das nächste Mal zu Besuch kam, waren sie richtig frech. Er wollte Sesselja Geschenke und Blumen bringen, doch sie ging einfach hochmütig weg und schlug ihm die Tür vor der Nase zu. Der Vater wusste nicht mehr aus noch ein. Er hatte doch alles für die Mädchen geopfert, ihnen ein prächtiges Haus gebaut und ihnen eine gute Arbeit beschafft. War das jetzt der Dank? Er stieß wilde Drohungen aus, aber es half alles nichts. Sie arbeiteten schlecht, antworteten ihm mit vollem Mund und verlangten obendrein noch Lohn.

Es wurde Weihnachten. Über allem lag Schnee. Ein hübsch geschmückter Weihnachtsbaum stand im Flur, Weihnachtsmusik erfüllte das ganze Haus, und die Stimmung war feierlich. Landrat Þórarinn hatte sich angekündigt. Er wollte Weihnachten mit der Familie verbringen und hatte große Pläne. Er hatte nicht nur kostbare Weihnachtsgeschenke für alle Schwestern besorgt, sondern wollte auch um Sesseljas Hand anhalten und hatte aus dem Anlass einen unverschämt teuren Ring für sie gekauft. Er hatte einige Tage zuvor angerufen, und da hatte Hermundur ihn bestärkt: Das Mädchen könne gar keinen besseren Mann kriegen und alles komme in Ordnung, er werde schon dafür sorgen.

«Nie hast du herrlicheren Weihnachtsschmuck gesehen als in unserem hübschen Haus, und vom Cognac wirst du nicht enttäuscht sein, mein lieber Þórarinn. Nur das Beste für meinen zukünftigen Schwiegersohn. Du hast dein Wort gehalten, und ich werde mein Wort halten. Und meine Tochter – sie ist vorbereitet. Ich habe dafür gesorgt. Du brauchst sie nur unterm glitzernden Weihnachtsbaum zu erwarten, überreichst ihr dann schöne Geschenke, und das Mädchen gehört dir!»

Þórarinn überkam ein Glücksschauer, wenn er an Hermundurs Worte dachte. Er klingelte an der Tür und musste eine ganze Weile warten, bevor ihm geöffnet wurde.

«Fröhliche Weihnachten», rief er und trat mit dem Arm voller Weihnachtsgeschenke energisch in den Flur.

Aber er bekam keine Antwort. Das blasse Porzellangesicht der jüngsten Schwester sah ihn ausdruckslos an. Sie hielt die Haustür offen, sodass der Schnee ins Haus hineinwirbelte.

«Was – was ist los?», fragte Þórarinn besorgt.

«Wir können leider keine Gäste empfangen. Unser Vater ist verstorben», sagte das Mädchen traurig und maß ihn mit kalten Blicken.

«Verstorben? Verstorben? Das verstehe ich nicht. Wann ist er denn gestorben? War er denn krank? Was ist passiert?»

«Er hat sich in den Daunendecken verfangen, mit denen er geschlafen hat», sagte Sólveig, die älteste Tochter, die jetzt mit strenger Miene im Flur erschien. «Ich habe ihm immer wieder gesagt, wie gefährlich es sei, mit all diesen Daunendecken und Daunenkopfkissen zu schlafen, am Ende werde er noch darin ersticken. Selbst seine Matratze war mit Daunen gefüllt. Und ich habe Recht behalten. Als wir heute Morgen zu ihm kamen, war er vollkommen in diesen Bettdecken, diesen Kopfkissen und dieser Matratze verstrickt, und es war nicht einfach, ihn daraus zu befreien, kann ich dir sagen, ganz und gar nicht einfach.» Kühl wies sie dem Landrat die Tür. «Wir können leider keine Gäste empfangen.»

Kjell Ola Dahl

Der Hund

Zwei Dinge sind merkwürdig an diesem Ort; da ist zum einen, dass er mich verwirrt, am Anfang schaffte ich es nicht einmal, mich an ihr Gesicht zu erinnern. So war es auch gewesen, als ich ihr zum ersten Mal begegnete: Nachdem wir auseinander gegangen waren, wollte mir nicht mehr einfallen, wie sie aussah, obwohl ich das Gefühl hatte, als sei sie im selben Zimmer. Das war ein Zeichen. Wir hatten eine Verbindung, durch diese unbekannte Energie, von der die Leute reden. Ich lag allein in meinem Bett und spürte, dass sie Angst hatte, manchmal so große Angst, dass sie weinte. Wenn ich heute ihr Gesicht vergesse, brauche ich nur die Augen zu schließen und an die Tränen zu denken. Hinter meinen Lidern nimmt ihr Gesicht Form an, es tritt aus der Dunkelheit hervor, als tauchte sie aus tiefem Wasser herauf an die Oberfläche, bis ich sie ganz deutlich vor mir sehe, wie damals, als sie mich im Bus anstarrte. Sie wandte den Blick nicht ab, selbst als es peinlich wurde. Aber ich fasste diesen Blick nicht als Einladung auf. Eine fremde Frau sah mich an, entweder, um mich genau zu betrachten, oder weil es nichts anderes anzuschauen gab. Aber es war unangenehm, deshalb blickte ich stur aus dem Fenster. Als ich aufstand, um an der Haltestelle Tøyen auszusteigen, stand sie vor mir auf den Stufen. Die Tür ging auf, und sie warf einen letzten Blick über die Schulter zurück, bevor sie den Fuß auf den Bürgersteig setzte.

Das Echo unserer Schritte hallte durch den Tunnel hinunter zum U-Bahnhof Tøyen. Wir beide standen als Einzige auf dem Bahnsteig. Ich sprach sie an, aber die Unterhaltung ging stockend. Im U-Bahn-Waggon standen vier, fünf Jungs einer pakistanischen Gang. Sie musterten uns und grinsten einander zu. Sie setzte sich neben mich. Sie wirkte ängstlich. Aber es waren nicht die Jungs, vor denen sie sich fürchtete, das begriff ich sofort. Als wir uns Ryen näherten, meiner Haltestelle, fragte ich sie, wo sie aussteigen musste.

«Lambertseter, und du?»

«Lambertseter», sagte ich.

Gemeinsam gingen wir durch die nachtstillen Straßen. Es war kalt, und unsere Schatten schrumpften, wenn wir in den Lichtschein der Straßenlaternen traten, und wuchsen wieder lang und unförmig auf dem Weg hinaus. Ab und zu warfen wir verstohlene Blicke auf den anderen und machten nichtssagende Bemerkungen über dieses und jenes. Sie wohnte in einem grünen Einfamilienhaus mit einem schmalen Balkon im Obergeschoss. Später an diesem Abend lag ich das erste Mal in meinem Bett und dachte an sie, ohne mich an ihr Gesicht erinnern zu können. So lag ich mehrere Abende und fühlte die Verbindung.

Eine gute Woche später spürte ich denselben Blick im Bus. An diesem Abend dauerte der Weg zum grünen Haus etwas länger. Am nächsten Tag machte ich einen ausgedehnten Abendspaziergang, der mich dort vorbeiführte. Alle Fenster waren dunkel. Am darauffolgenden Abend waren sie erleuchtet. Eines Abends traf ich sie auf der Straße. Wir blieben beide stehen. Sie sprach als Erste. Als ich sie zum Haus begleitet und bis an die Eingangstür gebracht hatte, lehnte sie sich gegen die Wand, schloss die Augen und ließ sich küssen, während hinter der Tür ein Hund winselte und ungeduldig mit den Pfoten scharrte. Wie sich herausstellte, war der Hund ein harmloser, dicker und in die Jahre gekommener Golden Retriever, der uns um die Beine sprang und ins Schlafzimmer folgte. Er steckte seine feuchte Schnauze in meine Hand, fast so, als hoffte er, ein Leckerchen darin zu finden. Als er nichts fand, legte er sich lang ausgestreckt auf die Seite, klopfte ein paar Mal mit dem Schwanz auf den Boden und sah träge zu, wie wir uns auszogen. Ich ließ den Hund hinaus, als er begann, unruhig zu werden.

Sie sagte kein einziges Wort, bis sie das Licht gelöscht hatte. Dann biss sie mir in die Schulter und flüsterte Worte, die ich noch nie von einer Frau gehört hatte.

Wir lagen lange wach, ich spürte, wie ihr Körper sich wand und drehte, bevor ich wegdämmerte. Als ich die Augen aufschlug, war es immer noch Nacht, sie war aufgestanden, saß im Schneidersitz auf dem Fußboden und hatte sich eine Strumpfhose fest um den Oberarm geschnürt. Ihre Brüste hingen schwer über dem weißen Bauch, und das Licht der Straßenlaternen, das von draußen hereinfiel, ließ ihre langen Haare schimmern. Mit geübten Handbewegungen löste sie ein paar Tabletten auf und goss die Flüssigkeit durch einen Wattebausch, der sich hellrot färbte. Routiniert stach sie die Nadel in die Arterie, die sich in der Armbeuge abzeichnete. Dann stand sie auf und taumelte aufs Bett. Sie flüsterte: «Bist du schockiert?»

«Nein», sagte ich und blieb reglos liegen, beinahe steif, bis ich hörte, wie ihr Atem in den Schlaf hinüberglitt.

Am nächsten Morgen weinte sie. Der Hund tobte vor der Tür, kratzte, bellte und winselte. Sie lag ganz still im Bett. Ich habe versucht zu verstehen, warum ich Tränen nicht mag. Ich glaube, es ist, weil Weinen keinen Raum für anderes lässt. Eine Flut schmerzlicher Gefühle staut sich hinter zarter Haut, lässt die Augen überlaufen, löst den schwarzen Rand aus gemaltem Schatten auf, während der Mund die Krämpfe nicht länger unterdrücken kann. Die Tränen flossen ihr aus den Augen, apathisch hob sie dann und wann die Hand und trocknete sich das Gesicht mit einem zusammengeknüllten Papiertaschentuch. Ich lag auf der Seite in dem breiten Bett, die Wintersonne schien durch das Fenster auf meine Hüfte. Ich strich ihr übers Haar und sagte, ich wolle ihr beistehen gegen die Angst.

In einer Pause zwischen den Schluchzern sagte sie: «Es hat nichts mit dir zu tun.»

«Sag mir, was es ist», bat ich.

«Ich kann nicht», sagte sie.

Später ließ ich den Hund hinaus, er jagte zwischen den Reihenhäusern umher, hinterließ gelbe Markierungen im spärlichen Schnee, kratzte mit den Pfoten Löcher in die Erde, wo sie weich genug war, und bellte glücklich. Ich wartete, bis er schwanzwedelnd zu mir zurückgestürmt kam, ging in die Hocke und strich ihm übers Fell. Ich mochte den Hund, weil er ihr gehörte, weil er wichtig war.

Der Medizinschrank im Bad war voller Glasröhrchen und Plastikdosen mit Beruhigungstabletten, Valium, Sobril, Stesolid, Paralgin Forte. Ich spürte, dass ich sie nicht direkt darauf ansprechen konnte, deshalb fragte ich, warum sie eine Spritze benutzte, anstatt die Tabletten zu schlucken. Sie lächelte abwesend und leicht verträumt, als hätte sie mich nicht gehört. Ich fragte, warum sie solche Angst hatte. «Geht es um einen Mann?», fragte ich. Sie hob den Blick und betrachtete mich, stumm und fast ein wenig mitleidig, dann sagte sie: «Natürlich.»

Zwei Tage später rief sie mich an, früh am Morgen und ohne sich zu melden, als ich den Hörer abnahm. Ich rannte zum Radio und stellte es aus, um zu hören, wer dran war.

Der Hund lag auf der Treppe vor der Haustür. Jemand hatte ihm mit einem harten Gegenstand den Schädel eingeschlagen, bis er nur noch eine blutige Masse war. Ich trug den toten Hund in die Küche und legte ihn in einen schwarzen Plastiksack, den ich in einem Schrank gefunden hatte. Das Haus wirkte leer. Ich rief, bekam jedoch keine Antwort. Sie war im Schlafzimmer. Es roch ungelüftet, die Gardinen vor dem Fenster und der Balkontür waren zugezogen. Ich setzte mich neben sie aufs Bett und fragte, ob sie wüsste, wer den Hund getötet hatte. Sie schüttelte den Kopf. Aber ich ließ nicht locker. «Wer?», fragte ich drängend. «Du weißt es, denk nach.» Da zog sie mich zu sich hinunter ins Bett und schloss die Augen.

Hinterher stand sie auf und holte Spritze und Tabletten.

Wir machten aus, dass sie sich am nächsten Tag melden sollte. Es vergingen drei Tage, ohne dass ich von ihr hörte. Am Abend des dritten Tages stieg ich ins Auto und fuhr zu ihr. Alles war dunkel. Ich wählte ihre Nummer. Niemand nahm ab. Es wurde Mitternacht, und sie kam noch immer nicht nach Hause. Erst Tage später ging sie ans Telefon. Sie schien erleichtert, meine Stimme zu hören. Und als sie mir wenig später die Tür zum grünen Haus öffnete, hatte sie sich mit schweren Ohrringen, Rock und eleganten Schuhen herausgeputzt. Auf dem Tisch im Wohnzimmer standen brennende Kerzen. «Hat dich jemand gesehen?», fragte sie nervös.

«Ja», sagte ich.

Sie war verwirrt. «Wer denn?»

«Er», sagte ich boshaft.

«Wen meinst du?», fragte sie mit unsicherer Stimme.

«Niemanden», erwiderte ich beruhigend, denn ihre Hände zitterten.

Sie zog alle Vorhänge zu. Ich fragte, was sie mit dem Hund gemacht habe.

«Nichts.»

«Gar nichts? Du musst ihn begraben.»

«Aber es ist Winter.»

«Der Boden ist nicht gefroren. Du kannst ihn ruhig begraben.»

«Ich habe ihn in die Kühltruhe gelegt.»

Der Gedanke an den toten Hund in der Kühltruhe ließ mich schaudern. Als das Telefon klingelte, zog sie den Stecker aus der Wand. An diesem Abend legten wir uns mit Matratzen und Bettdecken auf den Fußboden im Wohnzimmer. Ich konnte den Anblick des leeren Hundekörbchens im Schlafzimmer nicht ertragen.

Am folgenden Nachmittag parkte ich das Auto fünfzig Meter von ihrem Haus entfernt und wartete. Es wurde ein langer Abend. Manchmal fuhr ein einzelnes Auto vorbei. Ab und an kamen Leute von der Arbeit. Später kreuzten ein paar Jugendliche auf. Niemand schien Notiz von mir zu nehmen. Es nieselte, langsam wurde es kühl und feucht, hier so zu sitzen. Die Autoscheiben beschlugen, und auf der Straße tat sich nichts weiter, als dass es langsam dunkel wurde. Ich ließ das abendliche Fernsehprogramm vor meinem inneren Auge ablaufen, um mir die Zeit zu verkürzen, und versuchte mir vorzustellen, was ich verpasste. Es war schon nach Mitternacht, als sie kam. Sie schloss die Haustür auf, ohne sich umzusehen. Als das Licht anging, sah ich ihre Hände vor mir, wie sie sich etwas zu essen machte, wie sie sich das Gesicht wusch, das Wasser in den Händen auffing, die Haut benetzte und mit den Mittelfingern an der Nase entlangfuhr, bevor sie die Hände trocken schüttelte, sich aufrichtete und vor dem Spiegel die Tropfen von den Wimpern zwinkerte. Auch am folgenden Tag kam sie spät heim. Wenn ich zu Hause gewesen wäre und nicht im Auto, hätte ich die Neun-Uhr-Nachrichten sehen können und eine Familienserie. Ich wartete eine Werbepause und auch noch eine halbe Comedy-Show ab, bevor ich sie von meinem Handy aus anrief. Sie war gut gelaunt, erzählte, dass sie im Kino gewesen war, und berichtete lang und breit, wovon der Film gehandelt hatte. Plötzlich fragte sie, wo ich sei.

«Draußen», sagte ich.

«Du fehlst mir», sagte sie und legte auf.

Ihre Worte hätten mich dazu bringen müssen, aus dem Auto zu springen und die fünfzig Meter bis zu ihr zu laufen. Aber ich war innerlich kalt und blieb, wo ich war. Falls sie mich gesehen hatte, warum sagte sie es nicht? Ich versuchte mich zu erinnern, in welchen Tonfall sie die Worte verpackt hatte. Ich versuchte mir vorzustellen, welchen Gesichtsausdruck sie gehabt haben mochte, als sie sie sagte. Es gelang mir nicht, und als das Licht drinnen erlosch, saß ich immer noch im Auto. Ich hatte Lust, bei ihr zu sein, ihre Finger zwischen meinen zu spüren. Aber ich schaffte es nicht, die wenigen Schritte bis zur Tür zu gehen. In jenem Moment konnte ich mich nicht erinnern, wie sie aussah. Aber das beunruhigte mich nicht. Was mich beunruhigte, war, dass ich ihre Nähe nicht um mich herum spürte, so wie sonst, wenn ich allein war.

Am nächsten Tag parkte ich an derselben Stelle. Ich hatte eine Decke dabei und etwas zu essen, bereit, die ganze Nacht zu warten. Sie war zu Hause. Das Licht ging kurz nach Mitternacht aus. Wenig später kam langsam ein großer Kombi die Straße herunter und hielt vor ihrem Haus. Das Heck des Wagens leuchtete rot im Schein der Bremslichter, die Abgase strichen sanft um das Fahrzeug. Nach ein paar Sekunden fuhr es davon. Das Auto sagte mir nichts. Aber zum ersten Mal seit langer Zeit spürte ich die alte Unruhe in mir. Zehn Minuten später wurde ich durch Scheinwerfer im Rückspiegel geblendet. Ein Auto hatte zwanzig Meter hinter mir gehalten, auf derselben Straßenseite. Der Motor ging im Leerlauf, der Qualm aus dem Auspuff nebelte den Wagen ein. Als ich den Blick vom Spiegel abwandte, entdeckte ich sie. Sie stand auf dem kleinen Balkon vor dem Schlafzimmer im Obergeschoss. Sie starrte lange auf die Straße hinunter, zu mir und dem Auto dahinter. Und im Licht der Straßenlaterne konnte ich erkennen, dass sie nichts anhatte. Ich drehte mich um und warf einen Blick zurück zu dem Auto hinter mir. Als ich wieder nach vorne schaute, sah ich nur ihr langes Haar und die nackten Schultern, als sie wieder hineinging und die Tür hinter sich schloss. Kurz darauf scherte das Auto auf die Straße aus und fuhr an mir vorbei. Es war derselbe Kombi wie zuvor. An ihrem Haus wurde er langsamer, hielt aber nicht. Ich startete den Motor und folgte ihm. Der Fahrer muss mich sofort bemerkt haben. Es war spät in der Nacht, und wir fuhren durch stille, dunkle Wohngebiete. An der Ekebergsletta versuchte er mich abzuhängen, aber es gelang ihm erst, als wir den Ekebergåsen hinunterfuhren, wo die Kurven eng sind und die Stadt sich bei Nacht über den Hang breitet wie ein Spiegelbild des Sternenhimmels. Er hatte bessere Reifen als ich, oder er fuhr riskanter. Sein Vorsprung wurde zu groß, in Gamlebyen verlor ich den Wagen aus den Augen, und ich wusste sein Kennzeichen nicht.

Am nächsten Morgen rief sie in aller Frühe an. Jemand hatte einen Stein durch ihr Schlafzimmerfenster geworfen. Überall lagen Glassplitter verstreut, auf dem Fußboden, im Bett, in den Blumentöpfen. Der Stein erwies sich als ein ganz normaler, runder Granit, um den eine Schnur gebunden war. Ich rief einen Glaser an und begann die Glasstücke vom Teppich vor dem Bett aufzusammeln. Sie saß apathisch auf dem Sofa im Wohnzimmer.

«Was war an der Schnur?», fragte ich, als das Fenster wieder heil und wir allein waren.

«Hm?»

«Da ist eine Schnur um den Stein, so als wäre etwas daran befestigt gewesen. Was war das?»

«Nichts.»

«Bist du sicher?»

Es war, als wachte sie auf. Ihre Stimme war kalt und hart, als sie mich fixierte. «Siehst du etwas, das an der Schnur befestigt ist?»

«Nein», sagte ich und wurde innerlich milder. Ich sah geradewegs durch diese harte Fassade, sie war genau wie meine, dünn und spröde wie Zeitungspapier.

«Warum willst du es nicht sagen?», fragte ich, und dann: «Warum erzählst du mir nicht, wovor du Angst hast?»

Sie stand auf und starrte mich wieder herausfordernd an. Mit langsamen Bewegungen entkleidete sie ihren Oberkörper. Ich musste schlucken, überwältigt von ihrer Schönheit, ihrem langen, dunklen Haar, das über den anmutig geschwungenen Rücken fiel, dem ovalen Gesicht mit den tiefliegenden blauen Augen. «Du hast aufgehört, an mich zu denken», sagte ich.

Sie zog den BH aus, drapierte ihn über den Stuhlrücken und fragte: «Was meinst du?»

«Abends, woran denkst du da?»

Sie verschaffte sich Zeit, indem sie ihr Haar mit den Händen zusammenfasste und es über den Rücken warf. «Was glaubst du, woran ich denke?»

«Bist du in mich verliebt?», fragte ich.

Sie sah mich lange an, ohne etwas zu sagen. Schließlich kam sie langsam auf mich zu, legte die Arme um meinen Hals und lächelte traurig. «Nein», sagte sie.

Nach dem Vorfall mit dem Stein vergingen mehrere Tage ohne einen Anruf von ihr. Die Unruhe zwang mich, sie nicht selbst anzurufen. Ich hörte auf, an sie zu denken. Ich vergaß wieder ihr Gesicht. Nur an manchen Abenden, wenn ich wach lag, konnte ich ihre Gedanken spüren. Das rief die Erinnerung in mir wach, an ihre Hände oder wie sie weinte, was dazu führte, dass ihr Gesicht sich triumphierend in mein Gedächtnis drängte.

Eines Sonntagmorgens rief sie an und fragte, warum ich nichts von mir hören ließe.

Ich fragte, wo sie gewesen war.

«Komm her. Jetzt», flüsterte sie.

Wir begruben den Hund am selben Nachmittag in ihrem kleinen Garten. Die Wintersonne stand niedrig und kalt am Himmel. Ein leichter Wind fuhr durch ihr Haar, trieb ihr lange, dunkle Strähnen ins Gesicht. Bei den ersten Spatenstichen war der Boden aufgeweicht und matschig. Aber wenige Zentimeter tiefer wurde die Erde trocken, feiner Sand ohne Steine. Der Kadaver war noch in dem schwarzen Plastik verpackt, ein tiefgefrorenes, steinhartes Paket, das aussah wie ein großer Braten, Truthahn oder eine Wildkeule. Sie drehte sich weg, als ich das Klebeband ablöste, mit dem der Sack verschnürt war. Der Hund schlug dumpf und schwer in der Grube auf. «Möchtest du noch etwas machen?», fragte ich. «Ein paar Worte sagen?»

«Nein», sagte sie.

«Wo soll ich mit der Tüte hin?», fragte ich, nachdem ich das Loch wieder zugeschaufelt hatte.

«Keine Ahnung», sagte sie und fügte hinzu: «Was ist?»

«Du weinst nicht», sagte ich.

Sie dachte nach. «Du hast Recht», sagte sie.

Ich stützte mich auf den Spaten und fragte wie nebenbei: «Warum hat er deinen Hund umgebracht?»

Es war die falsche Art zu fragen. Die Frage kam nicht unerwartet. Sie lächelte kühl und sagte: «Ich habe keine Ahnung, wer es getan hat oder warum.»

Als ich ihr den Rücken zuwandte, um ins Haus zu gehen, wurde mir heiß. Ich konnte mich plötzlich nicht mehr an ihre Gesichtszüge erinnern. Blitzschnell drehte ich mich um und wollte sie umarmen. Aber sie machte sich los. «Nicht hier», zischte sie. «Warte!»

Am selben Abend, als ich nach Hause fuhr, bemerkte ich ein Auto im Rückspiegel. Es war ein Kombi. Er fuhr an mir vorbei, als ich einparkte. Die Reifen trieften vor Nässe, als er an mir vorüberrollte und verschwand. In meiner Wohnung zog ich mich aus und duschte. Vom Bett aus sah ich aus dem Fenster. Da stand dasselbe Auto, parkte mit laufendem Motor vor dem Haus. Schnell stieg ich aus dem Bett, zog Hose und Pullover an und lief die Treppe hinunter, lief, ohne zu überlegen. Ich rannte auf das Auto zu. Aber der Fahrer sah mich kommen. Der Motor heulte auf, als er davonjagte. Egal. Jetzt hatte ich die Autonummer.

Er wohnte im Erdgeschoss, und von der Rückseite des Wohnblocks konnte man geradewegs bis zur Terrassentür spazieren. Das Türschloss war simpel. Trotzdem plante ich mein Vorhaben mit großer Sorgfalt. Es musste in der Wohnung passieren, und wenn es so weit war, hieß es entschlossen handeln, denn Zögern und Unsicherheit waren von Übel. Jetzt war ich mir sicher, was geschehen sollte. Es ging nur darum, die Kontrolle zu behalten.

Das Licht in der Wohnung ging gegen Mitternacht aus, aber ich wartete noch weitere drei Stunden, bevor ich mich ans Werk machte. Das Schloss war im Handumdrehen überwunden. Aber als ich die Terrassentür öffnete, fiel mir das Brecheisen aus der Hand. Es schlug klirrend auf einer der Betonplatten auf. Ein Stück entfernt schlug sofort ein Hund an. Ich stand stocksteif und lauschte lange, ob jemand den Lärm gehört hatte. Aber drinnen war alles absolut still, und draußen waren keine anderen Geräusche zu hören als der Hund und das unbestimmbare Säuseln des Windes in der Nacht. Ich trat in eine Art Wohnzimmer, wo es verqualmt roch. An den Wänden hingen einige Gemälde, dunkel verschattete Motive in wuchtigen Rahmen, deren Vergoldung schwach schimmerte. Links standen ein Sofa und ein breiter Couchtisch. An der rechten Wand, direkt vor mir, war ein niedriges Regal mit Fernseher und Stereoanlage. Ein Bereich, frei von Möbeln, führte ins Zimmer hinein. Der Teppich auf dem Boden dämpfte meine Schritte, und ich blieb erst stehen, als ich die gegenüberliegende Wand erreichte. Direkt vor mir erkannte ich eine geschlossene Tür, hinter der die Küche oder das Bad oder vielleicht auch das Schlafzimmer liegen mochte. Rechts von mir war undurchdringliche Dunkelheit. Das Zimmer war dort abgewinkelt, und das sparsame Licht, das durch die Fenster fiel, reichte nicht bis hierhin. Ich stand ganz still und starrte ins Dunkel. Ein merkwürdiger Laut ließ mich den Atem anhalten. So stand ich da, erstarrt, sicher zwei oder drei Minuten lang. Ich dachte nichts, denn es gab nichts zu denken. Es gab nur zwei Möglichkeiten, entweder umkehren oder den Weg zu Ende gehen. Ich atmete durch den Mund. Ich zwang meine Beine, zwei Schritte in den dunklen Bereich zu gehen. Da war es wieder, dieses Geräusch. Meine Knie wurden weich, denn es klang wie ein schwaches Jammern von jemandem, der große Schmerzen hat. Dieser Laut lähmte mich beinahe. Dennoch ging ich weiter, machte drei kleine Schritte und blieb wieder stehen, um die Augen an die Finsternis zu gewöhnen. Aber ich konnte nichts erkennen. Der Laut kam jetzt öfter, ab und an gefolgt von einem flatternden, unheimlichen Rascheln. Ich wusste, ich war nahe dran, und machte noch einen Schritt. Es wurde lauter. Ich tat noch einen Schritt, dann einen weiteren, und dann noch einen. Der Laut war jetzt ganz nahe. Meine Hand stieß gegen eine Wand, und ich tastete nach einem Lichtschalter. Aber kaum flammte das Licht auf, durchschnitt ein gellender Schrei die Luft. Ich erkannte einen riesigen, rotgrünen Papagei, der direkt vor mir in einer Voliere saß. Er flatterte gegen den Käfig und schlug mit den Flügeln, sodass ich vor Schreck rückwärts in einen Glasschrank taumelte. Das Klirren berstender Scheiben erinnerte an den Zusammenstoß zweier Autos an einem stillen Sonntagvormittag. Ich fiel und spürte, wie mir etwas in die Hand schnitt.

Ich rappelte mich auf und machte das Licht aus. Die Dunkelheit hatte eine magische Wirkung auf den Vogel, er verstummte urplötzlich. Vielleicht hatte er dasselbe gesehen wie ich, dass hinter der Tür, die ich gerade passiert hatte, das Licht anging. Ich umfasste mit festem Griff das Brecheisen, es war feucht von meinem Blut. Ich stellte mich neben der Tür auf und starrte auf den Lichtstreifen, der durch den Spalt unter der Tür fiel. Es war vollkommen still. Ich hasste die Stille. Ich hasste es, dass mein Plan durchkreuzt wurde, und ich sah vor mir, wie dort drinnen zwei Hände eine Waffe aus einem Schrank holten, eine Pistole oder ein Jagdgewehr. Ich schätzte den Abstand bis zur offenen Terrassentür ab, die fünf oder sechs Meter von mir entfernt ins Freie führte. Vielleicht konnte ich es schaffen zu fliehen, aber ich wagte es nicht, aus

Angst, die Tür nicht rechtzeitig zu erreichen. Ich sah meinen eigenen geduckten Schatten auf dem Glas des dunklen Fernsehschirms. Da geschah es. Die Tür wurde aufgerissen, und eine Gestalt warf sich ins Zimmer. Ich schlug aus ganzer Kraft mit dem Brecheisen zu, und ich spürte das Knirschen bis in den Ellbogen, als das Eisen auf Widerstand traf. Ich rannte los, und im selben Moment, als ich die Tür ins Freie erreichte, hörte ich den Körper hinter mir zu Boden fallen.

Erst als ich zu Hause meine verletzte Hand verband, wurde der Druck übermächtig. Ich sah Schatten, die zu Boden stürzten. Das Bild blieb, selbst als ich die Augen schloss. Als ich ins Bett gegangen und endlich eingeschlafen war, hörte ich Schläge im Traum, Schläge, die Glas zertrümmerten, Eisen, das in etwas Weiches drang. Ich träumte, ich läge mit dem Kopf auf einem blutigen Schafott und wartete darauf, dass der Scharfrichter meinen Kopf mit einem riesigen Hammer zertrümmerte. Ein Zwerg kam auf mich zu gewatschelt, grinsend. Das Gesicht des Zwergs verwandelte sich in einen Totenschädel mit leeren Augenhöhlen, Nasenbein und gebleckten Zähnen. Ich sagte ihm, er solle verschwinden, aber er lachte nur noch breiter, presste sein knochiges Gesicht gegen meines. Ich schrie den Scharfrichter an und bat ihn, mich totzuschlagen, aber als ich den Kopf hob, um den Zwerg abzuschütteln, sah ich, dass der Scharfrichter *sie* war und dass sie keinen Hammer in Händen hielt, sondern eine riesige Spritze, aus der rote Tropfen in mein Haar fielen.

Ich erwachte schweißnass und riss sofort das Fenster auf. Da draußen, das meinte ich ganz deutlich zu sehen, stand wieder dieser Kombi, eingehüllt in Abgasschwaden. Ich legte mich ins Bett und schlug mir selbst ins Gesicht, ohne mich davon wacher zu fühlen. Ich rammte meinen Kopf zweimal hart gegen die Wand. Gefühllos im Gesicht und mit blutender Nase blickte ich wieder hinaus. Jetzt war kein Auto mehr zu sehen.

Mein Plan war gescheitert. Ich fiel wieder in den Abgrund, wie schon so viele Male vorher. Ich hasse den Abgrund, er ist so bodenlos. Aber ich kämpfte nach Kräften dagegen an. Am nächsten Morgen ging ich einkaufen, und für den Rest des Tages blieb ich im Haus, um nicht gesehen zu werden. Die Einkaufstour hatte meine Nerven strapaziert. Auch am nächsten Tag blieb ich in meiner Wohnung. Das Problem war der Schlaf. Ich hatte keine Tabletten, nichts, was die Bilder hätte vertreiben können, die auftauchten, kaum dass ich den Kopf aufs Kissen legte. Die Bilder wurden immer schlimmer und grotesker. Ich probierte es mit den üblichen Tricks, ich redete mir selbst gut zu, dass es nur eine Frage der Gewöhnung sei. Man gewöhnt sich an alles, man gewöhnt sich an Schmerzen, an Einsamkeit, an den Geschmack von Kaffee, an Dunkelheit und schleichende Kälte. Aber die Bilder waren diesmal sehr schlau. Noch nie hatten Bilder sich so bemüht, mich zu kriegen. Sie schlugen zu, wenn ich es am wenigsten erwartete. Ich konnte mich stundenlang vor ihnen graulen, ich wartete angespannt auf sie, ohne dass sie auftauchten, bis sie in einem winzigen, unvorbereiteten Moment mit einer solchen schmerzenden Wucht zuschlugen, wie ich sie noch nie erlebt hatte. Um wach zu bleiben, hatte ich mir einen Weg durch die Wohnung zurechtgelegt. Aber ab und zu wurde mir schwindlig, ich fiel in Ohnmacht, wehrlos. Einmal schreckte ich vom Telefon auf. Es war ein Nachbar, der sich beschwerte, ich würde nachts schreien. Ich legte sofort wieder auf und biss mir auf die Fingerknöchel, um nicht mehr zu schreien. Einmal, als ich so auf dem Boden kniete und mir in die Finger biss, klingelte es an der Tür. Ich wusste, dass ich nicht geschrien hatte, und schaute mich um. Das Treppenhaus war still. Draußen kein Laut zu hören. Die Gardine vor dem Fenster leuchtete grau im Mondlicht. Es musste mitten in der Nacht sein. Also war es sicher kein Nachbar. Aber der Betreffende gab nicht auf. Es war, als drückte jemand unablässig auf den Klingelknopf. Es ist alles nur eine Frage der Zeit. Wenn Nachbarn und jene, die sich Freunde nennen, gewillt sind, dir nur genug Zeit zu geben, dann wird alles gut. Aber dieser Kerl wusste nicht Bescheid. Er klingelte immer wieder. Ich versuchte mich zu beruhigen, starrte in die Dunkelheit, auf die vertrauten Dinge im Zimmer. Ich kratzte über meine Brust, um sicherzugehen, dass es nicht wieder ein Albtraum war. Und die Schmerzen sagten mir: Du bist wach. Deshalb schloss ich die Augen und hoffte, dass der Störer verschwand. Aber das Klingeln hörte nicht auf. Ich schlich hinaus in den Flur. Der Linoleumbelag klebte an meinen nackten Fußsohlen, und ich hörte, wie sich auf der anderen Seite jemand räusperte. Langsam bewegte ich meinen Körper zur Tür und erstarrte zu Eis, als es wieder klingelte. Ich schwitzte und fror zugleich. Als ich endlich das Auge am Türspion hatte, war niemand da. Ich hörte Schritte auf der Treppe. Ich kroch auf allen vieren hinüber zum Fenster. Die Eingangstür unten fiel ins Schloss. Die Schritte auf dem Asphalt hallten durch die stille Straße. Es war ein Mann. Und er stieg in einen Kombi und fuhr weg. Danach tauchte er nie wieder auf.

Die andere Sache, die ziemlich merkwürdig an diesem Ort ist: Man hat sie hier gekannt. Sie war Patientin, sogar einmal zur selben Zeit eingeliefert wie ich. Sie haben ihr hier bestimmt geholfen, sodass sie sich schließlich von ihrem Mann scheiden lassen konnte – und Medikamente bekam. Sie behaupten, dass ihr früherer Ehemann sie vor kurzem umgebracht hat, dass er sie erschlagen hat, in seiner eigenen Wohnung, mit einem Hammer oder einer Brechstange, und dass er vorbestraft war, weil er sie früher schon misshandelt hat. Sie sagen, dass er sie mit Drohungen und Gewalt gezwungen hat, zu ihm zurückzukommen, und dass sie sich ihm zeitweise fügte. Aber sie verstehen nicht, warum sie umgebracht wurde. Sie können einfach nicht begreifen, warum sie sterben musste, obwohl sie sich Experten nennen. Ihr Problem ist, dass sie die falschen Fragen stellen. Es ist uninteressant, warum sie getötet wurde. Das Interessante ist, warum sie mich so heftig angestarrt hat, damals, im Bus.

Helene Tursten

Weihnachten einmal anders

Die Schneedecke auf den Dächern funkelte im kalten klaren Mondlicht wie mit Diamanten bestäubt. Der sanfte Schein der Weihnachtssterne und Kerzenleuchter in den Fenstern bildete einen warmen Kontrast.

Meine Etagenwohnung liegt hoch über allen Dächern der Stadt, und die Aussicht war überwältigend. Die Mädels von der Handelshochschule standen vor dem Panoramafenster meines Wohnzimmers und betrachteten das Lichtermeer. Das Feuer prasselte im Kamin, und die innere Wärme stieg noch ein paar Grad, als wir meinen Spezialmix aus nach Kräutern duftendem, hochprozentigem Glögg tranken. Da wir damals in der Studienzeit alle Singles gewesen waren, gaben wir uns den Namen Single-Klub, und den Namen haben wir beibehalten in den zwanzig Jahren seit unserer Studienzeit. Partner, Ehen, Kinder und Scheidungen haben weder an dem Namen noch an der Zusammensetzung etwas ändern können. Alle acht, die schon beim ersten Mal dabei waren, machen immer noch mit.

Wir beschlossen, uns einmal im Monat zu treffen; im Laufe der Jahre konnten wir das tatsächlich durchhalten. Selbstverständlich können nicht immer alle jedes Mal dabei sein, doch wir bemühen uns redlich, kein Treffen zu verpassen. Reihum laden wir einander nach Hause ein, kochen, trinken

Wein und reden über Gott und die Welt. Alle stecken mitten in der Karriere und haben randvolle Terminkalender mit einem Minimum an Freizeit. Doch um die Treffen mit dem Single-Klub noch unterzubringen, tun wir alles! Sie sind ein lebenswichtiges Atemholen für uns. Viel billiger und netter, als zum Seelenklempner zu gehen.

Anna und ich haben als Einzige keine Kinder. Tina hat vier! Sie leitet die Finanzabteilung einer von Schwedens größten Modeketten. «Ohne den Single-Klub würde ich zusammenbrechen!», sagt sie immer.

Unsere jährliche Weihnachtsfeier fand in der ersten Dezemberwoche bei mir statt. Die Mitglieder des Single-Klubs hatten sich von allen weihnachtlichen Verpflichtungen losgeeist, die sich in üblicher Manier zu häufen begannen. Das Essen schmeckte hervorragend. Ich hatte es ein paar Stunden zuvor in der Delikatess-Abteilung des großen Kaufhauses besorgt. Sie hatten sich dort besonders viel Mühe gegeben, um das Angerichtete schön appetitlich aussehen zu lassen, weil ich die Chefin des Kaufhauses bin. Auch der Wein war ein Volltreffer, der dem Geschmack der Damen entsprach. Den Glögg hatte ich mit einem Schuss Cognac verfeinert. Schließlich ist nur einmal im Jahr Weihnachten.

Die Unterhaltung bei Tisch kreiste recht bald um das Weihnachtsfest. Die anderen wollten mit ihrer Familie feiern: mit Eltern, Schwiegereltern, Ehemännern, Exmännern, Kindern, Patchwork-Kindern, Halbgeschwistern und alten Lieben und … tja, wie die Leute eben Weihnachten feiern. Ich empfinde diesen verpflichtenden Kontakt einfach als anstrengend. Meine Eltern wohnen in Piteå, genau wie meine beiden Schwestern und deren Familien. Meine Eltern sind mit anderen Worten während der Weihnachtsfeiertage gut aufgehoben. Das ist perfekt! Dann kann ich in der stressigsten

Zeit des Jahres fast rund um die Uhr arbeiten. Ende Januar nehmen Anna und ich Urlaub und düsen ab in die Wärme nach Westindien oder Thailand. Anna und ihr Freund, ein Norweger aus der Ölbranche, leben nicht zusammen, sodass sie problemlos ein paar Wochen mit mir verreisen kann.

Die Mischung aus Wein und hochprozentigem Glögg verleitete mich zu leichter Großspurigkeit, und darum sagte ich: «Ich bin Verfechterin einer alten progressiven Tradition. Wisst ihr noch, als wir Kinder waren, gab es irgendwann eine Bewegung, die ‹Alternative Weihnachten› hieß?»

Tina und Anna nickten, die anderen sahen mich verständnislos an.

«Ende der sechziger Jahre propagierten politisch radikale Gruppen, man sollte aufhören, Weihnachten zu feiern. Ich weiß noch, wie im Fernsehen Bilder von Demonstrationen in Stockholm für alternative Weihnachten gezeigt wurden», fuhr ich fort.

«Warum sollte man nicht mehr Weihnachten feiern?», fragte Monica.

«Aus Solidarität mit den Armen der Dritten Welt. Glaube ich, war der Grund …»

Ehrlich gesagt, wusste ich den Grund nicht mehr so genau, doch ich erinnerte mich, dass ich als Fünfjährige den bloßen Gedanken, nicht mehr Weihnachten zu feiern, schrecklich fand.

Gott sei Dank setzten sich diese Ideen in Norrland nie durch.

Aber jetzt sagte ich fröhlich: «Ich finde, an dieser Idee von alternativen Weihnachten ist wirklich etwas dran. Obwohl Weihnachten die wichtigste Zeit des Jahres für das Kaufhaus ist.»

«Aber an Heiligabend freiwillig allein dazusitzen …», begann Anna.

«Ach! Es weiß doch keiner, dass wir Weihnachten zum Gedenken an Jesu Geburt feiern. Und der Weihnachtsmann ist tot! Skål!», kicherte Tina.

Zugegeben, der Glögg war zu stark. Wir waren wohl alle schon ziemlich beschwipst. Aber wie gesagt, Weihnachten ist nur einmal im Jahr.

«Aber irgendwas wünschst du dir doch zu Weihnachten. Etwas Besonderes?», hakte Anna nach.

Ich wollte eigentlich erwidern, dass ich mir alles selbst kaufen konnte, was ich mir wünschte, als plötzlich ein Gedanke auftauchte. Um ganz ehrlich zu sein, war es ursprünglich eine alte Sexphantasie, die ich irgendwo tief in meinem Bewusstsein vergraben hatte.

«Dohoch … es gibt da was, das ich haben möchte. Einen Mann. Einen besonderen Mann mit besonderen Eigenschaften.»

Ich legte eine Kunstpause ein und nahm einen kräftigen Schluck aus meinem Weinglas. Verstohlen schielte ich zu meinen Freundinnen hinüber. Obwohl sie in Kicherlaune waren und vom Glögg glühten, genoss ich ihre volle Aufmerksamkeit. Kühn fuhr ich fort: «Ich will einen Mann haben, der zur Hand ist, wenn mir danach ist. Nein danke … einen Dildo habe ich zum vierzigsten Geburtstag geschenkt bekommen. Mein Traummann ist aus Fleisch und Blut. Er ist attraktiv und gut durchtrainiert, gern ein paar Jahre jünger als ich. Er hat keine sozialen oder wirtschaftlichen Probleme. Nett, gebildet und gesprächig. Erfrischend ist er und hat Humor. Und ein eigenes Leben. Keine Ansprüche, dass ich vor unseren romantischen Rendezvous Essen koche, auf seinem Boot den Smutje mache oder mich mit seinen Kindern aus früheren Beziehungen anfreunde. Am liebsten sollte er überhaupt keine Kinder haben. Wir treffen uns nur, um ein paar angenehme

Stunden zu verbringen, inklusive phantastischem Sex. Und danach geht er – oder ich – nach Hause. Nicht übernachten. Nicht am Morgen danach zusammen frühstücken. Und damit soll er froh und zufrieden sein. Keine Forderung nach Zusammenziehen oder Heiraten. Überhaupt keine Forderungen! Nur zur Verfügung stehen, wenn mir danach ist!»

Als ich meinen heimlichen Wunsch verraten hatte, wurde es zunächst totenstill, dann brach eine gewaltige Kakophonie aus Lachen und Schreien los.

«Ein verheirateter Mann. Das suchst du …», begann Eva, ihr blieb aber eine Rosine vom Glögg im Hals stecken, sodass ihr Anna auf den Rücken klopfen musste.

«Du bist scharf auf einen Gigolo!», stellte Monica fest.

«Kein verheirateter Mann», sagte ich energisch. «Dann läuft alles nach seinen Bedingungen. Man trifft sich nur, wenn er kann, wenn er Gelegenheit hat, von der Familie zu verduften. Da muss man bei Fuß stehen! Und schon gar kein Gigolo! Ich will nicht jede Menge ekelhafte Geschlechtskrankheiten kriegen. Er soll ungebunden sein, bloß mich lieben und treu sein!»

«Und sie behauptet, sie glaubt nicht an Jesus und den Weihnachtsmann! Alternative Weihnachten!», johlte Tina und krümmte sich vor Lachen.

«Aber ich habe doch gesagt, er ist ein Traummann», seufzte ich.

Den restlichen Abend diskutierten wir über den idealen Mann, Traumverhältnisse und andere Utopien.

Nach der kleinen Weihnachtsfeier des Single-Klubs hing noch tagelang ein würziger Glöggduft in der Wohnung.

Wie üblich waren die Tage bis Weihnachten hektisch. Die Zahlen auf meinem Computerbildschirm dokumentierten auch in diesem Jahr einen Verkaufsrekord. Sogar noch an Heiligabend wimmelte es im Geschäft von Leuten. Erst ab drei Uhr flaute der Kundenstrom ab, wahrscheinlich lockten Donald Duck im Fernsehen und das Weihnachtsessen in der guten Stube die Menschen nach Hause. Ich hatte also allen Grund zufrieden zu sein, als ich am späten Nachmittag des Heiligabend in meinen ergonomischen Schreibtischstuhl sank und den Weihnachtsverkauf summierte.

Den ganzen Tag hatte ich mich müde und geschafft gefühlt. Es gab viele Ursachen für mein Unwohlsein: der Stress bei der Arbeit, die bevorstehende Periode, und außerdem hatte ich in den letzten Tagen das Essen vernachlässigt. Vielleicht holte mich alles auf einmal ein, als ich endlich die Gelegenheit hatte, zu verschnaufen und Luft zu holen. Wie immer kurz bevor ich meine Periode bekam, verspürte ich auch schleichendes Kopfweh und anhaltendes Ziehen im unteren Bereich des Bauches.

Plötzlich wollte ich bloß nach Hause. Wollte mich in die schöne Sauna setzen, in meinen weichen Bademantel hüllen und mit einem Schinkenbrot und einem Weihnachtsbier eine Weile vor dem Fernseher hängen. Anschließend würde ich ins Bett kriechen und einfach nur SCHLAFEN. Welch wunderbare Vorstellung! Ich entschloss mich stehenden Fußes. Ich nahm mir wieder einmal vor, an Heiligabend nicht als Letzte das Kaufhaus zu verlassen. In diesem Jahr musste jemand anders zumachen und abschließen. Am zweiten Weihnachtstag wollte ich wieder arbeiten, aber am ersten Weihnachtsfeiertag würde ich ganz freimachen. Ich könnte den ganzen Tag im Bett liegen bleiben, wenn ich wollte.

Guten Gewissens ging ich an diesem Tag ein paar Stunden früher nach Hause.

Es war herrlich, durch die Tür in die Wohnung zu treten

und hinter sich abzuschließen. Ruhe. Ich hatte die Adventslichter im Fenster den ganzen Tag brennen lassen, und jetzt begrüßten sie mich mit ihrem warmen Schein. Das sorgte in meinem Zuhause tatsächlich für Weihnachtsstimmung. Ohne mir die Mühe zu machen, den Mantel auszuziehen, ging ich zur Sauna. Es würde eine halbe Stunde dauern, bis sie heiß genug war.

Mein Vater stammt aus Torneå und ermahnt mich immer: «Mach nur keine Schwedensauna. Über zweiundvierzig Grad fangense an zu winseln und wollen raus. Ein richtiger Finne geht erst in die Sauna, wenn das Thermometer über siebzig steht!»

Das ist wohl der einzige Punkt, in dem mein alter Herr und ich uns einig sind.

Im unteren Teil meiner Wohnung befinden sich der Flur, das Schlafzimmer, die Küche und ein großer Wirtschaftsraum, in dem die Waschmaschine und die Sauna untergebracht sind. Der Saunateil ist durch eine kleine Trennwand von der Waschküche abgeteilt. Toilette und Waschbecken sind in einem separaten Raum nebenan. Von der Küche geht ein kleiner Speisenaufzug hinauf in die obere Wohnetage. Dort habe ich mein Arbeitszimmer und ein großes Wohnzimmer, das sich direkt ans Esszimmer anschließt. Mein Arbeitszimmer dient auch als Gästezimmer. Dort gibt es sogar ein kleines Gäste-WC mit Dusche.

Während die Sauna sich aufheizte, ging ich ins Schlafzimmer und zog mich aus. Es war schön, endlich in meinen kuscheligen Bademantel und die Pantoffeln zu schlüpfen. Ich pusselte ein bisschen in der Küche herum und wärmte den restlichen Glögg von der Weihnachtsfeier des Single-Klubs auf. Er war noch immer stark, und ich fand, dass der Stress im Körper und meine prämenstruellen Verspannungen bereits begannen nachzulassen. Sogar so weit, dass ich mich aufraffte und das Bett frisch bezog. Es war schließlich Heiligabend.

Vor dem großen Schlafzimmerspiegel zog ich den Bademantel aus und musterte meinen Körper kritisch. So übel war der Anblick nicht. Zwei Stunden Aerobic in der Woche hielten mich in Form, und an den Wochenenden versuchte ich immer, lange Spaziergänge zu unternehmen. Ich ließ die Hände über meinen Körper gleiten. Mit der Brust war ich am zufriedensten. Der Bauch wölbte sich ein bisschen zu sehr, doch das konnte daran liegen, dass ich bald die Periode bekam. Aber ein paar Kilo konnte ich ruhig abnehmen. Fastfood und eine Spur zu viel Alkohol machten sich langsam um die Hüften bemerkbar. Nach Silvester standen gesündere Gewohnheiten auf dem Programm, gelobte ich mir. Wie vor jedem neuen Jahr.

Ich duschte, bevor ich in die Sauna ging. Aus der Küche hatte ich mir zwei eiskalte Starkbier mitgenommen, die ich auf dem Saunaboden abstellte. Wie es sich für eine waschechte Finnin gehört, goss ich ein paar ordentliche Kellen Wasser auf die Steine des Saunaofens, sodass es kräftig zischte. Als sich der heiße Dampf in dem kleinen Raum verteilte, sagte ich laut in singendem Finnlandschwedisch: «Wohl wir alle lieben die Wärme!»

Das ist nämlich der Standardspruch meines Vaters, wenn er versucht, alle anderen aus der Sauna herauszudampfen. Als der Saunaexperte, für den er sich hält, hätte er auf meinen Elektro-Ofen gezeigt mit den Worten: «Ach, du hast das Notaggregat an.»

In seinen Augen ist nur ein Ofen mit Holzfeuerung das einzig Wahre. Alles andere ist Betrug. Selbstverständlich hat er immer Birkenreisig griffbereit, das er im Frühsommer geschnitten hat. Energisch peitscht er sich immer mit einem Bündel am ganzen Körper, bis er rot glänzt wie poliertes Kupfer. Erst danach leert er rasch ein oder zwei Bier, streckt sich auf der Bank aus und seufzt: «Verdammt schön ist das.»

Ich lächelte in mich hinein, wie ich da auf der Bank lag und das kalte Bier gluckerte. Die meisten überkommt wohl an Heiligabend Heimweh, und meine Gedanken wanderten zur Familie. Ich beschloss, in Pite anzurufen, wenn ich aus der Sauna kam. Doch das musste noch ein wenig warten; gerade jetzt hatte ich es «verdammt schön». Es war herrlich, in der Hitze zu dösen. Vielleicht nickte ich sogar kurz ein. Nach einer Weile tat mir vom Liegen auf der harten Bank das Kreuz weh, obwohl ich ein Handtuch aus besonders dickem amerikanischem Frottee untergelegt hatte. Die erste Bierdose war geleert, und ich setzte mich auf, um die zweite zu öffnen. Ich lehnte mich zurück an die feuerheiße Holzwand und trank in großen Zügen. Die Kopfschmerzen und das Ziehen im Bauch waren verschwunden. Der Stress im Körper hatte nachgelassen, und ich pries die Mischung aus Alkohol und Sauna. Aber man durfte es nicht übertreiben. Etwas schwindelig war mir immer, aber meistens empfand ich es als angenehme Benommenheit.

Ich gedachte dankbar des Architekten, der die Wohnung entworfen hatte. In Schweden ist es nicht üblich, die Wohnungen mit Sauna auszustatten. Doch ich hatte Glück gehabt.

Ich legte den Kopf in den Nacken und schlürfte den letzten Schluck aus der Dose. Mit einem vernehmlichen Rülpser lehnte ich mich vor und stellte die Dose auf den Boden. Als ich mich wieder aufrichtete und einen Blick durch die gläserne Saunatür warf, sah ich einen dunklen Schatten auf den blanken Kacheln an der Wand. Da war eine vorsichtige

Bewegung neben der Sauna, es handelte sich ohne Zweifel um eine menschliche Gestalt.

Jemand stand in meiner Waschküche.

Ich saß wie gelähmt da. Trotz der Hitze spürte ich, wie ich am ganzen Körper Gänsehaut bekam. Mein Herz hämmerte los, dass es nur so in den Ohren pochte. Vor der Sauna lauerte jemand auf mich! Hier drinnen war ich ganz nackt und wehrlos. Ich saß in der Falle. Nüchtern war ich auch nicht mehr. Was sollte ich tun? Wer konnte da draußen sein? Wie war er hier hereingekommen? Was wollte er? Denn es musste ein Mann sein. Ein Dieb. Ein Vergewaltiger. Ein Raubmörder! Mein Gott! Ich würde in meiner eigenen Sauna ermordet werden!

Wirre Gedanken wirbelten mir im Gehirn herum. So viel Angst hatte ich in meinem ganzen Leben noch nicht gehabt!

Ich holte ein paar Mal tief Luft, in dem Versuch, mich zu beruhigen und nachzudenken. Plötzlich hatte ich eine Idee. Ich erkannte, dass es vielleicht eine Chance gab, alles heil zu überstehen. Doch ich musste schnell und entschlossen handeln. Kein Zögern. Der Mann da draußen durfte nicht ahnen, dass ich ihn entdeckt hatte.

So unbeschwert wie möglich stand ich auf und kippte noch eine Kelle Wasser auf die Steine. Hinter dem Rücken schnappte ich mir mein Frotteehandtuch. Schnell wickelte ich es mir um die Hüften, benutzte es als Topflappen und griff mir den größten Stein vom Ofen. Das Handtuch fiel darum, und der Stein lag jetzt mitten im Frottee. Ich packte die Handtuchenden mit aller Kraft. Jetzt hatte ich eine ausgezeichnete Schleuder. Dass ich früher einmal viel Tennis gespielt hatte und Linkshänderin bin, waren weitere Vorteile. Die Widrigkeiten verkehrten sich anscheinend schnell zu meinem Vorteil.

Blitzschnell schob ich mit rechts die Saunatür auf, warf den linken Arm zurück und stürzte in die Waschküche.

Der Mann stand bei der Trennwand. Er stand ganz still, sein Gesichtsausdruck war erstaunt. Ich holte mit aller Kraft so weit wie möglich aus und donnerte mit einer perfekten Hinterhand auf seinen Kopf. Ich traf glockenrein die rechte Schläfe, und er sank lautlos zu Boden.

Ich atmete so schwer wie nach einem Marathonlauf. Der Schweiß tropfte, und meine Beine zitterten, sodass ich mich kaum aufrecht halten konnte. Zugleich keimte ein Gefühl des Triumphes in mir auf. Ich hatte es heil überstanden! Der Gewalttäter war unschädlich gemacht!

Aus der Wohnung war ein schwaches Telefonklingeln zu hören, aber mir war viel zu schwindelig, um ranzugehen. Ich hörte, wie der Anrufbeantworter ansprang und dass jemand eine Nachricht hinterließ. Langsam dämmerte mir, in was für einen Albtraum ich geraten war und dass dieser alles andere als überstanden war. Der Mann am Boden rührte sich nicht. Er lag mit offenen Augen in einer stetig wachsenden Blutlache. Ich hatte vorher noch nie einen toten Menschen gesehen, bezweifelte aber nicht eine Sekunde, dass dieser Mann mausetot war. Sein Gesicht verfärbte sich langsam gräulich, und der Blick war ganz ohne Leben. Die Angst hatte mir besondere Kräfte verliehen, und der Schlag hatte ihm die Schläfe zerschmettert.

«Es war Notwehr!», versuchte ich mir einzureden. Doch die Erleichterung darüber, diese prekäre Lage heil überstanden zu haben, wurde von der Einsicht getrübt, dass ich einen Mann getötet hatte.

Wer war er? Ich kannte ihn gar nicht. Hatte ihn vorher nie gesehen! Er war vielleicht in meinem Alter, wirkte sehr gepflegt in dem dünnen, hellgrauen Polohemd und der dunkelgrauen Hose. Die Schuhe sahen teuer aus, und die Strümpfe passten zum Hemd. Sein Haar war aschblond mit leichten grauen Strähnen. Hätte er nicht in einer Blutlache gelegen und einen vollkommen erloschenen Gesichtsausdruck gehabt, hätte er richtig gut ausgesehen.

Da stimmte etwas nicht. Oder besser gesagt: Mit ihm stimmte etwas nicht. Vergewaltiger und Mörder sahen nicht so aus. Nicht dass mir – Gott bewahre – früher solche Kerle über den Weg gelaufen wären, aber sie sollten verlotterter aussehen als dieser Mann, der jetzt tot auf dem Boden in meiner Waschküche lag.

Wie war er überhaupt in meine Wohnung gekommen? Es gelang mir, mich in meinen Bademantel zu zwängen, und ich ging barfuß in den Flur. Die Wohnungstür war abgeschlossen, und am Schloss war keine Beschädigung zu entdecken. Ich öffnete sogar die Tür, um die Außenseite zu überprüfen. Dort war ebenfalls nichts zu erkennen. Merkwürdig; die Einzige, die einen Schlüssel zu meiner Wohnung hatte, war Anna.

Plötzlich entdeckte ich, dass die Luke vom Speisenaufzug angelehnt war. Das war mir nicht aufgefallen, als ich nach Hause kam. Jetzt ging ich hin und schob sie auf. Zu meinem großen Erstaunen sah ich, dass der Aufzug angefüllt war mit Weinflaschen, gutem Käse, Kräckern, kleinen Tellern mit kaltem Braten und Lachs, Schalen mit diversen Salaten und anderen Leckerbissen.

Aus dem Augenwinkel sah ich das Blinken des Anrufbeantworters. Auf wackeligen Beinen quälte ich mich hinüber und hörte das Band ab.

«Frohes Fest! Hier ist Anna. Ich kann mich nicht beherrschen und muss anrufen! Da du nicht rangehst, nehme ich an, dass alles gut geklappt hat. Auf unserer Weihnachtsfeier in der Firma bin ich mit Henrik ins Gespräch gekommen, der frisch geschieden ist. Er sagte, er wolle sich nicht zu schnell binden, sondern suche so eine Beziehung, wie du sie haben willst! Zuerst war er von der Idee nicht so begeistert, aber am Ende hat er sich darauf eingelassen, dein Weihnachtsmann zu werden. Ich habe ihm meinen Schlüssel zur Wohnung geliehen. Hoffe, das Essen hat geschmeckt und er hat dich mit gedecktem Tisch empfangen, als du nach Hause kamst! Und dass er sich auch den restlichen Abend gut um dich kümmert … Frooohes Fest!»

Ich saß vielleicht fünf Minuten zusammengekauert auf dem Boden, es können aber genauso gut fünf Stunden gewesen sein. Ich weiß es wirklich nicht. In meinem Kopf war kein klarer Gedanke. Da war totales Vakuum.

Ich lehnte mit dem Rücken an der Wand, die Beine von mir gestreckt. Ich hatte nicht das Gefühl, als würde ich jemals wieder die Kraft haben aufzustehen. Aber ich musste es. Ich musste jemandem erzählen, was passiert war. Dass es ein Missverständnis war. Ein Unfall.

Ich hatte alles ruiniert, weil ich zu früh nach Hause gekommen war. Er – Henrik – hatte wohl Panik bekommen, als er hörte, wie ich die Wohnungstür aufschloss, und sich im Wirtschaftsraum versteckt. Und ich war direkt dorthin gegangen und hatte die Sauna angestellt! Anschließend hatte ich mich die ganze Zeit hier unten aufgehalten. Er hatte keine Chance, sich zu verdrücken. Der Arme, er wusste wohl einfach nicht, wie er mit der Situation umgehen sollte. Wir waren uns schließlich vorher nie begegnet. Er hatte wahrscheinlich Angst, mich zu erschrecken. Vermutlich wagte er nicht, sich zu erkennen zu geben, als ich anfing mich auszuziehen …

Wenn er es doch nur trotzdem getan hätte. Stattdessen

hatte er sich weiter in der Waschküche herumgedrückt … Mein Gott!

Langsam erhob ich mich und wankte die wenigen Schritte zum Telefon. Mit klammen Fingern wählte ich die 110. Eine kühle Frauenstimme nahm das Gespräch entgegen: «Polizeinotruf. Worum geht's?»

Mit Mühe gelang es mir, meine steifen Lippen zu bewegen und ein paar Worte aus meinem zugeschnürten Hals zu pressen:

«Der Weihnachtsmann … der Weihnachtsmann ist … tot.»

Jørn Lier Horst

Tödliche Bescherung

Kriminalhauptkommissar William Wisting bürstete sich den Schnee von den Schultern, bevor er den Mantel ablegte und sich über den Arm hängte. Er würde eine Weile bleiben müssen.

Der Mann neben ihm trug einen weißen Talar, und an einer Kette hing ein großes Kreuz um seinen Hals. Er verdrehte die Augen und schnappte durch den verkniffenen Mund nach Luft. Sein Aufzug und seine Grimassen ließen mehr an einen Clown als einen Pfarrer denken, aber es war niemandem zum Lachen zumute.

Sie betrachteten den in einen Anzug gekleideten Mann, der vor dem Altar lag, beide Arme ausgestreckt. Die Finger der rechten Hand krallten sich um das seidene Altartuch, aber seine Kraft hatte nicht mehr ausgereicht, um es herunterzureißen oder den Silberleuchter mit den großen weißen Altarlichtern umzuwerfen.

Nur eine Kerze brannte und schien dem toten Mann am Boden mit großer Flamme friedlich heimzuleuchten. Ein kleiner Hautfetzen hing über dem rechten Ohr und entblößte eine offene Fleischwunde in Form und Größe eines Fünfkronenstückes. An den ausgefransten Rändern der Wunde hatten sich die Weichteile inzwischen ein wenig verkrustet, aber das helle Rot des darunterliegenden Gewebes ließ darauf schließen, dass die Wunde noch frisch war. Neben dem Kopf des Mannes hatte sich eine kleine rote Pfütze gebildet, darin lagen winzige Schädelsplitter, die dem Strom von Blut und Schleim der Hirnhaut gefolgt waren.

Seit über zwanzig Jahren gehörte es zu William Wistings Alltag, Räuber, Vergewaltiger, Mörder und andere Verbrecher zu jagen. Aber dass ein Gotteshaus zum Tatort eines schweren Verbrechens wurde, hatte er bislang noch nicht erlebt. Sein Blick wanderte hinüber zu dem großen Weihnachtsbaum, der mit roten Schleifen feierlich geschmückt war. An dieses Weihnachtsfest würde er sich sicher noch lange erinnern.

Die kleine Seitentür wurde mit einem Krachen geöffnet, und Wisting schreckte aus seinen Gedanken. Der entstandene Luftzug ließ auch das letzte Altarlicht erlöschen.

«Zum Teufel nochmal!», rief jemand aus. William Wisting brauchte sich nicht einmal umzudrehen, um zu wissen, dass Kommissar Nils Hammer die Kirche betreten hatte. Er wusste allerdings nicht genau, ob sich der Kraftausdruck auf die Leiche oder das ruinierte Weihnachtsfest bezog.

«Wer ist das?», fragte Hammer und deutete mit dem Kinn auf den leblosen Körper, während er einen Pfefferkuchen aus einer Papiertüte nahm.

«Unser Glöckner», antwortete der Pfarrer. «Roald Bjerke. Er ist schon länger hier als ich. Verheiratet, drei Kinder. Sein Ältester geht nächstes Jahr zur Konfirmation.»

William Wisting war nicht mehr in der Kirche gewesen, seit seine eigenen Kinder vor vier oder fünf Jahren konfirmiert worden waren. Wenn er sich recht erinnerte, war das im letzten Amtsjahr des alten Pfarrers gewesen. Der neue war jung, aber wie er dort in seinem falsch geknöpften Gewand stand und ihnen von dem Glöckner Roald Bjerke erzählte, der ja viel zu jung verstorben war, vermittelte er den Eindruck, ebenso zerstreut zu sein wie sein Vorgänger.

«Und warum wurde er umgebracht?», fragte Nils Hammer, den Mund voll Weihnachtsplätzchen.

«Er muss den Dieb überrascht haben», meinte der Pfarrer und deutete auf die Sammelbüchse, die zerstört auf der vordersten Bank lag.

Beim Konfirmationsgottesdienst der Zwillinge hatte Wisting den gesamten Inhalt seiner Taschen in die Sammelbüchse gesteckt. Es waren vielleicht sieben oder acht Kronen gewesen, aber er war guter Hoffnung, dass der Pfarrer, der lächelnd und nickend neben ihm stand, glaubte, es handelte sich um ein paar Zwanzigkronenstücke – so geschickt hatte er sich angestellt.

Wisting entfernte sich ein paar Schritte von den beiden anderen, um die blutigen Bodenfliesen genauer unter die Lupe zu nehmen.

«Es ist eine Tragödie», seufzte der Pfarrer. «Alle mochten ihn. Er war hilfsbereit, dienstbeflissen und hat sich sehr in der Gemeinde engagiert, besonders in der Jugendarbeit», fügte er hinzu und deutete auf eine junge Frau Ende zwanzig, die gemeinsam mit dem Organisten ein paar Bänke weiter hinten saß. Selbst auf die Entfernung konnte Wisting erkennen, dass ihre Augen verweint waren. Als suchte sie etwas zum Festhalten, klammerte sie sich an ihre Handtasche, bis ihre Knöchel weiß hervortraten.

Sie trug ein violettes Kostüm, das zwar gut zum Anlass und zur Messe passte, aber selbst Wisting erkannte, dass es hoffnungslos unmodern war. Dennoch strahlte sie etwas Attraktives aus. Wisting hatte das Gefühl, dass sie eine Frau war, die sich gern zurechtmachte und sich zeigte, aber nur selten Gelegenheit dazu fand.

Wisting riss sich von ihrem Anblick los und ging hinüber zum Altar. Sein Blick fiel auf das rechteckige Feld auf dem Altartuch, wo die Sammeldose gestanden und die Blutspritzer abgehalten hatte. Ein kleines Lächeln schlich in seine Mundwinkel, als er sich langsam ein Bild dessen machen konnte, was sich vor dem Weihnachtsgottesdienst ereignet hatte.

«Die arme Judith», seufzte der Pfarrer. «Sie hat ihn gefunden. Es hat sie sehr getroffen.»

«Hatte Roald Bjerke irgendwelche Feinde?», fragte Wisting und suchte seine Taschen nach einem Zettel und einem Stift ab.

«Nein, keine Feinde. Jedenfalls nicht in der Gemeinde, aber sein Engagement konnte gelegentlich etwas übertrieben wirken.»

Wisting sah den Pfarrer wortlos an und wartete auf den Moment, an dem die Stille den Mann dazu zwingen würde, seine Bemerkung weiter auszuführen.

«Es hat vor ungefähr einem Monat einen dummen Zwischenfall gegeben», fuhr der Pfarrer schließlich fort. «Gudrun Thommesen, eine der Ältesten in der Gemeinde, ist am ersten Adventssonntag gestorben. Ehe sie dahinschied, erzählte sie Bjerke und einigen anderen, dass sie ein wenig Geld zur Seite gelegt hatte, das sie für unsere Jugendarbeit spenden wollte. Aber als sie starb, gab es von diesem Geld keine Spur.»

«Wurde das sorgfältig überprüft?», fragte Hammer.

«Bjerke wollte, dass wir die Sache der Polizei übergeben, aber ich habe dafür keine Veranlassung gesehen. Ich fürchte, das verschwundene Geld bleibt wohl ein Rätsel, das wir Frau Thommesens hohem Alter und den damit verbundenen kleinen Störungen des Geistes zuschreiben müssen. Sie wohnte in einer kleinen Sozialwohnung, und ich kann mir nicht vorstellen, dass sie in der Lage gewesen ist, überhaupt etwas zur

Seite zu legen. Letztendlich musste die Gemeinde ja sogar ihre Beerdigung bezahlen.»

«Aber Roald Bjerke hat die Sache anders gesehen?», fragte Wisting weiter. Er hatte endlich einen Bleistift und ein altes Schokoladenpapier in der Gesäßtasche gefunden.

«Ja, er war davon nachgerade besessen.»

Wisting malte ein Dollarzeichen auf seinen Zettel, dann stellte er die nächste Frage.

«Wer ist vor einem Gottesdienst üblicherweise in der Kirche?»

«Unser Kirchendiener Arne Olsen kommt zuerst», antwortete der Pfarrer. «Danach kommt Fritz, Fritz Askeland. Er ist Organist und spielt sich vor dem Gottesdienst gerne ein bisschen ein. Und dann kommen wohl Bjerke und ich.»

«Was hatte Judith hier zu suchen?», fragte Wisting.

Der Pfarrer blickte unsicher zur Seite, dann rief er die junge Frau zu sich. Die Frage schien ihn beinahe verlegen zu machen.

«Judith Isaksen ist die Leiterin unserer Jugendgruppe, aber sie hilft mir auch bei den Gemeindeliedern», erklärte der Pfarrer und legte den Arm um die junge Frau. «Ich kann nicht so gut singen, und außerdem springt sie für Bjerke ein, wenn er als Glöckner verhindert ist.»

«Verhindert?»

«Ja, seine übliche Arbeitszeit ist ja der Sonntagvormittag. Zu Abendgottesdiensten oder anderen Feiertagen hatte er nicht immer Zeit.»

«Es ist so schrecklich!», rief Judith aus und ließ den Kopf an die Brust des Pfarrers sinken.

«Können Sie mir erzählen, was Sie gesehen haben, als Sie heute in die Kirche kamen?», fragte Wisting und bat die junge Frau, so genau und detailliert wie möglich zu berichten.

In den ersten Stunden nach einem Verbrechen bekam man üblicherweise die vollständigsten Zeugenaussagen.

«Ich bin so um kurz nach zehn gekommen», schniefte die Frau. Ihr Blick blieb an einem Heiligenbild an der Wand hängen. Sie dachte einen Moment nach, als wolle sie auf diese Art Wistings Bitte um Details nachkommen. «Ich glaube, Fritz war mitten in ‹Schönster Herr Jesu›. Es war so wundervoll.»

Wisting wartete geduldig, bis sie fortfuhr.

«Davon abgesehen habe ich weder etwas gehört noch gesehen, bis ich ihn dann fand.»

Erneut drückte Judith den Kopf an die Brust des Pfarrers und gab ein paar laute Schluchzer von sich.

«In der letzten Zeit ist so viel passiert», erklärte der Pfarrer, während er ihr tröstend über die Schulter strich. «Während des Abendgottesdienstes letzte Woche wurde in Judiths Apartment eingebrochen. Im Vergleich hierzu ist das zwar die reinste Bagatelle, aber zusammengenommen kann das alles doch ein bisschen zu viel werden.»

Der Pfarrer tätschelte der jungen Frau, die sich an ihn lehnte, auf vertrauliche Art den Rücken. Wisting konnte nicht umhin, sich zu fragen, ob das die Methoden der Seelsorge waren, die modernen Geistlichen gelehrt wurden.

«Sind wir fertig?»

Wisting nickte und folgte den beiden mit dem Blick. Sie gingen hinter dem Altar in die Sakristei. Im selben Moment kam Finn Haber durch die Seitentür herein – sehr viel leiser als Hammer. Der Kriminaltechniker schaute sich mit erhobenem Kopf neugierig um. Wisting interpretierte seinen erstaunten Blick dahingehend, dass er noch nie einen Fuß in diese prachtvolle Kirche gesetzt hatte.

Nils Hammer bekam den Auftrag, Haber über den Fall zu

informieren, während Wisting neben dem Organisten auf der Bank Platz nahm.

«Wann sind Sie gekommen?», fragte er und wiederholte seine Bitte um möglichst präzise Aussagen.

«Fünf vor zehn.»

«Genau?»

Wisting strich das Schokoladenpapier glatt und machte sich bereit, neue Informationen aufzuschreiben.

«Ja. Ich habe mich an die Orgel gesetzt, als die Glocken zu läuten begannen.»

Wisting sah den grauhaarigen Mann fragend an.

«Um fünf vor zehn, fünf vor halb elf und fünf vor elf wird zum Gottesdienst geläutet», erklärte Fritz Askeland. «Die Glocken läuten jedes Mal für fünf Minuten.»

Wisting schaute zur Kontrolle auf seine Armbanduhr. Es war zwei Minuten vor elf.

«Aber jetzt läuten sie nicht.»

«Es wird heute sicher auch kein Gottesdienst abgehalten», antwortete der Organist mit einer Kopfbewegung in Richtung des Altars. «Obwohl wir es nötig hätten.»

«Haben Sie mit jemandem gesprochen?»

«Nein. Ich habe niemanden gesehen, bevor ich dann Judiths Schrei hörte. Da bin ich sofort hier herunter gelaufen. Arne, also der Kirchendiener, kam gleichzeitig mit mir hereingestürmt.»

«Wann war das?»

«Sieben Minuten nach zehn.»

Der Organist war bei dieser Aussage ebenso sicher wie zuvor.

«Wieso wissen Sie das so genau?», fragte Wisting.

«Zuerst habe ich das ‹Preludium & Fuge in cis-Moll› von Bach gespielt. Das dauert acht Minuten. Danach ‹Schönster

Herr Jesu›, was vier Minuten dauert. Ich wollte gerade ‹Maria durch ein' Dornwald ging› spielen, als Judith anfing zu schreien.»

Wisting lächelte und schrieb «10.07» auf sein Schokoladenpapier. Er mochte solche Zeugen, die klare Aussagen machten und sich an objektiven Fakten orientierten.

«Als ich kam hat er da noch nicht gelegen. Also muss er zwischen fünf vor und sieben nach zehn ermordet worden sein», stellte der Organist fest und nickte zufrieden, als Wisting seine Aussage notierte. «Kann ich jetzt gehen?»

«Fürs Erste, ja», antwortete Wisting. «Könnten Sie vielleicht mit den anderen im Hinterzimmer warten?»

Der Organist nickte kurz und eilte durch die Tür zur Sakristei, als wäre er froh, hier hinauszukommen – oder zu den anderen herein.

William Wisting lehnte sich zurück und betrachtete den Stern, der auf dem prachtvoll geschmückten Weihnachtsbaum prangte.

«Was glaubst du?» Nils Hammer ließ sich neben ihn fallen.

«Irgendwas stimmt nicht», antwortete Wisting. «Da ist Blut an der Sammelbüchse.»

«Da oben ist so gut wie überall Blut», erwiderte Hammer.

«Ja, aber wenn der Glöckner den Dieb auf frischer Tat ertappt hat, sollte kein Blut an der Dose sein.»

«Wie meinst du das?»

«Das Blut deutet darauf hin, dass die Sammelbüchse genommen wurde, nachdem der Glöckner erschlagen worden ist. Das schwächt die Theorie von einem Raubmord.»

«Du glaubst also, dass der Diebstahl nur vorgetäuscht wurde, um das eigentliche Motiv zu vertuschen?»

«Wir werden sehen.» Wisting lächelte. «Wir werden sehen.»

«Dann müsste es einer der vier gewesen sein», meinte Hammer. «Der Pfarrer, der Organist, der Kirchendiener oder das kleine Fräulein Bibeltreu.»

Der Kriminalhauptkommissar nickte nachdenklich. Natürlich konnte Roald Bjerke an diesem Morgen auch von jemand anderem aufgesucht worden sein, aber zunächst würden sie sich diese vier ein bisschen genauer ansehen.

Finn Haber stieß zu ihnen und berichtete, was er herausgefunden hatte.

«Das hier ist wohl die Tatwaffe», sagte Haber und hielt einen großen Silberkelch in die Höhe, der eigentlich ans Taufbecken gehörte.

«Stumpfer Gegenstand», bemerkte Nils Hammer, den Mund wieder voll Kekse.

«Nicht ganz zutreffend», antwortete Haber. «Dieser Becher hat vier Füße. Der eine hat den Glöckner an der rechten Seite getroffen und ist durch die Schläfe in den Schädel eingedrungen. Ein ziemlich plötzlicher Tod.»

«Wirkt wie eine zufällig gewählte Mordwaffe», meinte Wisting. «Als hätte der Mörder einfach nach dem Nächstliegenden gegriffen. Eine Affekthandlung.»

Haber stimmte dem zu, musste seinen Bericht aber unterbrechen. Das Kirchenportal wurde aufgerissen, und ein kräftiger Mann kam auf sie zu.

«Wann sind Sie hier drin fertig?», fragte der Mann, noch ehe er sie erreicht hatte.

«Wer will das wissen?»

Der Mann streckte eine eiskalte Hand aus und stellte sich als Arne Olsen vor. Der Kirchendiener.

«Ich habe mich draußen auf die Treppe gestellt und die Leute wieder nach Hause geschickt», erklärte der massige Mann und rieb sich die Hände, um sie wieder zum Leben zu erwecken. «Aber jetzt kommen lauter Journalisten, da habe ich abgeschlossen.»

«Es werden wohl noch ein paar Tage ins Land gehen, ehe Sie hier wieder aufmachen können», beantwortete Wisting die Frage des Kirchendieners. «Wir möchten so gründlich wie möglich arbeiten.»

«Ja, klar», sagte Olsen. «Ich frage bloß. Am Ende bin doch ich derjenige, der hier aufräumen muss.»

«Was ist eigentlich genau Ihre Aufgabe in Verbindung mit dem Gottesdienst?», fragte Wisting.

«Ich bereite alles vor, und hinterher räume ich auf», erklärte der Mann. «Erst schließe ich die Tür auf, dann decke ich das Kirchensilber auf, schreibe die Gemeindelieder an die Anzeigetafel, läute die Glocken ...»

«Ich dachte, der Glöckner läutet die Glocken», unterbrach Hammer.

«Nein», kicherte der Kirchendiener und sah ihn mitleidig an. «Das ist ein weit verbreitetes Missverständnis, aber der Glöckner erledigt nur einfache Aufgaben. Er liest das Geleitwort des Tages, reicht bei der Taufe dem Pfarrer ein trockenes Handtuch, und damit hat es sich. Alles andere mache ich.»

William Wisting hatte das Bedürfnis, kurz in sich zu gehen, und hatte somit nichts dagegen, dass der Kirchendiener sich ebenfalls ins Hinterzimmer verzog. Er schloss die Augen und ließ seine Gedanken zwischen den zahlreichen Informationen, die er gesammelt hatte, hin und her springen.

«Die Kerzen», sagte er plötzlich laut. Er erhob sich und stieg zum Altar hinauf. «Wer hat die Altarkerzen angezündet?»

«Du hast doch gehört, was er gesagt hat», sagte Haber. «Der Kirchendiener macht alles.»

«Was ist mit dem Glöckner?», fragte Hammer und deutete

auf die Leiche. «Glaubst du, das war eine der einfachen Aufgaben, die ihm zugefallen sind?»

«Nein», bemerkte Finn Haber. «Seine Taschen sind leer. Da lagen auch keine Streichhölzer und kein Feuerzeug.»

«Aber wenn der Glöckner nicht den Dieb überrascht hat und auch nicht die Kerzen angezündet hat», überlegte Wisting laut, «was hat er dann am Altar gemacht?»

«Vielleicht hat er zum Herrn gebetet?» Hammer grinste.

«Vielleicht», murmelte Wisting. «Vielleicht. Aber warum ist er mit dem Rücken zu seinem Mörder stehen geblieben?»

Er erhielt keine Antwort und betrachtete schweigend die weiße Kerze. Sein Blick folgte dem Verlauf, den das flüssige Wachs genommen hatte: Es war am Leuchter hinuntergeflossen und hatte sich dann mit den Blutspritzern auf dem Altartuch vermischt. Etwas Blut war auf der aufgeschlagenen Bibelseite gelandet und hatte einen roten Strich unter einem Vers hinterlassen. «Sehet, der Sünder beugt sein Haupt im Gebet und bittet um Vergebung.»

Wisting betrachtete den Toten, der mit gebeugtem Nacken dalag. Der Anblick stimmte ihn nachdenklich.

«Wie sieht es mit Fingerabdrücken aus?», wandte sich Wisting an den Kriminaltechniker und zeigte auf die zerschlagene Sammelbüchse.

«Wenn der Mörder keine Handschuhe trug, kann ich dir fast garantieren, dass er sowohl auf der Sammelbüchse als auch auf dem Kelch Spuren hinterlassen hat», antwortete Haber. «Aber ich brauche natürlich einen Verdächtigen, mit dessen Fingerabdrücken ich vergleichen kann.»

«Den sollst du kriegen», antwortete Wisting. «Hast du eine Zigarette?»

Finn Haber sah seinen Kollegen erstaunt an, zog dann

aber eine Zigarettenschachtel aus der Hosentasche und hielt sie ihm hin. Wisting nahm die ganze Packung und ging entschlossenen Schritts Richtung Sakristei.

«Was hast du vor?», fragte Haber.

«Etwas, was ich schon immer mal machen wollte.»

Wisting ließ den Blick vom Kirchendiener zum Organisten, dann weiter zum Pfarrer und der jungen Frau wandern. Ihr Kopf ruhte noch immer an der Brust des Geistlichen. Er fühlte sich wie der Detektiv im klassischen Kriminalroman, wie Sherlock Holmes. Diese Rolle gefiel ihm, und er wusste schon jetzt, dass er an diesen Fall mit Begeisterung zurückdenken würde. Die ganze Geschichte hatte sich so entwickelt, dass er seine Polizeitaktik ruhen lassen und stattdessen seinen literarischen Vorbildern nacheifern konnte. Er musste sein zufriedenes Grinsen mit einem trockenen Hüsteln überspielen. Dann machte er sich in bester Agatha-Christie-Manier bereit, den Mörder in Anwesenheit aller zu entlarven.

«Der Mörder befindet sich in diesem Raum», begann Wisting und freute sich. Das Spiel der Sonnenstrahlen, die durch die bleiverglasten Fenster fielen, bildete die perfekte Beleuchtung für seinen bevorstehenden Auftritt.

«Was?», entfuhr es dem Pfarrer. Er sprang von seinem Stuhl auf, wie von einem britischen Regisseur arrangiert.

«Das kann doch nicht Ihr Ernst sein! Warum sollte einer von uns so etwas tun?»

«Seien Sie ruhig und setzen Sie sich», bat der Kirchendiener. «Lassen Sie ihn sagen, wen von uns er verdächtigt.»

Aber Wisting sagte nichts mehr. Er stand einfach nur da und zog eine Zigarette aus Habers Schachtel, während er die spürbar veränderte Stimmung im Raum genoss.

«Ich habe jedenfalls ein Alibi», kam es vom Organisten,

der die Hände hinter dem Kopf verschränkte. «Ich kann nicht gleichzeitig Orgel spielen und einen Menschen ermorden.»

«Hat dich irgendwer gehört? Irgendjemand, der dein Alibi bestätigen kann?», fragte der Kirchendiener. «Ich habe mit Ohrenschützer oben gestanden und die Glocken geläutet. Also, ich kann mich nicht dafür verbürgen, dass du wirklich die ganze Zeit auf deinem Hocker gesessen hast.»

«So gesehen hattest du genauso viel Zeit und Gelegenheit wie ich. Du hättest es schaffen können, ihn nach dem Geläut, aber bevor Judith kam zu erschlagen.»

«Da habe ich Sand auf die Treppe gestreut», verteidigte sich der Kirchendiener. «Du brauchst nur rauszugehen und nachzuschauen.»

«Ich war ja nicht einmal hier, also kann ich es auf keinen Fall gewesen sein», bemerkte der Pfarrer.

«Wer kann das bezeugen?», fragte der Kirchendiener. «Wer kann sich dafür verbürgen, dass Sie nicht früher gekommen sind, den Glöckner ermordet haben, wieder verschwanden und dann später Ihren Auftritt hatten?»

Der Pfarrer wurde rot im Gesicht, erwiderte aber nichts.

«Er war auf jeden Fall tot, als ich kam», flüsterte die junge Frau und brach die Stille. Judith Isaksen hatte eine Packung Dent-Pastillen aus der Handtasche genommen und versuchte mit zitternden Fingern sie zu öffnen. Das Geräusch der in der Schachtel herumrutschenden Drops machte deutlich, welchen Eindruck diese Entdeckung auf sie gemacht hatte.

«Haben Sie Feuer?» Wisting hatte Habers Marlboro Light zwischen die Lippen geklemmt und sich an den Kirchendiener gewandt.

Der kräftige Mann schüttelte den Kopf, deshalb ließ Wisting den Blick fragend zum Organisten wandern.

«Nein, bedaure», sagte Fritz Askeland.

«Ich habe Feuer», kam es unaufgefordert vom Nächsten in der Reihe, der bereits in den Taschen unter seinem Gewand kramte.

«Danke», murmelte Wisting, als der Pfarrer das Feuerzeug gefunden hatte und ihm die Flamme hinhielt.

«Ich könnte auch eine gebrauchen», sagte der Pfarrer und suchte unter seinem Talar nach seinem eigenen Zigarettenpäckchen. Wisting nickte lächelnd, während er gegen einen Hustenanfall ankämpfte, der sich in seiner Lunge zusammenbraute.

«Bevor ich den Mörder dingfest mache, möchte ich Ihnen den Fall gerne darlegen», sagte Wisting und schickte eine dicke Rauchwolke an die Decke, so wie er es Sherlock Holmes im Fernsehen hatte tun sehen.

Alle starrten ihn an, und Wisting nahm erneut einen Zug von der Zigarette, um die Spannung zu erhöhen. Auch wenn es ihm im Hals brannte, sah es doch so aus, als genieße er den erstickenden Rauch, das wusste er. Das war ein Teil des Schauspiels, das er aufführte. Er freute sich über die geladene Stimmung.

«Sie alle haben detaillierte Aussagen darüber abgegeben, was Sie am heutigen Tag in der Kirche gemacht haben», fuhr Wisting fort und starrte die Glut der Zigarette an, die leise knisterte. «Aber einer von Ihnen hat ein wichtiges Detail vergessen, als es darum ging, sich zeitlich und örtlich von den Geschehnissen hier zu distanzieren.»

Die Stille in der Sakristei wurde nahezu erdrückend, aber Wisting wusste, dass sie nur äußerlich war. Innerlich durchlebten die vier Menschen, die jeder auf seinem Hocker vor ihm saßen, ein Gedanken- und Gefühlschaos. Und für den einen unter ihnen, der wirklich ein Mörder war, mussten diese Minuten, die ihm bis zur angekündigten Aufklärung bevorstanden, unerträglich sein.

«Niemand hat mir sagen können, wer die Altarkerzen angezündet hat», sagte Wisting schließlich. Er hielt die Zigarette zwischen den Fingern und fixierte den Pfarrer.

Der Pfarrer wich seinem Blick aus und schaute stattdessen hinüber zu Judith Isaksen, die bewegungslos dasaß, bis sie ihm kurz zunickte.

«Ich glaube, ich muss hier noch etwas ergänzen, was dieses Missverständnis aufklären kann», sagte der Pfarrer. «Und ich bitte vielmals um Verzeihung, wenn dies die Arbeit der Polizei unnötig verkompliziert haben sollte.»

Wisting antwortete nicht, bedachte den jungen Pfarrer aber mit einem strengen Blick.

«Ich habe die Kerzen angezündet», fuhr der Pfarrer fort. «Judith und ich waren heute schon früh hier. Wir hatten das Bedürfnis, vor dem Altar zu beten. Vor Gott.»

Wistings Gesichtsausdruck war eine Forderung nach Erläuterung.

«Ich habe letzte Nacht bei Judith geschlafen», erklärte der Pfarrer weiter. «Sie fürchtete sich noch immer nach dem Einbruch in der vergangenen Woche und rief gestern Abend bei mir an. Ich wollte eigentlich nur kurz bei ihr vorbeischauen, aber es wurde spät, und wir entschieden, dass ich genauso gut bis heute Morgen bleiben konnte.»

«Sie kamen also gemeinsam zur Kirche?»

Die beiden nickten im Chor.

«Wir sind so gegen halb zehn gekommen», fuhr der Pfarrer fort. «Aber ich bin um kurz vor zehn noch einmal weggegangen. Ich musste nach Hause, um mein Gewand und meine Unterlagen zu holen. Als ich zurückkam, war hier alles in heller Aufregung.»

«Was ist mit Ihnen?», fragte Wisting, an Judith Isaksen gewandt. «Was haben Sie in der Zeit gemacht, in der Sie alleine hier waren?»

Die junge Frau räusperte sich und deutete auf eine Tür mit der Aufschrift «Büro», ehe sie antwortete: «Ich habe mich dort hingesetzt und in der Bibel gelesen. Ich hörte, wie Fritz begann zu spielen, und bin dann nach einiger Zeit in die Kirche gegangen. Und da lag er dann.»

«Gut, lassen Sie uns fortfahren», sagte Sherlock Wisting schnell und hoffte, einen weiteren Heulkrampf umgehen zu können. «Wir können nämlich feststellen, dass der Glöckner Roald Bjerke ein Dieb war.»

«Jetzt verstehe ich gar nichts mehr», seufzte der Pfarrer und schüttelte den Kopf. «Hat er die Kollekte gestohlen?»

«Nein, er hat das in die Sammelbüchse zurückgetan, was er zuvor gestohlen hatte», erklärte Nils Hammer, der sich in dem unbewussten Versuch, Doktor Watson zu verkörpern, hinter Wisting aufgebaut hatte.

«Was hatte er denn gestohlen?», fragte der Organist.

«Das Geld, das Gudrun Thommesen der Jugendarbeit stiften wollte», erläuterte Wisting.

«Also er hat es genommen!», rief der Kirchendiener aus. «Ausgerechnet er, der so viel Wirbel darum gemacht hat.»

«Nein», sagte der Pfarrer und schüttelte den Kopf. «Ereptor oriundo ereptorius.»

«Was soll das heißen?»

«Der Dieb bestiehlt den Dieb», übersetzte der Pfarrer.

«Richtig», antwortete Wisting. «Der Glöckner hat das Geld demjenigen gestohlen, der es Gudrun Thommesen geklaut hatte. Es gab nur ein Problem. Wäre er damit zur Gemeinde gekommen, hätte er verraten, dass er selbst einen Gesetzesbruch begangen hatte.»

Mit perfektem Timing übernahm Nils Hammer das Wort: «Das Erste, was Bjerke tat, als er heute in die Kirche kam, war, den Täter zur Rede zu stellen, in der Hoffnung, dass dieser seine Schuld eingestehen und sich der Gemeinde stellen würde.»

Wisting ergänzte: «Aber der Täter: stur und unzugänglich. Roald Bjerke sah ein, dass er nichts ausrichten konnte, und entschied sich daher, das gefundene Geld in die Kollekte zurückzulegen. Auf diesem Wege würde es dort landen, wo es hingehörte.»

«Und da schlug der Mörder zu und stahl das Geld erneut», beendete Hammer die Geschichte.

Wieder senkte sich Stille über den kleinen Raum.

«Somit haben wir nicht länger nur die Frage, wer Roald Bjerke umgebracht hat», sagte Wisting einen Moment später, «sondern auch, bei wem er einige Abende zuvor eingebrochen war.»

Judith Isaksen ließ zuerst die Pastillenschachtel fallen. Dann rutschte ihr die kleine Handtasche von der Schulter und landete ebenfalls auf dem Boden. Ein dickes Bündel Geldscheine kam zum Vorschein. Sie unternahm keinen Versuch, es aufzuheben, warf aber einen hastigen Blick auf den Pfarrer. Eine Träne kullerte über ihre Wange. Als verlöre sie die Hoffnung auf ein Leben als geachtete Pfarrersfrau mitsamt dem Startkapital, dachte Wisting, als Judith Isaksen den Blick senkte, die Hände faltete und mit gebeugtem Nacken flüsterte: «Vergib mir!»

Leena Lehtolainen

Bilder des Bösen

Hauptkommissarin Laura Sarkkinen hatte Pornomagazine immer lächerlich gefunden. Vorgetäuschte Lust wirkte auf sie nicht erregend, sondern allenfalls komisch. Aber bei den Pornofotos, die sie jetzt sah, verging einem das Lachen. Die Mädchen waren noch Kinder, höchstens vierzehn, aber sie trugen Leder- oder Latexkleidung und Fesseln wie Bondage-Modelle. Die Bilder waren zufällig gefunden worden, bei einer Razzia in einem Antiquitätengeschäft in Hämeenlinna, wo statt alten Möbeln vorwiegend Diebesgut verkauft wurde. Laura Sarkkinens Kollegen hatten nach gestohlenen Fahrrädern gesucht, nebenbei aber einiges andere entdeckt. Die Fotos waren zwischen alltäglicherem Pornomaterial versteckt gewesen, und der Geschäftsinhaber behauptete, nichts davon gewusst zu haben und sich auch nicht erinnern zu können, von wem er die Pornohefte gekauft hatte.

Der Mann würde wegen Hehlerei angeklagt werden, doch Verbreitung von Kinderpornographie würde man ihm sicher nicht nachweisen können. Laura hatte zunächst nur aus Pflichtgefühl einen Blick auf die Bilder geworfen, doch dann stutzte sie. Eins der Fotos war bei Dunkelheit aufgenommen, das Mädchen, das darauf posierte, trug nur eine Maske, ein Korsett und Handschellen. Die Mauer, an die das Mädchen gekettet war, gehörte zum Artillerieturm der Burg von Hämeenlinna, da war sie sicher.

Sie führte ihren Hund Okko oft auf dem Burggelände spazieren. Das Gassigehen war an ihr allein hängen geblieben, seit ihr Lebensgefährte Martti als Nothelfer in die Überflutungsgebiete Pakistans gereist war. Marttis Berufserfahrung war in Krisengebieten von Nutzen, und nach dem Tsunami hatte er sich endgültig bei den Krisenhilfstruppen des Finnischen Roten Kreuzes verpflichtet. Laura verstand ihn. Sie war selbst immer eine Weltverbesserin gewesen, auch wenn manche sich darüber wunderten, dass sie in ihrem Beruf nicht längst allen Idealismus verloren hatte.

Wenn die Fotos tatsächlich eine Verbindung zu Hämeenlinna aufwiesen, mussten sie genauer untersucht werden. Die anderen Aufnahmen waren in einem Studio gemacht und zeigten zwei Mädchen. Die eine, schwarzhaarige, schien nicht ganz nüchtern zu sein. Sie war kaum älter als dreizehn.

Laura seufzte, nahm sich aber vor, am Abend mit dem Hund bis zur Burg zu laufen. Als sie von der Arbeit nach Hause kam, erwartete er sie bereits im Flur. Der arme Kerl, sie ließ ihn immer viel zu lange allein. Okko war ein Rauhaardackel und ebenso temperamentvoll wie sein Frauchen. Nachdem Laura sich eine Weile ausgeruht hatte, brach sie mit Okko zum Abendspaziergang auf. Es war ein paar Grad unter null, das Gras war mit Reif bedeckt, und der fast volle Mond machte die Straßenlaternen überflüssig. Laura ging am See entlang zur Burg. Sie begegnete einigen Hundebesitzern, die sie vom Sehen kannte, Okko blieb ab und zu stehen und suchte Streit mit einem der Hunde. Am Artillerieturm hielten sie sich schließlich länger auf. Laura hatte das Foto mitgenommen und verglich den Bildhintergrund mit der Turmmauer. Ja, das Foto war zweifellos hier gemacht worden, allerdings im

Sommer, denn das Gras unter den hochhackigen Latexstiefeln des Mädchens war hellgrün, und am Bildrand war eine Löwenzahnblüte zu sehen.

Und nun? Laura überlegte. Unter der Maske war das Mädchen nicht zu erkennen, und es gab keinerlei Hinweis auf den Fotografen. Sie würde die Kollegen von der Sitte informieren, das war alles, was sie tun konnte. Im Internet nach dem Foto zu suchen wäre Zeitverschwendung. Am besten vergaß sie die ganze Sache.

Einige Tage später, als Laura ihre übliche Runde mit Okko fast beendet hatte, kam ihr ein halbwüchsiger Junge entgegen. Viele Frauen in ihrem Alter fürchteten sich vor Jugendlichen, doch Laura wäre es nicht im Traum eingefallen, die Straßenseite zu wechseln. Zudem sah der sportlich gekleidete Junge weniger Furcht erregend aus als manche seiner Altersgenossen.

«Guten Abend», grüßte der Junge. Es hatte zu schneien begonnen. Die Schneeflocken schienen Weihnachten näher zu bringen.

«Guten Abend», antwortete Laura. Der Junge blieb stehen und bückte sich, um Okko zu streicheln.

«Ein schöner Hund», sagte der Junge. «Wie heißt er denn?»

Erst jetzt ging Laura auf, dass es der Junge vom Haus gegenüber war. Die Nachbarn waren erst im Frühjahr in das Reihenhaus gezogen. Sie waren nicht sehr gesellig, aber Laura wusste, dass in dem Haushalt Menschen mit drei verschiedenen Nachnamen lebten: einmal Räsänen, einmal Heikkilä-Toivonen und zweimal Toivonen. Welcher von diesen Namen zu dem Jungen gehörte, wusste sie nicht. Er hatte lange, schlaksige Glieder und war mager, offenbar machte er gerade die Wachstumsphase durch, in der Jugendliche scheinbar unaufhaltsam in die Höhe schießen. Lauras Söhne waren schon erwachsen, doch sie erinnerte sich noch gut, wie halbwüchsige Jungen waren. Tieren konnten sie ihre Zuneigung viel leichter zeigen als Menschen. Vielleicht sehnte auch dieser Junge sich danach, ab und zu von seinen Eltern in den Arm genommen zu werden?

«Sie sind doch Polizistin?», fragte der Junge.

«Ja.» Es überraschte sie, dass er sie siezte. Sie hatte geglaubt, die jungen Leute würden sich nicht mehr um Höflichkeitsformen scheren. Der Junge kraulte Okko und hielt den Blick fest auf den Hund geheftet, als er fortfuhr:

«Also, es geht um meine Schwester. Das heißt, meine richtige Schwester ist sie gar nicht. Ihr Vater hat meine Mutter geheiratet, und jetzt leben wir alle zusammen, da drüben. Ich heiße Jesse Räsänen.» Er richtete sich auf und hielt Laura die Hand hin, die sie lächelnd ergriff. Doch er wich ihrem Blick aus.

«Sie werden meiner Mutter doch nicht erzählen, was ich Ihnen sage?»

«Kommt drauf an. Übrigens kannst du mich ruhig duzen. Ich bin Laura.»

«Ja, also unsere Donna …» Er holte einen großen Briefumschlag aus seiner Sporttasche. «Die hab ich im Internet entdeckt. Da ist unsere Donna drauf!» Laura nahm den Umschlag und riss ihn gleich auf.

Der Umschlag enthielt aus dem Internet ausgedruckte Fotos von der gleichen Sorte wie die Bilder, die vor ein paar Tagen über Lauras Schreibtisch gegangen waren. Sie zeigten ein blutjunges, blondes Mädchen, das auf einigen Fotos eine Maske trug. Eins der Bilder kannte Laura bereits. Es war am Artillerieturm aufgenommen worden.

«Wo hast du die her?», fragte Laura. Der Junge errötete

über das ganze Gesicht, bis zu den Ohrläppchen, die unter seiner weißen Mütze hervorschauten.

«Die hat ein Kumpel von mir entdeckt. Jani Kumpulainen. Er ist ein bisschen pervers. Gestern hat er die Bilder in der Schule herumgezeigt und gesagt, ich soll Donna fragen, ob er sie auch mal fotografieren dürfte. Als ich Donna erzählt habe, dass ihre Fotos im Internet stehen, ist sie weggelaufen. Sie ist die ganze Nacht nicht nach Hause gekommen, und in der Schule war sie heute auch nicht.»

«Seid ihr in derselben Klasse? In welcher?»

«Neun B.»

Also fünfzehn, dachte Laura. «Haben eure Eltern sich denn nicht gewundert, dass sie nicht nach Hause gekommen ist?»

«Donnas Vater ist dauernd auf Reisen, beruflich. Er designt irgendwelche Multimediadinger für Nokia. Im Moment ist er in Singapur, glaub ich. Meine Mutter hatte Nachtdienst, sie ist Ärztin. Als sie heute früh nach Hause kam, hat sie wahrscheinlich gedacht, Donna wäre vor der Schule noch ins Fitness-Studio oder sonst wohin gegangen, das macht sie nämlich oft. Die beiden verstehen sich nicht besonders.»

«Und Donnas Mutter?»

«Die ist schon lange tot. Autounfall. Meine Mutter und Heikki, also Donnas Vater, haben erst vor einem halben Jahr geheiratet.» Laura hatte ihre neuen Nachbarn erst ein paar Mal gesehen, sie schienen tatsächlich selten zu Hause zu sein. Auch im Sommer hatten sie kein einziges Mal im Garten gesessen und gegrillt, wie alle anderen in der Reihenhaussiedlung.

«Hast du versucht, Donna zu erreichen? Hat sie ein Handy?»

«Ja, aber sie geht nicht dran.»

«Und ihre Freundinnen?»

Jesse trat verlegen von einem Bein aufs andere. Der Schnee unter seinen Füßen wurde allmählich hart.

«Ich weiß nicht … Vielleicht wäre es besser, wenn Donnas Vater bei denen anruft, oder die Polizei.»

Laura notierte sich die Namen von Donnas Freundinnen. Als sie nach Jungen fragte, schüttelte Jesse verwirrt den Kopf.

«Die Jungs in unserer Klasse findet sie kindisch, sie hängt meistens mit ein paar Älteren herum. Ich kenn die nicht, aber sie sind jedenfalls schon über zwanzig. Als ich zu Donna gesagt hab, ihr Vater hätte es vielleicht nicht so gern, dass sie mit erwachsenen Männern ausgeht, hat sie gesagt, ich soll bloß die Schnauze halten.»

Laura wurde hellhörig. Erwachsene Männer? Donna war Mitte November erst fünfzehn geworden, für erwachsene Männer war sie noch tabu. Bei einem so jungen Mädchen konnte ihrer Meinung nach sofort Vermisstenanzeige erstattet werden. Sie fragte Jesse nach Donnas Verwandten. Bekam Donna viel Taschengeld? Eine Kreditkarte? Jesse gab bereitwillig Auskunft, er wollte ganz offensichtlich helfen. Seine Mutter würde gegen neun nach Hause kommen, sagte er.

«Ich möchte nicht, dass Mutti und Donnas Vater von den Bildern erfahren! Ich will Donna nicht in Schwierigkeiten bringen», stammelte er, und plötzlich verstand Laura, was ihm ins Gesicht geschrieben stand: Er war bis über die Ohren in seine Stiefschwester verknallt.

«Gib sie mir. Ich lass meine Kollegen mal nachforschen, wie sie ins Internet gekommen sind. In einer Stunde bin ich bei euch und rede mit deiner Mutter.» Sie nahm ihre Visitenkarte aus der Tasche. «Ruf mich an oder komm vorbei, wenn du etwas von Donna hörst. Es war gut, dass du mich angesprochen hast!»

Laura brachte Okko ins Haus und setzte Milch auf. Sie hatte zu Hause keinen Computer, konnte also gar nicht erst versuchen, die Webseiten aufzuspüren, auf denen die Fotos zu sehen waren. Diese Aufgabe würde sie einem ihrer jüngeren Kollegen überlassen, die kannten sich ohnehin mit der Informationstechnik besser aus. In den letzten paar Jahren hatte Laura die Polizeiarbeit zunehmend als anstrengend und ermüdend empfunden, weniger wegen des Personalmangels oder der internationaler gewordenen Kriminalität, sondern wegen der technischen Revolution. Ständig musste man lernen, mit neuen Geräten und Programmen umzugehen. Für das Geld, das in die Datentechnik gesteckt wurde, hätte man lieber neue Mitarbeiter einstellen sollen.

Laura mischte Zucker und Kakao in einer Tasse und gab die heiße Milch dazu. Ein Sahnehäubchen gestattete sie sich diesmal nicht. Sie hatte gerade den ersten beruhigenden Schluck getrunken, als das Telefon klingelte. Auf dem Display stand «Anna». Genau die Person, die sie jetzt brauchte.

Sie hatte Kriminalhauptmeisterin Anna Harmaja vor Jahren bei gemeinsamen Ermittlungen kennen gelernt. Anna hatte damals bei der Kripo in Mikkeli gearbeitet, sich dann aber zur staatlichen Sicherheitspolizei versetzen lassen. Nach ihrem Erziehungsurlaub hatte sie zur Zentralkripo gewechselt, wo sie nun in einem Dezernat arbeitete, das sich mit Prostitution und Sexualverbrechen befasste. Anna und ihr Mann Kaarle hatten nach langem Warten Adoptivkinder bekommen, sechsjährige Zwillinge aus Kolumbien, um die sich Kaarle kümmerte, seit Anna wieder arbeitete.

«Hallo! Wie geht es Carlo und Corazon?»

«Gut. Sie warten auf Schnee.» Anna erzählte von den Erlebnissen mit den Kindern und von den erstaunten Blicken, die ein Vater auf dem Spielplatz und am Sandkasten immer noch erntete. Laura musste lächeln. Kaarle war Berufsoffizier und hatte seine Entscheidung, Erziehungsurlaub zu nehmen, sicher mehr als einmal erklären müssen. Erst als die privaten Neuigkeiten ausgetauscht waren, fiel Laura ihr dienstliches Anliegen wieder ein.

«Bist du in letzter Zeit auf Webseiten mit Pornofotos von finnischen Teenagern gestoßen? Bei uns wird ein fünfzehnjähriges Aktmodell vermisst.»

Anna überlegte eine Weile. «Auf Kinderpornos trifft man ständig, aber die Seiten laufen meistens über ausländische Server. Dann gibt es natürlich noch die eigenen Homepages von Teenagern, auf denen sich manchmal erstaunlich heftiges Zeug findet. Erzähl mir mehr über deinen Fall.»

Laura berichtete das Wenige, was sie wusste, und Anna versprach, Augen und Ohren offen zu halten. Ein Großteil ihrer Arbeit bestand darin, Finnen aufzuspüren, die sich im Ausland Sex mit Minderjährigen besorgten. Die einheimische Pädophilie spielte sich hauptsächlich im Familien- und Bekanntenkreis ab, es gab kaum organisierte Banden. Noch nicht, dachte Laura. Sie versprach Anna, ihr am nächsten Morgen die Fotos und die Web-Adressen zu schicken. Anna kannte sich im Internet viel besser aus als sie.

Als Nächstes rief Laura Pate Komulainen an, ihren Kollegen bei der Kripo in Hämeenlinna, und bat ihn, eine Liste der kürzlich aus der Haft entlassenen Sexualstraftäter zusammenzustellen. Dann versuchte sie Donna Toivonen am Handy zu erreichen, wurde jedoch nur mit dem Anrufbeantworter verbunden und sprach ihre Bitte auf Band: Donna solle sich zu Hause melden. Inzwischen war es Zeit für ihren Besuch bei den Nachbarn geworden.

«Habt ihr von Donna gehört?», fragte sie Jesse, der ihr die Tür öffnete. Der Junge schüttelte den Kopf.

«Nein. Mutter ist sauer auf mich, sie sagt, Donna spielt sich nur auf. Komm rein, sie ist im Wohnzimmer.»

Das Wohnzimmer, in das Jesse Laura führte, war ganz in Weiß und Silber eingerichtet. Eija Heikkilä-Toivonen, eine resolute Vierzigjährige im weißen Hosenanzug, begrüßte sie mit einem Händedruck, dem man anmerkte, dass sie tagaus, tagein Patienten die Hand schüttelte. Neben ihrer Arbeit auf der Entbindungsstation der Zentralklinik Hämeenlinna hatte sie eine gynäkologische Privatpraxis. Vorsichtig nahm Laura auf dem ihr angebotenen Ledersessel Platz und hoffte, dass keine Schlammspritzer an ihrer Cordhose hingen.

«Mir scheint, Jesse macht zu viel Wind um die Sache. Donna wird bei einer Freundin sein. Sie ist schon ein paar Mal weggeblieben, ohne vorher Bescheid zu sagen. Da war allerdings ihr Vater zu Hause. Wieso soll sie jetzt weggelaufen sein? Jesse will mir nichts darüber sagen!»

Laura berichtete ihr von den Fotos. Eija Heikkilä-Toivonen hob die hygienisch schmal gezupften Augenbrauen, ließ Laura jedoch ausreden.

«Die Fotos haben Sie also nicht dabei?»

«Ich habe sie schon weitergeleitet», wich Laura aus. «Bei wem war Donna die letzten Male, als sie nicht nach Hause kam?»

«Bei ihrer Oma. Kyllikki, ihre Großmutter mütterlicherseits. Die hat es nicht einmal für nötig gehalten, uns anzurufen, wir haben uns ganz umsonst Sorgen gemacht! Es geschieht ihr ganz recht, wenn sie diesmal einen Anruf von der Polizei bekommt. Die Nummer kann ich Ihnen geben, Donna ist sicher wieder bei ihr.» Eija tippte an ihrem Mobiltelefon herum und hielt es Laura hin. «Hier, bitte. Einen Notizblock haben Sie wohl dabei?»

Während Laura die Nummer in ihrem Handy speicherte, redete Eija Heikkilä-Toivonen weiter.

«Dass Donna für Nacktfotos posiert, wundert mich gar nicht. Ich habe heute zwei Schwangerschaftsabbrüche durchgeführt, das eine Mädchen war vierzehn, das andere knapp zwei Jahre älter. Warum verhüten die nicht? Die Jugendlichen sind doch heute über alles aufgeklärt, in dem Alter haben sie im Fernsehen schon Hunderte von Sexszenen gesehen und wissen, wie das alles funktioniert. Selbst per E-Mail kriegt man schon Reklame für Viagra! Warum nutzen sie ihr Wissen nicht?»

«Wissen die jungen Leute wirklich mehr als wir damals? Beim ersten Mal sind sie doch sicher genauso nervös und ängstlich, wie wir es waren. Aber zurück zu Donna. Hat sie einen festen Freund? Hat sie Sie mal nach Verhütungsmitteln gefragt?»

Eija Heikkilä-Toivonen schüttelte den Kopf. «Man muss ihr alles aus der Nase ziehen. Sie zeigt ganz offen, dass sie Jesse und mich hasst. Wahrscheinlich ist sie eifersüchtig, sie hat ja die letzten fünf Jahre mit ihrem Vater allein gelebt. Das heißt, meistens war sie bei ihrer Großmutter. Am liebsten wäre sie ganz zu ihr gezogen, aber damit war Heikki natürlich nicht einverstanden. Donna war alles, was er hatte – bis er mich traf.» Es fiel Laura schwer, ihren Gesichtsausdruck zu deuten. «Es ist nicht ganz leicht, mütterliche Gefühle für ein Mädchen zu entwickeln, das einen hasst. In unserem Haus gelten gewisse Spielregeln, aber Donna hält sich nur sporadisch daran.»

«Haben Sie schon mit Donnas Vater gesprochen?»

«In Singapur ist es jetzt drei Uhr nachts! Er hat noch zwei anstrengende Verhandlungstage vor sich, die will ich ihm nicht verderben. Was könnte er auch schon ausrichten?»

«Er könnte versuchen, seine Tochter anzurufen. Vielleicht geht sie nur dran, wenn sie seine Telefonnummer erkennt. Ich kann es gerne übernehmen, Ihren Mann zu stören, aber Sie müssen jetzt gleich bei Donnas Freundinnen anrufen. Sagen Sie mir Bescheid, wenn Sie das Mädchen finden. Wollen Sie heute noch Vermisstenanzeige erstatten, oder warten Sie bis morgen?»

Eija gähnte. «Ich spreche zuerst mit Heikki, immerhin geht es um sein Kind. Obwohl eine Fünfzehnjährige kein Kind mehr ist, sieht man das auf den Fotos nicht? Donna ist eine voll entwickelte Frau. Sie müsste nur endlich begreifen, dass eine Frau nicht nur Freiheiten, sondern auch Pflichten hat.»

Laura erhob sich. Eija Heikkilä-Toivonen und Heikki Toivonen waren sicher keine schlechten Eltern: Sie schlugen ihre Kinder nicht, tranken nicht, die Wohnung war dank Putzfrau blitzsauber, die Kleider waren gewaschen und gebügelt. Aber etwas fehlte.

Jesse stand wartend an der Tür, den Mantel hatte er schon an.

«Ich geh noch zu Jonttu und Jenna», sagte er. «Die sind in unserer Klasse. Donna hängt manchmal mit Jenna rum, vielleicht weiß sie ja etwas. Wie spät darf man dich anrufen?»

«Jederzeit», sagte Laura. Martti meldete sich bei ihr, wann immer er dazu Gelegenheit fand, er konnte keine Rücksicht auf die Uhr nehmen.

Sie schloss die Haustür auf, ließ Okko in den Garten, nahm ihr Handy und wählte die Nummer von Donnas Großmutter Kyllikki Jääheimo. Es war fast zehn, viele ältere Leute hielten es für unpassend, um diese Uhrzeit noch zu telefonieren. Doch die Stimme, die sich am Telefon meldete, klang frisch und energisch.

Laura hatte kaum zur Hälfte erklärt, worum es ging, als Kyllikki Jääheimo sie unterbrach.

«Verschwunden? Sie war über Nacht nicht zu Hause?» Ihre Stimme war auf einmal brüchig. «Natürlich melde ich mich sofort, wenn ich etwas von ihr höre. Ich versuche gleich, sie anzurufen. Wie war noch Ihr Name? Kommissarin Sarkkinen, gut.»

Als Nächstes rief Laura Heikki Toivonen an, landete aber nur auf seinem Anrufbeantworter. Sie bat um Rückruf und stellte sich darauf ein, in ein paar Stunden, wenn es in Singapur Morgen war, geweckt zu werden. Eine Weile las sie noch im Bett, während Okko auf seinem Lieblingssessel lag, ein Kompromiss zwischen Bett und Hundematte. Sie wollte gerade das Licht ausmachen, da piepte ihr Handy. Jesse teilte ihr per SMS mit, dass er nichts herausgefunden hatte.

Laura versuchte einzuschlafen, doch ihre Gedanken kreisten um Donna. Wahrscheinlich war sie bei ihrem Freund, der womöglich auch die Fotos gemacht hatte. Das war der erste Ermittlungsstrang, doch es gab auch andere Alternativen. Vielleicht hatte Donna nicht geahnt, dass ihre Bilder im Internet landen würden. War sie aus Scham weggelaufen, oder hatte sie gar versucht, sich umzubringen?

Und dann war da noch Jesse. Ein von Hormonen gebeutelter, eifersüchtiger Fünfzehnjähriger konnte unberechenbar sein. Dass er selbst sich an Laura gewandt hatte, musste nichts zu bedeuten haben.

Sie schlief unruhig, wartete auf den Rückruf von Donnas Vater, doch das Telefon klingelte nicht. Um sechs stand sie auf und ließ Okko in den Garten. Der Nachtfrost hatte die Welt mit feinem Reif überzogen. Der Briefkasten hatte Eisstacheln bekommen wie ein Igel. Im Nachbarhaus waren alle Fenster dunkel. Laura wunderte sich, dass Eija Heikkilä-Toivonen schlafen konnte, obwohl ihre Stieftochter schon die zweite Nacht fort war. Böse Stiefmütter gab es ihrer Meinung nach nur im Märchen, andererseits erinnerte sie sich noch gut an die vielen Nächte, die sie wegen ihrer Söhne durchwacht hatte. Eija war Ärztin, sie musste wissen, wie zerbrechlich ein Menschenleben ist.

Kriminalhauptkommissarin Anna Harmaja betrachtete die Fotos, die ihre Kollegin als Bilddatei geschickt hatte. Sie waren zahm im Vergleich zu den Kinderpornos, die sie in den letzten zwei Jahren zu Gesicht bekommen hatte. Die Mädchen auf diesen Bildern waren schon Teenager, und sie posierten allein. Dennoch konnte sie die Fotos nicht mit einem Achselzucken abtun. Dass halbwüchsige Jungen Fotos gleichaltriger Mädchen betrachteten, fand Anna noch verständlich, aber Erwachsene sollten sich an andere Erwachsene halten.

Vor der Reise nach Kolumbien hatte sich Anna gründlich über die Heimat ihrer künftigen Kinder informiert. Doch erst vor Ort war ihr wirklich klar geworden, dass man in diesem Land buchstäblich alles kaufen konnte. Carlos und Corazon hatten das Glück gehabt, in einem Waisenhaus zu landen statt auf der Straße. Andere Kinder in ihrem Alter wurden als Sexsklaven oder Organspender verschachert. Gerade deshalb war es ihr so wichtig, die Unantastbarkeit aller Kinder und Jugendlichen zu verteidigen. Wohin Gesetzlosigkeit im schlimmsten Fall führte, war auf den Straßen von Colombia City nicht zu übersehen.

Die Sonne ging auf, der Rasen vor dem Gebäude der Zentralkripo war von einer dünnen Eisschicht überzogen. Der einzige Schnee, den Carlos und Corazon bisher gesehen hatten, war das Kokain auf dem Tisch ihres Vaters. Das Rauschgift war auch der Grund, weshalb ihre Eltern erschossen worden waren.

Anna klickte das Register auf, das sie selbst angelegt hatte und zu dem vorläufig nur sie allein Zugang hatte. Es enthielt Angaben über Personen, die wegen der Verbreitung von Kinderpornographie aktenkundig waren. Sie suchte sich diejenigen heraus, die in Hämeenlinna lebten, doch alle waren zurzeit im Gefängnis oder in Untersuchungshaft. Anna wusste, dass ihr Register noch Lücken aufwies, und hatte den Ehrgeiz, es so weit zu vervollständigen wie nur möglich, bevor sie es ihrem Chef, Kommissar Nordström, zeigte. Sie versuchte den Server aufzuspüren, von dem die Fotos, die Laura ihr geschickt hatte, heruntergeladen worden waren. Nach einer halben Stunde musste sie aufgeben: Die Spur führte nach Zypern, verlief dort jedoch im Sand. Zypern war innerhalb kurzer Zeit zum Zentrum der Verbreitung von Kinderporno-Webseiten geworden, und alle Versuche, dagegen einzuschreiten, hatten bisher wenig gebracht. Die Meinungsfreiheit frisst ihre Kinder, dachte Anna. Das Internet, das freien Meinungsaustausch und Demokratie fördern sollte, war zu einer Kloake geworden, die niemand mehr kontrollieren konnte. Anna seufzte und griff nach dem Protokoll einer Voruntersuchung, das gestern auf ihrem Schreibtisch gelandet war. Es ging um einen 28-Jährigen, der im Sommerlager eine 13-Jährige, die «schon so erwachsen wirkte», in sein Zelt gelockt hatte. Zum Glück hatten die Brüder des Mädchens eingegriffen, bevor der Mann mehr hatte tun können, als seine Hose herunterzulassen. Corazon würde bis zur Konfirmation harmlose Kinderkleidung tragen, beschloss Anna und erschrak selbst vor ihrem Hass auf Pädophile.

Sobald Laura am Arbeitsplatz eintraf, schrieb sie Donna Toivonen zur Fahndung aus. Vermisstenanzeige konnten nur ihre Angehörigen erstatten. Dann versuchte sie sich auf ihre anderen Arbeiten zu konzentrieren. Sie hatte gerade eingesehen, dass sie ohne eine ordentliche Portion dunkle Schokolade nichts zustande bringen würde, als ihr Telefon klingelte und der Pförtner meldete, eine energische Dame, die gerade ihre Enkelin vermisst gemeldet hatte, wolle sie sprechen.

Laura wusste sofort, um wen es sich handelte. Endlich nahm noch jemand außer Jesse Donnas Verschwinden ernst! Sie sagte, sie werde die Dame abholen. Bei der Gelegenheit konnte sie sich in der Cafeteria auch gleich Schokolade besorgen.

Kyllikki Jääheimo wirkte sorgfältig gepflegt und alterslos, Frauen wie sie sah man sonst immer in der Werbung für Seniorenzeitschriften. Ihre Stimme klang kühl und beherrscht, doch ihren Blick hatte sie nicht unter Kontrolle. In ihren Augen brannten Sorge und Wut.

«Können Sie sich vorstellen, was mein Schwiegersohn, das heißt mein ehemaliger Schwiegersohn, gesagt hat? Ich soll mich nicht so aufregen, in dem Alter gingen Jugendliche oft ihre eigenen Wege! Jesse, der arme Junge, hat immerhin versucht, von ihren Freundinnen etwas zu erfahren, aber es ist ihm peinlich, hinter Donna herzutelefonieren. Er ist ja nicht einmal verwandt mit ihr. Ich frage mich, wie seine Mutter es geschafft hat, ihn so gut zu erziehen. Die Frau ist ja praktisch nie zu Hause!»

Frau Jääheimo bestätigte, dass Donna einige Male zu ihr nach Riihimäki gekommen war, wenn sie sich mit ihrem Vater und dessen neuer Frau gestritten hatte. Diesmal war das Mädchen jedoch nicht bei ihr aufgetaucht und ging auch nicht ans Telefon. Eben deshalb war sie so besorgt, denn sonst schickte Donna ihr immer eine SMS, wenn sie ihren Anruf nicht annehmen konnte. Das Verhältnis zwischen Großmutter und Enkelin war sehr vertraut.

«Eija hat Nacktfotos erwähnt, was hat es damit auf sich? Zu solchen Dingen würde Donna sich nie hergeben! Natürlich hat sie alle möglichen Träume, sie spielt in einem Laientheater mit und will Schauspielerin werden, aber das ist doch etwas ganz anderes! Kann ich die Fotos sehen?»

Laura speiste sie mit derselben Ausrede ab wie Donnas Stiefmutter: Sie habe die Bilder bereits weitergeleitet. Je länger sie mit Kyllikki Jääheimo sprach, desto mehr wuchs ihre Besorgnis. Zwei Tage waren inzwischen vergangen. Nur gut, dass sie jetzt endlich ihre Mitarbeiter beauftragen konnte, Donnas Freundinnen zu befragen und festzustellen, ob sie vielleicht einen Freund hatte.

«Heikki war immer stolz darauf, dass Donna so selbständig ist. Aber was blieb ihr denn anderes übrig! Nach dem Tod ihrer Mutter musste sie mehr oder weniger allein zurechtkommen. Frau Kommissarin, meine einzige Tochter habe ich schon verloren, Sie müssen Donna finden!» Kyllikki Jääheimo kämpfte gegen die Tränen an. Frauen ihrer Generation weinten nicht in der Öffentlichkeit, es sei denn bei Beerdigungen. Laura bemühte sich wegzuschauen.

Die Suche nach dem vermissten Mädchen wurde endlich in Gang gesetzt. Pate Komulainen machte sich auf den Weg zu Donnas Schule, um ihre Lehrer und Freundinnen zu befragen. Mit Jesse wollte Laura persönlich sprechen; sie hinterließ eine Nachricht auf seinem Handy, er solle gleich nach der Schule zu ihr aufs Präsidium kommen. Jesse wusste mehr über Donnas erwachsene Freunde, als er preisgegeben hatte, davon war Laura überzeugt. Nachdem sie das Protokoll der Vernehmung des vermeintlichen Antiquitätenhändlers noch einmal durchgelesen hatte, ohne neue Erkenntnisse zu gewinnen, gab sie die Fahndungsmeldung für Presse, Rundfunk und Fernsehen frei. Oft genug kehrten die jungen Ausreißer zurück, wenn sie ihren Namen erst mal in der Zeitung sahen. Zumindest diejenigen, denen es nur darum gegangen war, ihren Eltern einen Schreck einzujagen und ihre Freunde neidisch zu machen. Laura hoffte, dass Donna Toivonen zu dieser Sorte gehörte.

Anna Harmaja las die Vermisstenmeldung im Intranet. Das Mädchen auf dem angefügten Konfirmationsbild wirkte weniger erfahren als auf den Fotos, die sie von Laura bekommen hatte.

Ihr Kollege Antikainen klopfte an die offene Tür. «Hallo, Anna», grüßte er und kam mit zwei großen Plastiktüten herein. «Das haben wir bei der Razzia auf dem polnischen Frachter gefunden. Sind auch ein paar Teenagerpornos dabei. Schauen wir uns das mal an?»

«Befehl vom Chef?»

«Das nicht, aber bei einigen sind Mädchen mit finnischen Namen dabei. Ich finde, die sollten wir uns ansehen.»

Antikainen war aus Nordkarelien zur Zentralkripo gekommen. Sein Eifer war größer als seine Intelligenz, aber in diesem Fall hatte er eine gute Beobachtung gemacht. Allerdings hatten die Namen an sich nicht unbedingt etwas zu bedeuten; die meisten Pornodarsteller verwendeten Künstlernamen, und finnische Namen gaben dem Ganzen einen exotischen Touch. Dennoch beschloss Anna, wenigstens einen Blick auf die Videohüllen zu werfen. Auf einer fanden sich unter anderen die Pseudonyme Oula Muotkavuoma und Aila Valkeapää sowie Landschaftsbilder aus Lappland. Der Text, in polnischer und deutscher Sprache, bestätigte Annas Vermutung: Mit Finnland hatte der Streifen wenig zu tun. Antikainen konnte ihn sich später ansehen. Der letzte Film, den sie in der Tüte fand, spielte in einer Mädchenschule, und auch hier fand Anna wieder finnische Namen: Marianne Halla, Viivi Lumivuo und Donna Jääheimo. Hieß nicht das vermisste Mädchen Donna? Aber der Nachname stimmte nicht überein. Trotzdem rief sie Laura an.

«Was sagst du? Donna Jääheimo?» Laura klang ganz aufgeregt. «Donnas Nachname ist Toivonen, aber der Mädchenname ihrer Mutter war Jääheimo. Du musst den Film sofort überprüfen!»

«An die Arbeit, Antikainen!», kommandierte Anna. Sie zeigte ihm Donnas Fotos und bat ihn nachzusehen, ob das Mädchen in dem Film auftrat. «Und halt dich nicht mit filmtechnischen Finessen auf. Ich will nur wissen, ob es sich um das vermisste Mädchen handeln kann.»

Nach fast einer Stunde klopfte Antikainen wieder an.

«Es ist mit ziemlicher Sicherheit dieselbe, aber sie hat keine große Rolle und braucht sich nicht auszuziehen, oder jedenfalls nicht ganz. Komm mal gucken.»

Sie folgte ihm in den Videoraum. Antikainen spulte den Film bis zu einer Szene, in der ein Mädchen, das große Ähnlichkeit mit Donna Toivonen aufwies, mit anderen Schülerinnen in einem Klassenzimmer saß und die Fragen eines Lehrers beantwortete. Alle Mädchen trugen enge, kurze Schuluniformen. Die Farbqualität des Streifens war miserabel, der Film war ein gelbstichiges, billiges Machwerk. In den Szenen, in denen Donna auftrat, waren nur sie und der Lehrer zu sehen, aber auch diese beiden waren nie gleichzeitig im Bild. Durchaus möglich, dass Donna nicht einmal gewusst hatte, in welcher Art von Film sie eigentlich mitwirkte.

Anna rief Laura an und sagte, sie werde sofort eine Kopie des polnischen Films nach Hämeenlinna schicken. Laura war ihr dankbar. Annas Entdeckung war bisher der einzige Anhaltspunkt. Komulainen hatte zwar inzwischen erfahren, dass Donna einen deutlich älteren Freund hatte, der einen roten Opel fuhr, doch wie er hieß, wusste niemand.

«Die Mädchen sagen, Donna hätte angedeutet, dass ihr Freund sie ganz groß herausbringt», berichtete Komulainen. «Eine meint, er hätte einen seltsamen ausländischen Namen.»

Lauras Handy klingelte, sie warf einen Blick auf das Display, in der festen Absicht, das Gespräch nur anzunehmen, wenn der Anrufer wichtig war. Als sie den Namen sah, meldete sie sich sofort.

«Kyllikki Jääheimo hier. Ich habe gerade einen Anruf bekommen: Wenn ich Donna wiedersehen will, soll ich zwanzigtausend Euro auf ihr Konto überweisen.»

«Auf Donnas Konto? Wer hat Sie angerufen?»

«Das weiß ich nicht! Es war ein Mann, und er sprach irgendwie seltsam. Er hat gesagt, ich soll die Überweisung sofort per Internet erledigen und die Polizei raushalten, sonst sähe ich Donna nie wieder. Aber so einem Menschen kann ich doch nicht trauen, oder? Außerdem habe ich so viel Geld gar nicht sofort zur Verfügung, die größeren Beträge sind alle fest angelegt …» Die Selbstbeherrschung der alten Dame war mittlerweile löchrig wie Emmentaler Käse.

Das Telefonat musste natürlich zurückverfolgt werden, auch wenn Laura davon ausging, dass es von einem Prepaid-Anschluss geführt worden war. Wenn hier Profis am Werk waren, wussten sie sich in Acht zu nehmen.

Laura bat Kyllikki Jääheimo aufs Präsidium, die Unterhaltung mit Jesse konnte warten. Das Taxi war innerhalb von zehn Minuten da. Laura bat Pate Komulainen als Zeugen hinzu und begann mit der offiziellen Vernehmung. Sie sah, dass Frau Jääheimo um ihre Fassung rang und sich bemühte, eine gute Zeugin zu sein, obwohl sie krank vor Sorge schien.

Die Stimme des Anrufers hatte sie nicht erkannt. Der Mann hatte jedoch Donnas Kontonummer richtig genannt. Sie selbst wusste die Nummer auswendig, weil sie ihrer Enkelin regelmäßig Taschengeld überwies.

«Der Mann hat Donna entführt, sonst wüsste er ihre Kontonummer nicht. Was sollen wir jetzt tun? Was ist, wenn der Mann mich beobachtet und weiß, dass ich zur Polizei gegangen bin? Wenn er seine Drohung wahr macht …» Kyllikki Jääheimo tupfte sich mit einem blütenweißen Taschentuch die Augen.

Laura versuchte sie zu beruhigen. Entführungen waren in Finnland äußerst selten, und für zwanzigtausend Euro würde niemand solch ein gewaltiges Risiko eingehen. Oder vielleicht doch? Ein Drogenabhängiger dachte nicht unbedingt logisch. Außerdem kannte auch Jesse möglicherweise Donnas Kontonummer, immerhin wohnten sie unter einem Dach.

Laura beantragte eine richterliche Verfügung auf Freigabe der Verbindungsdaten von Kyllikki Jääheimos Anschluss, obwohl sie sich nicht viel davon versprach. Im selben Moment meldete der Pförtner, Jesse Räsänen wolle sie sprechen, es sei sehr wichtig. Sie bat Frau Jääheimo, im Vernehmungsraum zu warten, und ging hinunter in die Eingangshalle, wo eine Sekretärin gerade damit beschäftigt war, Weihnachtsdekorationen aufzuhängen. Viel zu früh, fand Laura. Man hätte wenigstens den ersten Advent abwarten können. Jesse stürzte fast auf sie zu.

«Ich hab eine Spur!», rief er so laut, dass die Leute sich nach ihm umdrehten. «Die Bude von Donnas Freund!»

«Was meinst du?»

«Jani Kumpulainen wusste davon. Er hat Donna heimlich verfolgt, der Perversling! Der Typ ist Russe, oder jedenfalls hat er so einen Namen, sagt Jani. Er hat am Briefkasten nachgeguckt. In Kauriala. Jani und ich können das Haus suchen, vielleicht finden wir Donna!»

«Nun mal langsam», beschwichtigte Laura den aufgeregten Jungen. «Natürlich könnt ihr das Haus suchen, aber nur zusammen mit der Polizei. Wo ist denn dein Freund?»

«Nach Hause gegangen, aber ich kann ihn anrufen. Im Internet hat er keine Fotos von Donna mehr gefunden. Er hat nur nachgeguckt, um der Polizei zu helfen, sagt er.»

Laura musste unwillkürlich lächeln, und Jesse grinste schüchtern zurück. «Bestell deinen Freund her, dann geht's gleich los.» Eigentlich musste sie nicht persönlich an der Suche teilnehmen, aber sie sehnte sich nach Abwechslung von der Schreibtischarbeit. Sie stellte fest, welche Streife sich im Stadtteil Kauriala befand, und bat die Beamten, dort auf sie und die beiden Jungen zu warten. Komulainen konnte inzwischen weiter mit Kyllikki Jääheimo sprechen.

Laura fuhr ihren Wagen aus der Garage auf den Hof, wo Jesse auf Jani wartete. Der Schneeregen wurde immer dichter. In Krimifilmen sah man immer malerische Sonnenuntergänge in Los Angeles oder geheimnisvollen Nebel in London, doch der Alltag finnischer Polizisten sah anders aus.

Jesse wirkte aufgeregt und besorgt zugleich. Er war offenbar fest entschlossen, um Donna zu kämpfen. Jani Kumpulainen war ein tollpatschiger, pickliger Junge, einer, um den die Mädchen einen weiten Bogen machen, der selbst aber an nichts anderes denken kann als an das andere Geschlecht. Aber wie Jesse schien auch er ehrlich gewillt, der Polizei bei der Suche nach Donna zu helfen. Vielleicht hoffte er, dadurch seine Chancen bei der Klassenschönsten zu verbessern.

In Lauras Wagen eroberte Jani den Beifahrersitz und gab ihr mit bebender Stimme Fahranweisungen.

«Warum schaltest du nicht die Sirene ein? Wir haben es doch eilig!», fragte er verwundert.

«Bist du blöd? Das ist ein Zivilfahrzeug, die Kommissarin will kein Aufsehen erregen», fuhr Jesse ihm über den Mund. Laura bemühte sich, nicht zu lachen. Die beiden Jungen wussten über Verhaftungen Bescheid – oder glaubten es jedenfalls. An der Kreuzung vor Kauriala entdeckte Laura den wartenden Streifenwagen, der ihnen nach einem kurzen Funkspruch folgte. Das war keine ideale Lösung, doch da sie die genaue Adresse nicht kannte, war es die einzig mögliche. Sie konnte nur hoffen, dass der Mann, den sie suchten, den Streifenwagen nicht entdeckte.

«Da ist das Haus!», rief Jani eifrig. «Ich habe Donna da oft reingehen sehen, und aus unserer Klasse wohnt hier keiner. Und da steht auch das Auto, der rote Opel.» Jani konnte sich offensichtlich nicht entscheiden, ob er bei den Fünf Freunden oder in einem James-Bond-Film mitspielte. Laura freute sich, dass er noch in der Lage war, die Geschichte als Abenteuer zu nehmen.

«Das Auto hab ich auch schon mal gesehen, irgendwer hat Donna damit nach Hause gebracht. Ziemlich popelige Karre», meinte Jesse verächtlich.

«Wir klingeln erst mal ganz normal», sagte Laura zu den Streifenbeamten Pirkkalainen und Kostermaa. Die beiden wurden immer beim Nachnamen genannt, weil sie den gleichen Vornamen hatten. Die Haustür stand offen. Laura prägte sich die Telefonnummer des Hausmeisterdienstes ein, für den Fall, dass sie die Wohnungstür öffnen lassen mussten.

«Das ist er, Domanski! Gleich hier unten im Erdgeschoss.» Jani zeigte auf die Namenstafel im Treppenhaus. Eher ein polnischer als ein russischer Name, dachte Laura.

«Danke, ihr beiden. Wartet bitte draußen», sagte sie, und als Jesse dennoch versuchte mitzukommen, brüllte sie ihn wütend an. Sie hatte nicht die Absicht, Zivilisten in Gefahr zu bringen, noch dazu Minderjährige! Pirkkalainen klingelte bereits, doch niemand machte auf.

«Ich hör eine Bewegung», sagte er. «Kostermaa, guck durch den Briefschlitz!»

Im selben Moment rief Jesse vor dem Haus: «Das Schwein versucht durchs Fenster zu entkommen! He, Jani, den schnappen wir uns!»

Laura und die Streifenbeamten rannten aus dem Haus, als Jesse und Jani sich gerade auf einen großen, mageren Mann stürzten, der auf der Erde lag. Offenbar hatte er sich bei dem Sprung aus dem Fenster den Knöchel verletzt. Jani, der nach Lauras Schätzung weit über siebzig Kilo wog, warf sich auf den Mann, und Jesse hielt seine Arme fest.

«Verpisst euch, ihr kleinen Wichser!», rief der Mann, verstummte jedoch, als er die Uniformierten sah. Er gab jede Gegenwehr auf und spuckte wütend den Schneematsch aus, den er in den Mund bekommen hatte. Als er wieder sprach, war seine Stimme ruhig und höflich.

«Wie gut, dass die Polizei gleich da ist. Die beiden Halbstarken haben mich angegriffen!»

«Ihre Papiere bitte», sagte Pirkkalainen gleichmütig.

«Ich hab meine Brieftasche in der Wohnung gelassen», antwortete der junge Mann. «Mir tut der Knöchel weh. Sagen Sie den Jungen, sie sollen mich loslassen!»

«Jani und Jesse, hoch mit euch», kommandierte Laura. Kostermaa nahm die Handschellen vom Gürtel.

«Was soll das?», protestierte der Mann. «Ich hab nichts getan, die haben mich angegriffen, nicht umgekehrt!»

«Warum sind Sie zum Fenster hinausgesprungen, als wir bei Ihnen geklingelt haben?», fragte Laura.

«Warum fragen Sie? Ist das etwa verboten? Ist doch wohl egal, ob ich meine eigene Wohnung durch die Tür oder durch das Fenster verlasse. Und die Klingel hab ich nicht gehört, die hat in letzter Zeit ihre Mucken. Ich muss mich mal bei der Hausverwaltung beschweren.»

«Ich bin Kommissarin Laura Sarkkinen von der Polizei Hämeenlinna.» Laura zeigte ihren Ausweis. «Also, gehen wir ins Haus und sehen uns Ihre Papiere an.»

«Haben Sie einen Durchsuchungsbefehl?» Der junge Mann versuchte zu grinsen, obwohl er offensichtlich Schmerzen hatte. Als die Streifenbeamten ihm auf die Beine halfen und ihm Handschellen anlegten, musste er sich auf Kostermaa stützen.

«Wo hast du Donna versteckt?» Jesse packte den jungen Mann am Hemdkragen. «Sag mir sofort, wo meine Schwester ist, oder …»

«Du bist das also! Donnas neuer Stiefbruder? Der Typ, der durchs Schlüsselloch guckt, wenn sie sich auszieht?», fragte der junge Mann gedehnt und weidete sich an Jesses knallrotem Gesicht, bevor ihm klar wurde, was er gesagt hatte. Laura war zufrieden.

«Sie kennen Donna Toivonen also. Dann sehen wir doch einmal nach, ob sie in Ihrer Wohnung ist.» Der junge Mann versuchte, gleichmütig auszusehen, was ihm jedoch schwer fiel, da er auf einem Bein zwischen den Polizisten ins Haus hüpfen musste. Pirkkalainen durchsuchte seine Taschen und fand den Wohnungsschlüssel. Er schloss die Tür auf und versuchte, den jungen Mann durch die Tür zu bugsieren, doch

Jesse rannte an ihm vorbei in den Flur und weiter durch die erste offene Tür. Der junge Mann sah ihm mit schiefem Grinsen nach.

«Den solltet ihr als Spürhund anstellen. Was er wohl gerochen hat? Na, ich sag's lieber nicht in Anwesenheit einer Da…»

«Donna!» Laura hörte das Entsetzen in Jesses Stimme. «He, Donna, wach auf! Bist du okay?»

Laura lief ihm nach ins Schlafzimmer. Dort befanden sich nur ein DVD- und ein Videogerät, ein Bücherregal und ein Doppelbett. Darauf lag Donna mit geschlossenen Augen, aber voll bekleidet. Zwischen ihren Beinen war ein nasser Fleck, sie hatte sich nass gemacht. Ihr Stiefbruder wollte gerade mit Mund-zu-Mund-Beatmung anfangen, dabei sah Laura schon von der Tür aus, dass das Mädchen atmete.

«Lass sein, Jesse!» Laura fasste nach Donnas Armgelenk und fühlte ihren Puls. «Was hat sie genommen?», rief sie in den Flur.

«Downer und Schnaps», antwortete der junge Mann, als spreche er von geriebenen Möhren. «Sie wollte schlafen, da hab ich ihr ein bisschen geholfen.»

Laura konnte Jesse nur mit Mühe davon abhalten, sich wieder auf den Mann zu stürzen. Nachdem sie einen Krankenwagen gerufen hatte, sah sie sich die Papiere des Wohnungsinhabers an. Er hieß Janos Domanski, war aber in Finnland geboren und finnischer Staatsbürger. Laura wies Kostermaa und Pirkkalainen an, Domanski zuerst zum Arzt und dann in eine Zelle zu bringen. Ein Rundblick durch die Wohnung zeigte ihr, dass sie Grund hatte, einen Durchsuchungsbefehl zu beantragen: Hier gab es mehr Sex-Videos und -DVDs als in einem durchschnittlichen Pornoladen. In einem plötzlichen Anfall von mütterlicher Besorgnis scheuchte sie Jesse und Jani hinaus.

«Gut gemacht, Jungs», sagte sie. «Ich bringe euch jetzt nach Hause, aber später brauche ich dann noch eure Aussage über Domanskis Fluchtversuch. Ich werde veranlassen, dass die Ärzte sofort Bescheid sagen, wenn sie mehr über Donnas Zustand wissen. Euch beiden.»

«Ihr Vater kommt heute Abend zurück», erklärte Jesse. «Er hat sich wahrhaftig die Mühe gemacht, einen Tag früher zurückzufliegen.»

Laura hätte ihn gern umarmt, aber sie wollte ihn vor Jani nicht blamieren. Der wiederum hätte eigentlich eine Strafpredigt verdient, weil er heimlich einem Mädchen nachspioniert hatte, das ihn nicht wollte, aber in diesem Fall waren seine Eskapaden segensreich gewesen. Dass Heikki Toivonen es nicht für nötig gehalten hatte, sich mit ihr in Verbindung zu setzen, war jetzt nebensächlich. Sie bat Komulainen, Kyllikki Jääheimo mitzuteilen, dass ihre Enkelin gefunden und ins Krankenhaus gebracht worden war.

Auf dem Rückweg von Janis Haus zum Präsidium rief sie Anna an.

«Sagt dir der Name Janos Domanski etwas? Er ist wegen Betrug vorbestraft, aber bist du zufällig schon mal im Zusammenhang mit Sexgeschichten auf ihn gestoßen?»

Anna überlegte eine Weile. «Janos Domanski … Moment mal … Der hat vor ein paar Jahren als Zeuge in einem Fall von Kuppelei ausgesagt. Ich war überzeugt, dass er selbst mit drinsteckte, aber er hat es geschafft, sich rauszureden. Wieso?»

«Diesmal kriegen wir ihn vielleicht dran. Ich meld mich wieder, wenn ich den Herrn vernommen habe. Grüß deine Familie von mir!»

Janos Domanski saß im Vernehmungsraum, als wäre er dort zu Hause, und fragte, ob er wirklich nicht rauchen dürfe. Außerdem erklärte er, er werde wegen Freiheitsberaubung und Hausfriedensbruch gegen die Polizei vorgehen.

«In deiner Wohnung lag eine bewusstlose Minderjährige. Wie willst du das erklären?»

Domanski lächelte. «Donna stand vorgestern plötzlich bei mir vor der Tür. Sie sagte, sie ginge nicht mehr in die Schule. Irgendein Klassenkamerad hatte offenbar anstößige Fotos von ihr ins Internet gestellt. Ich wusste, dass Donna sich bei der neuen Familie ihres Vaters nicht wohl fühlt, deshalb habe ich ihr erlaubt zu bleiben. Ich selbst musste geschäftlich nach Helsinki. Als ich heute früh zurückkam, klagte sie, sie hätte nicht schlafen können, und bat mich um Tabletten. Die hab ich ihr natürlich gegeben, so elend, wie sie aussah. Kaum hatte ich mich umgedreht, da war sie auch schon an meinem Barschrank und hat Schnaps in sich hineingeschüttet. Das war doch alles ganz harmlos, also hab ich sie in mein Bett gebracht und schlafen lassen. Jetzt muss ich natürlich die Laken waschen», grinste Domanski.

«In welcher Beziehung steht ihr zueinander?»

«Was für eine Beziehung kann es zwischen einem Mann in meinem Alter und so einer kleinen Göre schon geben?», fragte der dreiundzwanzigjährige Domanski zurück. «Wir sind Freunde.» Er sprach gelassen und belustigt, als habe er nichts zu befürchten. Sein ganzes Gehabe signalisierte, dass er sich für vollkommen unschuldig hielt.

«Also auch kein Liebespaar?», hakte Laura nach. Domanski schüttelte den Kopf. «Wo hast du Donna kennen gelernt? Fängst du die Mädchen vor der Schule ab und versprichst ihnen eine Karriere als Fotomodell?»

Janos Domanski grinste. «Es war nicht schwer, Donna

kennen zu lernen. Wir sind miteinander verwandt. Außerdem hat Kyllikki mich gebeten, mich ein bisschen um die Kleine zu kümmern.»

«Was?»

«Donnas Oma ist meine Großtante. Meine Mutter hat in den Siebzigern einen polnischen Musiker geheiratet, aber der hat sich nach Schweden abgesetzt, sobald er durch die Heirat die finnische Staatsangehörigkeit bekommen hatte. Außer dem Namen hat er mir nichts hinterlassen. Ich habe Omi und Tante Kyllikki immer sehr lieb gehabt.» Er lächelte Laura an, doch sie ließ sich so schnell nicht einwickeln.

«Du wusstest, dass Kyllikki Jääheimo Geld hat, deshalb hast du sie angerufen. Versuch nicht, das abzustreiten, sie hat nämlich deine Stimme erkannt.»

Domanski schien seine Alternativen abzuwägen. Laura bemühte sich jetzt ihrerseits um eine gleichmütige Miene.

«Dann hat Tante Kyllikki sicher verstanden, dass ich nur Spaß gemacht habe. Natürlich weiß ich, dass sie Kohle hat und dass Donna ihr Ein und Alles ist. Mir war von vornherein klar, dass sie mir nicht grundlos befohlen hat, mich mit Donna anzufreunden. Sie hatte irgendeinen Hintergedanken. Ich wollte ihr einfach mal zeigen, dass ich nicht ihre Marionette bin.»

«Sie hat dir befohlen, dich mit Donna anzufreunden?»

«Sagen wir lieber, sie hat mich darum gebeten. Sie meinte, der Umgang mit einem gebildeten Mann würde Donna gut tun.» Domanski lächelte selbstgefällig. Laura kochte innerlich.

«Das reicht fürs Erste. Ich lasse dich in deine Zelle zurückbringen. Wenn du bereit bist, mit dem Lügen aufzuhören, können wir uns weiter unterhalten.»

«Wo soll ich denn gelogen haben?» Domanski lächelte noch

gewinnender als zuvor, und Laura fragte sich angewidert, ob sich die Frauen tatsächlich allein von seinem Lächeln den Kopf verdrehen ließen. Sie ließ ihn abführen und suchte Kyllikki Jääheimo, aber die war inzwischen mit dem Taxi in die Klinik gefahren.

Laura machte sich sofort auf den Weg zur Zentralklinik. Sie war fast angekommen, als ihr Handy klingelte. Es war das Krankenhaus.

«Schwester Paasonen hier, guten Tag. Ich wollte Ihnen nur mitteilen, dass Donna Toivonen zu Bewusstsein gekommen ist. Wir haben ihr den Magen ausgepumpt. Sie ist noch ein wenig wirr, aber der Arzt meint, Sie könnten kurz mit ihr sprechen. Die Großmutter ist auch hier. Sollen wir sie zu der Patientin lassen?»

«Nein! Ich will zuerst mit ihr reden.» Sie bog auf den Parkplatz ein. «Ich bin in ein paar Minuten da.»

Laura kannte die Zentralklinik gut. Dort hatte sie in der schrecklichen Silvesternacht vor sieben Jahren gesessen, als ihr Mann nach einem Herzinfarkt um sein Leben gekämpft und verloren hatte. Seither war sie nur dienstlich in der Klinik gewesen. Donna lag auf derselben Station, auf der ihr Mann gestorben war. Als Laura den Stationsflur betrat, eilte Kyllikki Jääheimo auf sie zu.

«Ein Glück, dass Sie Donna gefunden haben! Darf ich jetzt zu ihr?»

«Leider müssen Sie sich noch etwas gedulden, Frau Jääheimo.» Laura überlegte, was Donna sagen würde, wenn sie von den Plänen ihrer Großmutter erfuhr. Die alte Dame beherrschte die Kunst der Intrige meisterhaft.

Das blasse Mädchen im Krankenbett wirkte zerbrechlich, verängstigt und viel kindlicher als auf den Sexfotos. In ihrer Armbeuge steckte eine Infusionsnadel, ihre Haare waren feucht von Schweiß, und sie erschrak, als eine Fremde das Zimmer betrat.

«Ich bin Kommissarin Laura Sarkkinen von der Kripo Hämeenlinna, guten Tag.» Donna schüttelte ihr kraftlos die Hand. An einem Finger war der hellrote künstliche Nagel tief eingerissen, am linken Daumen war nur noch Donnas eigener Nagel übrig.

«Kripo … Ich hab doch nichts getan …», sagte Donna mit weinerlicher Stimme.

«Du nicht, nein, aber man hat dir möglicherweise etwas angetan. Hast du die Schlaftabletten selbst eingenommen?»

«Ich hab nichts eingenommen! Ich bin gestern zu Janos gegangen, der hat mir irgendeinen Drink angeboten, und eben bin ich hier aufgewacht. Was ist denn eigentlich passiert?»

«Du bist also freiwillig zu Janos Domanski gegangen.» Laura verschwieg ihr, dass seitdem bereits zwei Tage verstrichen waren. «Warum?»

«Das Schwein hat mich angelogen! Er wollte einen PR-Folder von mir machen, für Filmproduktionsfirmen. Das mit den Fotos wäre okay, hat er gesagt, die würden nur die Filmleute zu sehen kriegen. Wenn man ein Star werden will, müsste man ein bisschen Haut zeigen, das wäre heute eben so. Aber er hat gelogen. Die Fotos waren im Internet, und Jani aus meiner Klasse hat sie da entdeckt und allen gezeigt! Ich … ich wollte Janos fragen, warum er das getan hat. Er hat gelacht und gesagt, reg dich ab, hier, trink erst mal was, und jetzt … Was hat er mir gegeben?»

«Allem Anschein nach einen Cocktail aus Alkohol und Beruhigungsmitteln. Dafür wird er seine Strafe bekommen. Donna, hast du freiwillig für die Fotos posiert und in dem Film mitgespielt?»

«Ja, weil Janos gesagt hat, ich würde ein Star. Er kennt den

Selin und all die anderen Regisseure. Und ich will berühmt werden. Jemand, der auffällt. Den man nicht vergisst. Die Leute gehen am Grab meiner Mutter vorbei, und der Name auf dem Stein sagt ihnen nichts. Man kann sie nicht mal googeln. Ich will nicht einfach so verschwinden wie sie …» Donna brach in Tränen aus, und Laura fand es überflüssig, das Mädchen länger zu quälen. Sie hatte erfahren, was sie wissen wollte, und sie glaubte Donna mehr als Janos Domanski.

Kyllikki Jääheimo erwartete sie auf dem Flur, doch Laura ging stumm an ihr vorbei. Mit dieser Frau würde sie später sprechen, wenn die erste Wut verraucht war.

An der Ampel wäre sie in ihrer Aufregung beinahe auf den Vordermann aufgefahren. Da ihre Schokoladenreserve im Handschuhfach aufgebraucht war, hielt sie am nächsten Kiosk und kaufte eine Tafel Nussschokolade. Nach dem zehnten Stück hatte sie sich so weit beruhigt, dass sie sich wieder ans Steuer wagte.

Auf dem Präsidium bat Laura ihren Kollegen Komulainen, sie in Janos Domanskis Zelle zu begleiten.

«Du bist ein elender Lügner», sagte sie zu dem jungen Mann. «Donna ist wieder bei Bewusstsein. Hast du gehofft, sie würde sich nicht daran erinnern, dass du sie betrunken gemacht und ihr Medikamente gegeben hast? Warum hast du das getan?»

Domanski hob die Augenbrauen. «War es so? Na, mag sein. Als Gastgeber musste ich doch höflich sein. Ich hatte ja keine Ahnung, dass so ein kleiner Schluck sie gleich umwirft.»

«Das hat er wohl auch nicht. Du hast ihr außerdem Medikamente gegeben.»

«Mein Wort steht gegen Donnas. Ein betrunkenes kleines Gör! Sie bringt da bestimmt etwas durcheinander. Ich wollte nur freundlich sein.»

«Hast du sie aus purer Freundlichkeit in deine Pornogeschichten hineingezogen? Wir haben nicht nur die Fotos, sondern auch diesen polnischen Film. Was hättest du als Nächstes mit ihr angestellt?»

Domanski schüttelte den Kopf.

«Ich hab nur versucht, ihr zu helfen! Donna hat mir erzählt, dass sie Schauspielerin werden will, und sie hat ja auch einiges zu bieten. Und ich hatte eben meine eigenen Projekte. Sie hat geglaubt, in dem Film ginge es um polnische Mädchenschulen vor dem Zweiten Weltkrieg. Ich habe ihr erklärt, sie bekäme nur eine Statistenrolle, weil sie kein Polnisch kann. Aber als sie gehört hat, dass die Fotos im Internet stehen, ist sie schnurstracks in meine Wohnung gerannt und ist ausgeflippt. Da musste ich sie doch ruhig stellen! Und Kyllikki hat Geld genug, für die sind zwanzigtausend ein Klacks. Ich brauchte die Kohle, weil ...» Domanski verstummte plötzlich.

Er war klug genug gewesen, nicht mit Donna intim zu werden; die ärztliche Untersuchung hatte erwiesen, dass sie noch Jungfrau war. Die Bluttests würden zeigen, wie viel Beruhigungsmittel sie bekommen hatte. Laura war so gut wie sicher, dass Domanski mit der Zeit mürbe werden würde. Sie hatte vor, ihn so lange in Untersuchungshaft zu halten wie gesetzlich möglich.

Als Laura am Abend endlich nach Hause kam, ging die Tür zum Nachbarhaus auf. Sie erwartete, Jesse zu sehen, hörte aber eine Frauenstimme: «Frau Kommissarin!»

Es war Kyllikki Jääheimo. Laura hatte Hunger, der Schnee fiel in dichten Flocken, und im Haus bellte Okko ungeduldig, doch sie gab sich einen Ruck und blieb stehen. Die alte Dame eilte in Hausschuhen zu ihr herüber und fasste sie am Arm:

«Frau Kommissarin, danke, dass Sie meine Kleine gefunden haben. Wissen Sie schon, was sie in den Fängen dieses schrecklichen Mannes erdulden musste?»

Laura schüttelte ihre Hand ab. «Fragen Sie Ihren Neffen doch selbst. Sie haben ihn schließlich mit Donna bekannt gemacht. Warum, in aller Welt?»

«Ich dachte, zwei junge Menschen … Janos hat seine Fehler, aber im Grunde ist er ein bezaubernder Junge.»

«Ein bezaubernder Junge, der von Ihrer Enkelin Pornofotos macht und sie in einem billigen Sexfilm mitspielen lässt! Haben Sie *darum* gebeten? Bring Donna auf die schiefe Bahn, dann sieht jeder, dass ihr Vater unfähig ist, für sie zu sorgen!» Laura blickte Kyllikki Jääheimo direkt ins Gesicht. Sie sah, wie die Falten um die Augen der alten Frau tiefer wurden. Kyllikki hob die Hand an den Hals, als wolle sie eine aufsteigende Übelkeit unterdrücken.

«Natürlich habe ich ihn nicht beauftragt, solche Fotos zu machen», rief sie aus. «Pornofotos, meine ich. Dieses Schlitzohr hat die Situation ausgenutzt. Was da passiert ist, war nicht meine Schuld! Begreifen Sie denn nicht? Camilla war mein einziges Kind, bei ihrem Tod ist ein Teil von mir mit ihr gestorben. Mein Mann Aarno hatte danach auch keine Kraft mehr weiterzuleben. Ich habe nur noch Donna, und ihr Vater ist wirklich nicht fähig, für sie zu sorgen. Er reist in der Weltgeschichte herum und überlässt das Mädchen wildfremden Leuten! Ja, es stimmt, ich wollte das Sorgerecht für Donna.»

«Ganz gleich, welchen Preis Ihre Enkelin dafür zahlen muss?», fragte Laura und schüttelte entgeistert den Kopf. «Ich bin jetzt nicht mehr im Dienst. Kommen Sie bitte morgen um zehn Uhr aufs Präsidium, dann können wir unser Gespräch fortsetzen.» Sie wandte sich von Kyllikki Jääheimo ab und schloss die Haustür auf. Okko sprang ihr schwanzwedelnd entgegen, und als Laura sich bückte, um ihn zu streicheln, spürte sie, wie ihre verspannten Schultern sich allmählich lockerten.

Nachdem Hund und Frauchen sich gestärkt hatten, machten sie einen langen Spaziergang. Auf dem Rückweg erhielt Laura eine SMS von Martti. Er teilte ihr mit, dass neue Lebensmittelvorräte und eine Sendung Wolldecken aus Finnland eingetroffen waren. «Damit können wir wieder einigen Kindern das Leben retten. Und du machst dort die Welt ein Stückchen besser, Liebste», schrieb Martti. Laura lächelte und spürte, wie nah Martti ihr war.

Unter der Straßenlampe vor ihrem Haus stand ein magerer Junge. Nach dem nassen Schnee auf seiner Jacke zu urteilen, hatte er schon eine ganze Weile gewartet. Okko erkannte Jesse und zog wie wild an seiner Leine. Jesse bückte sich zu ihm hinunter und sah Laura nicht an, als er fragte:

«Was hat er mit Donna gemacht?»

«Er hat sie nur betäubt. Gewalt hat er ihr nicht angetan.»

«Wird Donna sich erholen?»

«Körperlich ja. Seelisch nur dann, wenn sie von euch allen Unterstützung bekommt. Jemand vom Jugendamt wird mit ihr und mit ihrem Vater sprechen.»

«Damit er öfter zu Hause bleibt? Und meine Mutter auch?»

«Ja. Zum Glück hat Donna einen Bruder, der sie wirklich gern hat. Vielleicht weiß sie das noch nicht zu schätzen, aber eines Tages wird sie es begreifen.»

Jesse sah immer noch nicht auf, aber seine Wangen wurden rot. Laura ging neben ihm in die Hocke. «Es ist nicht albern, sich um andere zu kümmern. Und da du diese Kunst beherrschst … darf ich dich ab und zu bitten, auf Okko aufzupassen, wenn ich zu viel zu tun habe? Ich zahle dir natürlich etwas dafür.»

«Ja, selbstverständlich», sagte Jesse und streichelte den Hund. Sie standen lange im Schneeregen unter der Straßenlampe, der kleine rauhaarige Hund, die sechzigjährige Frau und der Teenager, und sie brauchten nichts mehr zu sagen, sie verstanden einander auch ohne Worte.

Knut Hamsun

Frauensieg

Ich war Straßenbahnschaffner in Chicago.

Zuerst war ich auf der Halsted-Linie angestellt, einer Pferdebahn noch, zwischen Stadtzentrum und Viehmarkt. Wir vom Nachtdienst waren alles andere eher als geschützt auf dieser Linie wegen aller der fragwürdigen Leute, die den Weg zur Nachtzeit passierten. Wir durften auf niemand schießen und niemand töten, weil die Straßenbahngesellschaft gegebenenfalls ersatzpflichtig war; ich meinesteils hatte auch keinen Revolver und musste darum meinem Stern vertrauen. Übrigens, ganz wehrlos ist man selten: So hatte ich die Kurbel der Bremse, die sich im Nu abnehmen ließ und ein treffliches Hilfsmittel abgab. Das heißt, mehr als einmal habe ich sie nicht gebraucht.

Im Jahre 1886 stand ich alle Weihnachtsnächte hintereinander auf meinem Straßenbahnwagen, ohne dass etwas vorgefallen wäre. Es kam ein großer Trupp Iren vom Viehmarkt her und besetzte meinen Wagen ganz und gar, sie waren besoffen und hatten Flaschen bei sich, grölten nach Noten und wollten nicht recht bezahlen, obwohl wir schon losgefahren waren. Sie hätten der Gesellschaft ein ganzes Jahr lang, abends und morgens, fünf Cent gezahlt, sagten sie, und nun sei Weihnachten, und da wollten sie einmal nicht zahlen. Sie war gar nicht so unsinnig, diese Auffassung; aber sie umsonst durchzulassen, wagte ich nicht, aus Furcht vor den «Spionen», die im Dienste der Gesellschaft standen und über die Ehrlichkeit der Schaffner zu wachen hatten. Ein Polizist stieg auf. Er stand einige Minuten da, sagte ein paar Worte über Weihnachten und das Wetter und sprang dann wieder ab, weil wir so schwer beladen waren. Ich wusste recht wohl, dass auf ein Wort an den Polizisten alle Passagiere ihre fünf Cent hätten zahlen müssen; ich sagte aber nichts. «Warum haben Sie uns nicht angezeigt?», fragte einer. «Ich hielt das für überflüssig», erwiderte ich, «ich habe es ja mit Gentlemen zu tun.» Darauf fingen ein paar an, mich herzlich auszulachen; ein paar aber hielten zu mir und fanden einen Ausweg, indem sie für alle zahlten.

Zur nächsten Weihnacht war ich auf die Cottage-Linie gekommen. Das war ein großartiger Wechsel. Ich hatte jetzt einen Zug von zwei, manchmal drei Wagen, und die wurden durch ein unterirdisches Kabel angetrieben; das Publikum in diesem Stadtteil war vornehm, und ich musste meine Fünfer in Handschuhen einsammeln. Dafür fehlte hier aber alle Spannung, und man wurde es bald müde, diese Villenmenschen anzusehen und anzuhören

Ein Erlebnis war mir dann doch vorbehalten für Weihnachten 1887.

Am Heiligen Abend fuhr ich am Vormittag meinen Wagen zur Stadt hinein; ich hatte damals Tagesdienst. Ein Herr stieg auf und fing ein kleines Gespräch mit mir an; musste ich in die Wagen hinein, so wartete er, bis ich auf die hinterste Plattform, wo mein Platz war, zurückkam, und nahm dann das Gespräch wieder auf. Er war um die dreißig, blass, trug einen Schnurrbart und war sehr vornehm gekleidet, aber ohne Überrock, obgleich es ziemlich kalt war.

«Ich bin von zu Hause fortgefahren, wie ich ging und stand», sagte er. «Ich wollte meiner Frau zuvorkommen.»

«Weihnachtsgeschenke», bemerkte ich.

«Ganz recht!», antwortete er und lächelte.

Es war aber ein seltsames Lächeln, eine Grimasse mit dem Mund, ein nervöses Feixen.

«Wie viel verdienen Sie?», fragte er.

Das ist keine ungewöhnliche Frage im Yankeeland, und ich gab also an, wie viel ich verdiente.

«Wollen Sie zehn Dollar extra verdienen?», fragte er.

Ich sagte: «Ja.»

Er nahm seine Brieftasche heraus und reichte mir ohne weiteres die Banknote. Er bemerkte, er habe Vertrauen zu mir.

«Was soll ich tun?», fragte ich.

Er wollte meinen Zeitplan sehen und sagte: «Sie fahren heute acht Stunden?»

«Ja.»

«Auf einer Ihrer Touren sollen Sie mir einen Dienst erweisen. Hier an der Ecke der Monroestreet kommen wir über einen Schacht, der zum Kabelschacht hinunterführt. Es ist ein Deckel drüber; diesen Deckel hebe ich ab und steige hinunter.»

«Sie wollen sich das Leben nehmen?»

«Nicht ganz. Aber so tun will ich.»

«Aha!»

«Sie sollen Ihren Wagen anhalten und mich aus dem Loch herausschaffen, auch wenn ich Widerstand leiste.»

«Das wird erledigt.»

«Ich danke Ihnen. Ich bin übrigens nicht geisteskrank, wie Sie vielleicht annehmen. Ich tue das alles meiner Frau wegen, sie soll sehen, dass ich mir habe das Leben nehmen wollen.»

«Ihre Frau wird dann also in meinem Zug sitzen?»

«Ja. Sie wird in The grip sitzen.»

Ich stutzte. The grip war der Wagen, auf dem der Führer stand und lenkte; er war offen und ohne Wände, es war kalt darin im Winter, und niemand setzte sich dann hinein.

«Sie wird in The grip fahren», wiederholte der Mann. «Sie hat es in einem Brief an ihren Liebhaber versprochen, heute darin zu fahren und ihm ein Zeichen zu geben, wenn sie kommt. Ich habe den Brief gelesen.»

«Gut. Aber ich muss Sie daran erinnern, dass Sie den Deckel möglichst rasch von dem Schacht abnehmen und zügig hinuntersteigen. Sonst wird uns ein neuer Zug einholen. Wir fahren in Abständen von drei Minuten.»

«Ich weiß das alles», entgegnete der Mann. «Der Deckel wird gelöst sein, wenn ich komme. Er ist schon jetzt in diesem Augenblick gelöst.»

«Noch eins: Wie können Sie wissen, welchen Zug Ihre Frau benutzt?»

«Darüber bekomme ich telefonisch Nachricht. Ich habe Leute, die ihre Schritte lenken. Meine Frau wird ein braunes Pelzkostüm tragen, Sie können sie leicht erkennen – sie ist sehr schön. Wenn sie ohnmächtig werden sollte, so schaffen Sie sie in die Apotheke am Monroecorner.»

Ich fragte: «Haben Sie auch mit meinem Führer gesprochen?»

«Ja», sagte der Mann. «Und ich habe ihm die gleiche Summe gegeben wie Ihnen. Aber ich will nicht, dass ihr zwei euch miteinander über die Sache lustig macht. Ihr sollt gar nicht davon reden.»

«Nein.»

«Sie postieren sich auf The grip, wenn Sie sich der Monroestreet nähern, und halten gut Ausguck. Sehen Sie meinen

Kopf über dem Schacht, so geben Sie das Haltezeichen, und der Zug kommt zum Stehen. Der Führer wird Ihnen helfen, mich zu übermannen und aus dem Schacht hervorzuziehen, wenn ich auch behaupte, sterben zu wollen.»

Ich dachte ein wenig über das Ganze nach und sagte: «Mir scheint, Sie hätten Ihr Geld sparen können und keinen in Ihr Vorhaben einzuweihen brauchen. Sie hätten einfach in das Loch hinuntersteigen können.»

«Du großer Gott!», rief der Mann. «Und wenn der Führer mich nicht bemerkte! Und Sie bemerkten mich nicht! Niemand!»

«Sie haben Recht.»

Wir sprachen noch von diesem und jenem, der Mann fuhr bis zur Endstation mit, und als mein Zug umkehrte, fuhr auch er mit zurück.

An der Ecke der Monroestreet sagte er: «Da ist die Apotheke, in die Sie meine Frau bringen sollen, wenn sie ohnmächtig wird.»

Dann sprang er ab.

Ich war um zehn Dollar reicher; Gott sei Dank, es gab doch auch glückliche Tage im Leben! Den ganzen Winter lang hatte ich mich über Brust und Rücken mit einer Schicht Zeitungen gegen den schneidenden Wind geschützt; bei jeder Bewegung knisterte ich in der unangenehmsten Weise, und die Kameraden hatten ihren Spaß mit mir. Nun würde es unter anderm zu einer Pelzweste von schöner Dicke reichen! Wenn dann die Kameraden das nächste Mal kämen und sich an mich heranmachten, um zu hören, wie ich knisterte, so würde ich es nicht dulden …

Ich mache zwei, ich mache drei Touren in die Stadt; nichts geschieht. Als ich eben zum vierten Male von der Cottage-Station abfahren wollte, stieg eine junge Dame auf und nahm

Platz in The grip. Sie trug ein braunes Pelzkostüm. Als ich zu ihr nach vorn kam und ihre Zahlung in Empfang nahm, sah sie mir gerade ins Gesicht. Sie war sehr jung und schön, die Augen tief unschuldig und blau. Ärmste, es steht Ihnen ein großer Schrecken bevor, dachte ich; aber Sie haben gewiss einen kleinen Fehltritt begangen, und nun sollen Sie Ihre Strafe haben. Jedenfalls werde ich Sie mit Freuden in die Apotheke tragen.

Wir rollten der Stadt entgegen.

Von meiner Plattform aus bemerke ich, dass der Führer plötzlich mit der Dame zu sprechen begann. Was konnte er ihr zu sagen haben? Es war ihm außerdem nicht gestattet, sich während des Dienstes mit den Passagieren zu unterhalten. Zu meiner großen Verwunderung sehe ich, dass die Dame sich sogar einen Platz näher an den Führer heransetzt, und da steht er nun an seiner Maschine und hört gespannt zu, was sie sagt.

Weiter rollen wir in die Stadt hinein, halten an und lassen Leute einsteigen, halten an und setzen Leute ab, alles geht seinen Gang. Wir nähern uns der Monroestreet. Ich denke bei mir: Der exzentrische junge Mann hat sich seine Stelle klug ausgesucht, das Monroecorner ist eine stille Ecke, wo man ihn kaum stören wird beim Hinabsteigen in den Schacht. Und ich denke weiter, dass ich dann und wann die Leute der Straßenbahngesellschaft in diesen Schächten habe stehen und ausbessern sehen, was da unten in Unordnung geraten sein mochte. Aber sollte es einmal einem Arbeiter einfallen, in dem Loch stehen zu bleiben, wenn der Zug darüberfuhr, er würde schlicht und einfach um mehrere Zentimeter kürzer werden; die Gabel, die von The grip aus zu dem Kabel hinabführte, würde seinen Kopf vom Hals trennen. Da Monroe die nächste Straße war, ging ich nach vorn.

Weder der Führer noch die Dame sprachen jetzt. Das Letzte, was ich bemerkte, war, dass der Führer nickte, als sei er mit sich über etwas ins Reine gekommen, dann starrte er geradeaus und fuhr mit voller Geschwindigkeit. Und es war doch der große Pat, der Ire, den ich als Führer hatte. «Slack her a bit», sagte ich im Jargon zu ihm. Das heißt: Fahr ein bisschen sachter. Ich sah nämlich einen schwarzen Punkt mitten auf dem Gleis, es konnte ein Menschenkopf sein, der aus dem Boden herausragte.

Ich sah mir auch die Dame an, sie hatte die Augen auf denselben Punkt geheftet und griff hart an ihren Sitz. Schon fürchtet sie ein mögliches Unglück, dachte ich; was wird sie tun, wenn sie sieht, dass es ihr eigener Mann ist, der sterben will!

Der große Pat jedoch verlangsamte die Fahrt nicht. Ich rief ihm zu, es seien Menschen in dem Schacht – keine Reaktion. Wir sahen jetzt deutlich den Kopf, es war der tolle junge Bursche, der in seinem Loch stand, das Gesicht uns zugekehrt. Da setzte ich die Pfeife an den Mund und ließ ein starkes Haltesignal ertönen; Pat fuhr mit gleicher Geschwindigkeit; in einer Viertelminute musste ein Unglück geschehen. Ich schlug an die Glocke, sie läutete, und dann sprang ich nach vorn und ergriff die Bremse. Doch es war zu spät, kreischend fuhr der Zug über den Schacht, bevor er zum Stehen kam.

Ich sprang ab; ich war verstört und besann mich nur darauf, dass ich einen Mann angreifen sollte, der Widerstand leisten würde. Aber ich bestieg gleich wieder The grip und war vollkommen aufgelöst. Auch der Führer war wie verstört, er fragte ohne Sinn und Verstand, ob Leute in dem Schacht gewesen seien und wie es habe kommen können, dass er nicht anhielt. Die junge Dame rief: «Fürchterlich! Fürchterlich!»

Ihr Gesicht war blutleer, und krampfhaft hielt sie sich am Sitz fest. Aber sie wurde nicht ohnmächtig, und kurz darauf stieg sie ab und ging ihrer Wege.

Es sammelten sich viele Leute; wir fanden den Kopf des Verunglückten unter dem hintersten Wagen, sein Leib stand noch in dem Schacht; die Gabel der Maschine hatte ihn unter dem Kinn erfasst und seinen Kopf mitgerissen. Wir schafften den Toten vom Gleis weg, es kam ein Polizist hinzu, der ihn fortbringen sollte. Der Polizist schrieb auch viele Namen auf, und *mir* konnten alle Passagiere bezeugen, dass ich geläutet und gepfiffen und zuletzt zur Bremse gegriffen hatte. Übrigens hatten wir Straßenbahnleute selbst unserm Büro Rapport zu erstatten. Der große Pat bat mich um mein Messer. Ich verstand ihn falsch und sagte, das Unglück sei ohnehin groß genug. Da lächelte der große Pat und zeigte mir seinen Revolver zum Zeichen, dass es ihm an einer Waffe nicht fehle und dass er das Messer zu keinen Dummheiten brauchen wolle, sondern zu ganz anderen Dingen. Als er das Messer erhielt, sagte er mir Lebewohl, nun könne er nicht länger im Dienst bleiben; es tue ihm sehr Leid, aber ich müsse meinen Zug selber bis zur Endstation führen, da werde man mir einen anderen Fahrer geben. Und er erklärte mir, wie ich's anzufangen hätte. Das Messer müsse ich ihm überlassen, sagte er, er wolle in einen ruhigen Hausflur gehen und da seine Uniformknöpfe abschneiden.

Damit ging er.

Es war nichts zu machen, ich musste selbst zur Station fahren; es standen jetzt mehrere Züge hinter mir, die nur darauf warteten, dass ich von der Stelle käme. Und da ich von früher ein bisschen Übung mit der Maschine hatte, lief es ohne Unfall ab …

Eines Abends zwischen Weihnachten und Neujahr hatte ich dienstfrei und schlenderte durch die Stadt. Als ich an einen Bahnhof kam, trat ich einen Augenblick ein, um mir den gewaltigen Verkehr da drinnen anzusehen. Ich ging bis ganz auf einen der Bahnsteige hinaus und schaute mir einen Zug an, der abfahren sollte. Plötzlich ertönte mein Name, ein lächelnder Mann stand auf einem Wagentritt und rief nach mir. Es war der große Pat. Es dauerte eine Weile, bis ich ihn erkannte, er steckte in feinen Kleidern und hatte sich den Bart abnehmen lassen.

Mir entfuhr ein kleiner, erstaunter Schrei.

«Pst, nicht so laut! Wie ist die Affäre eigentlich abgelaufen?», fragte Pat.

«Wir sind vernommen worden. Man sucht dich.»

Pat sagte: «Ich reise in den Westen. Was hat man hier vom Leben? Sieben, acht Dollar in der Woche, und davon vier zum Unterhalt. Ich nehme mir Land, ich werde Farmer. Versteht sich, ich habe das Geld dazu. Wenn du mitkommen willst, wollen wir uns drüben bei Frisco Land kaufen.»

«Ich kann nicht weg.»

«Eben denk ich dran: Hier ist dein Messer. Schönen Dank. Nein, siehst du, das Leben bei der Straßenbahn hat keine Zukunft. Ich habe drei Jahre gedient und bis jetzt nie Gelegenheit gehabt, die Sache an den Nagel zu hängen.»

Der Zug pfiff.

«Ja, adieu», sagte Pat. «Hör mal, wie viel hast du von dem Mann bekommen, der überfahren wurde?»

«Zehn Dollar.»

«So viel habe ich auch bekommen. Na, er war eigentlich ein ehrlicher Zahler. Aber die Frau war tüchtiger.»

«Die Frau?»

«Die junge Frau, ja. Ich habe ein kleines Geschäft mit ihr

gemacht. Es kam ihr nicht an auf ein-, zweitausend, denn sie wollte den Mann loswerden. Wenn ich jetzt ein leichteres Leben anfangen kann – geschieht's von ihrem Geld.»

Quellenverzeichnis

Johanna Sinisalo, O du fröhliche

Aus dem Finnischen von Angela Plöger. Originaltitel: Arkihuolesi kaikki heitä. © Johanna Sinisalo. Copyright © der deutschen Übersetzung: Rowohlt Verlag GmbH, Reinbek bei Hamburg 2006.

Åke Edwardson, Frohe Weihnachten

Aus dem Schwedischen von Angelika Kutsch. Originaltitel: Midnatt råder. © Åke Edwardson. In: Mord i juletid, Bokförlag Semic 2005. Copyright © der deutschen Übersetzung: Rowohlt Verlag GmbH, Reinbek bei Hamburg 2006.

Anne B. Ragde, Polarsafari

Aus dem Norwegischen von Gabriele Haefs. Originaltitel: Polarsafari. © Anne B. Ragde. In: Noen kommer, noen går, Tiden Norsk Forlag 1992. Copyright © der deutschen Übersetzung: Rowohlt Verlag GmbH, Reinbek bei Hamburg 2006.

Inger Frimansson, Prost und frohes Fest

Aus dem Schwedischen von Christel Hildebrandt. Originaltitel: Då i vårt mörka hus. © Inger Frimansson. In: Mord i juletid, Bokförlag Semic 2005. Copyright © der deutschen Übersetzung: Rowohlt Verlag GmbH, Reinbek bei Hamburg 2006.

Roy Jacobsen, Das Eis

Aus dem Norwegischen von Gabriele Haefs. Originaltitel: Isen. © Roy Jacobsen. In: Det nye vinduet, J.W. Cappelen

Forlag 2002. Copyright © der deutschen Übersetzung: Rowohlt Verlag GmbH, Reinbek bei Hamburg 2006.

Henning Mankell, Der Mann am Strand

Aus dem Schwedischen von Wolfgang Butt. Originaltitel: Mannen på stranden. © Henning Mankell 1999. In: Wallanders erster Fall. Copyright © Paul Zsolnay Verlag, Wien 2002.

Hrafnhildur Valgarðsdóttir, Die drei Schwestern

Aus dem Isländischen von Dirk Gerdes. Originaltitel: Þrjár systur. © Hrafnhildur Valgarðsdóttir. Copyright © der deutschen Übersetzung: Rowohlt Verlag GmbH, Reinbek bei Hamburg 2006.

Kjell Ola Dahl, Der Hund

Aus dem Norwegischen von Dagmar Lendt. Originaltitel: Hunden. © Kjell Ola Dahl. Copyright © der deutschen Übersetzung: Rowohlt Verlag GmbH, Reinbek bei Hamburg 2006.

Helene Tursten, Weihnachten einmal anders

Aus dem Schwedischen von Dagmar Mißfeldt. Originaltitel: Tomten är död. © Helene Tursten. In: Mord i juletid, Bokförlag Semic 2005. Copyright © der deutschen Übersetzung: Rowohlt Verlag GmbH, Reinbek bei Hamburg 2006.

Jørn Lier Horst, Tödliche Bescherung

Aus dem Norwegischen von Anne Bubenzer. Originaltitel: Dødelig kollekt. © Jørn Lier Horst. Copyright © der deutschen Übersetzung: Rowohlt Verlag GmbH, Reinbek bei Hamburg 2006.

Leena Lehtolainen, Bilder des Bösen

Aus dem Finnischen von Gabriele Schrey-Vasara. Originaltitel: Pahan Kuvia. © Leena Lehtolainen. Copyright © der deutschen Übersetzung: Rowohlt Verlag GmbH, Reinbek bei Hamburg 2006.

Knut Hamsun, Frauensieg